U0450141

A LIBRARY OF
DOCTORAL
DISSERTATIONS
IN SOCIAL SCIENCES IN CHINA

中国
社会科学
博士论文
文库

当代俄罗斯女性文学作品中的叙述主观化

A Study on the Narrative Subjectification in Literary Works by Contemporary Russian Women Writers

李 莉 著

导师 刘 娟

中国社会科学出版社

图书在版编目(CIP)数据

当代俄罗斯女性文学作品中的叙述主观化/李莉著.—北京：中国社会科学出版社，2021.9

(中国社会科学博士论文文库)

ISBN 978-7-5203-8986-0

Ⅰ.①当… Ⅱ.①李… Ⅲ.①妇女文学—文学研究—俄罗斯—现代 Ⅳ.①I512.065

中国版本图书馆 CIP 数据核字（2021）第 169863 号

出 版 人	赵剑英
责任编辑	马 明　刘嘉琦
责任校对	王佳萌
责任印制	李寡寡

出　　版	中国社会科学出版社
社　　址	北京鼓楼西大街甲 158 号
邮　　编	100720
网　　址	http://www.csspw.cn
发 行 部	010-84083685
门 市 部	010-84029450
经　　销	新华书店及其他书店

印　　刷	北京明恒达印务有限公司
装　　订	廊坊市广阳区广增装订厂
版　　次	2021 年 9 月第 1 版
印　　次	2021 年 9 月第 1 次印刷

开　　本	710×1000　1/16
印　　张	12.75
插　　页	2
字　　数	192 千字
定　　价	78.00 元

凡购买中国社会科学出版社图书，如有质量问题请与本社营销中心联系调换
电话：010-84083683
版权所有　侵权必究

《中国社会科学博士论文文库》
编辑委员会

主　　任：李铁映
副 主 任：汝　信　江蓝生　陈佳贵
委　　员：（按姓氏笔画为序）
　　　　　王洛林　王家福　王缉思
　　　　　冯广裕　任继愈　江蓝生
　　　　　汝　信　刘庆柱　刘树成
　　　　　李茂生　李铁映　杨　义
　　　　　何秉孟　邹东涛　余永定
　　　　　沈家煊　张树相　陈佳贵
　　　　　陈祖武　武　寅　郝时远
　　　　　信春鹰　黄宝生　黄浩涛
总 编 辑：赵剑英
学术秘书：冯广裕

总　序

在胡绳同志倡导和主持下，中国社会科学院组成编委会，从全国每年毕业并通过答辩的社会科学博士论文中遴选优秀者纳入《中国社会科学博士论文文库》，由中国社会科学出版社正式出版，这项工作已持续了12年。这12年所出版的论文，代表了这一时期中国社会科学各学科博士学位论文水平，较好地实现了本文库编辑出版的初衷。

编辑出版博士文库，既是培养社会科学各学科学术带头人的有效举措，又是一种重要的文化积累，很有意义。在到中国社会科学院之前，我就曾饶有兴趣地看过文库中的部分论文，到社科院以后，也一直关注和支持文库的出版。新旧世纪之交，原编委会主任胡绳同志仙逝，社科院希望我主持文库编委会的工作，我同意了。社会科学博士都是青年社会科学研究人员，青年是国家的未来，青年社科学者是我们社会科学的未来，我们有责任支持他们更快地成长。

每一个时代总有属于它们自己的问题，"问题就是时代的声音"（马克思语）。坚持理论联系实际，注意研究带全局性的战略问题，是我们党的优良传统。我希望包括博士在内的青年社会科学工作者继承和发扬这一优良传统，密切关注、深入研究21世纪初中国面临的重大时代问题。离开了时代性，脱离了社会潮流，社会科学研究的价值就要受到影响。我是鼓励青年人成名成家的，这是党的需要，国家的需要，人民的需要。但问题在于，什么是名呢？名，就是他的价值得到了社会的承认。如果没有得到社会、人民的承认，他的价值又表现在哪里呢？所以说，价值就在于对社会重大问题的回答和解决。一旦回答了时代性的重大问题，就必然会对社会产生巨大而深刻的影响，你也因此而实现了你的价值。在这方面年轻的博士有很大的优势：精力旺盛，思想敏捷，勤于学习，勇于创新。但青年学者要多向老一辈学者学习，博士尤其要很好地向导师学习，在导师的指导下，发挥自己的优势，研究重大问题，就有可能出好的成果，实现自己的价值。过去12年入选文库的论文，也说明了这一点。

什么是当前时代的重大问题呢？纵观当今世界，无外乎两种社会制度，一种是资本主义制度，一种是社会主义制度。所有的世界观问题、政治问题、理论问题都离不开对这两大制度的基本看法。对于社会主义，马克思主义者和资本主义世界的学者都有很多的研究和论述；对于资本主义，马克思主义者和资本主义世界的学者也有过很多研究和论述。面对这些众说纷纭的思潮和学说，我们应该如何认识？从基本倾向看，资本主义国家的学者、政治家论证的是资本主义的合理性和长期存在的"必然性"；中国的马克思主义者，中国的社会科学工作者，当然要向世界、向社会讲清楚，中国坚持走自己的路一定能实现现代化，中华民族一定能通过社会主义来实现全面的振兴。中国的问题只能由中国人用自己的理论来解决，让外国人来解决中国的问题，是行不通的。也许有的同志会说，马克思主义也是外来的。但是，要知道，马克思主义只是在中国化了以后才解决中国的问题的。如果没有马克思主义的普遍原理与中国革命和建设的实际相结合而形成的毛泽东思想、邓小平理论，马克思主义同样不能解决中国的问题。教条主义是不行的，东教条不行，西教条也不行，什么教条都不行。把学问、理论当教条，本身就是反科学的。

在21世纪，人类所面对的最重大的问题仍然是两大制度问题：这两大制度的前途、命运如何？资本主义会如何变化？社会主义怎么发展？中国特色的社会主义怎么发展？中国学者无论是研究资本主义，还是研究社会主义，最终总是要落脚到解决中国的现实与未来问题。我看中国的未来就是如何保持长期的稳定和发展。只要能长期稳定，就能长期发展；只要能长期发展，中国的社会主义现代化就能实现。

什么是21世纪的重大理论问题？我看还是马克思主义的发展问

题。我们的理论是为中国的发展服务的，绝不是相反。解决中国问题的关键，取决于我们能否更好地坚持和发展马克思主义，特别是发展马克思主义。不能发展马克思主义也就不能坚持马克思主义。一切不发展的、僵化的东西都是坚持不住的，也不可能坚持住。坚持马克思主义，就是要随着实践，随着社会、经济各方面的发展，不断地发展马克思主义。马克思主义没有穷尽真理，也没有包揽一切答案。它所提供给我们的，更多的是认识世界、改造世界的世界观、方法论、价值观，是立场，是方法。我们必须学会运用科学的世界观来认识社会的发展，在实践中不断地丰富和发展马克思主义，只有发展马克思主义才能真正坚持马克思主义。我们年轻的社会科学博士们要以坚持和发展马克思主义为己任，在这方面多出精品力作。我们将优先出版这种成果。

2001 年 8 月 8 日于北戴河

摘　　要

　　叙述主观化是篇章修辞学的重要概念和研究对象，是篇章建构的重要原则，也是构建篇章叙事结构的主要手段。文学篇章的独特性很大程度上取决于篇章的叙事结构。对文学篇章的叙事结构进行全面而深入的研究，有助于读者深入理解作者的情感和思想，加深作者对作品美学内涵的理解。一般情况下，文学作品的审美体现在作者言语与人物言语中。在当代俄罗斯女性文学作品中，存在不同类型的叙述者，常常是作者、叙述者和人物交织在一起。叙述视角在作者、叙述者和人物之间交替，由此产生多重视角交替和多种声音并存的效果。正确分析作者、叙述者及人物间的相互关系，是揭示文学作品的关键所在，是实现作者、作品与读者之间交流、对话的有效途径。叙述主观化改变了叙述的结构方式，即叙述的视角不再仅仅局限于某一个人物，而在多个人物之间转换。这对于作者意图的表达、人物形象的塑造、作者形象的建构，以及阅读效果的提升具有重要的作用。

　　20世纪80年代以来，当代俄罗斯女性文学受到了学界的极大关注。这些女性作家显示出有别于男性作家的显著特征，她们采用全新的视角观察、审视、建构甚至解构现实世界，以女性特有的心理和视角对爱情、家庭、生命、生存等问题给予高度的关注。伴随女性文学的崛起，众多女性作家步入文坛主流，消弭了对于女性文学的偏见。女性文学作为一个整体得到了普遍认可，成为俄罗斯文学的一道独特景观。

　　本书以当代俄罗斯女性文学作品为语料，在当代女性文学语境下探讨叙述主观化，揭示文学语篇的建构和俄语语言的发展变化，更加深入地了解当代俄罗斯社会的现实图景，感受俄罗斯女性在思想、审美、伦理、世界观、价值观和女性意识等方面展现的特点。

本书以当代俄罗斯女性文学作品中的叙述主观化为研究对象，概述当代俄罗斯女性文学的现状；厘清叙述主观化的概念；分析叙述主观化的传统手段在当代俄罗斯女性文学作品中的表征。在此基础上，尝试性地归类和论述当代俄罗斯女性文学作品中叙述主观化的新变化，并将这种新变化命名为新型手段（隐性直接引语、线性对话、颠覆性对话等），进而对新型手段产生的原因做出比较全面的梳理与分析；最后，总结了叙述主观化在当代俄罗斯女性文学作品中的功能。

对当代俄罗斯女性文学作品中的叙述主观化进行分析，可以从不同的叙述视角、叙述内容和情感价值透析出语篇的话语特征和叙述技巧，挖掘出文学语篇的内在意蕴，认知和分析不同作家的写作风格，揭示语篇的建构方式，提升读者理解语篇的能力。

关键词：当代俄罗斯女性文学；叙述主观化；叙述视角；语篇建构；语篇意蕴

Abstract

As an important concept and study object of discourse rhetoric, narrative subjectification is a key method and principle of constructing discoursal narrative structure, on which to a great extent the uniqueness of literary discourse depends. A comprehensive and in-depth study on narrative structure of literary discourse helps readers further understand the author's feelings and thoughts, deepen his comprehension of the work's aesthetic connotation. The beauty of literary works is generally presented by the language used by its author and the characters. Various narrators, usually the author, the characters or the narrator himself or herself, mingle together in literary works of contemporary Russian writers, with narrative perspectives alternating between the narrators, thus leading to the effect of co-existence of multi perspectives and voices. Proper analysis of relationships between the author, the narrator, and the characters is the key to understanding a work and effective way to communication and dialogue between the author, the work, and the reader. Narrative subjectification changes the structure of narration, that is, the narrative perspective is no longer limited to certain character, but rather alternates between several characters, which is of significance for the expression of the author's intention, shaping of the character images, and improvement of reading comprehension.

Since 1980s, literary works of contemporary Russian women writers have attracted great attention of literary field with their remarkable features different from those of men writers. Women writers, with their unique psychology and insights, have been observing, examining, constructing and even deconstructing the real world, and paying close attention to love, family, life, and existence.

With the rise of women literature, numerous women writers come into the main stream of literature, eradicating the bias and discrimination for women literature. Consequently, women literature as a whole has gained universal recognition, becoming a special scene in Russian literature.

Using literary works of contemporary Russian women writers as data, this thesis explores narrative subjectification in the context of contemporary women literature, revealing the change and development of construction of literary discourse and the Russian language, the reality of contemporary Russian society to help the readers understand the Russian women's thoughts, aesthetic, ethic, world view, value, and female consciousness.

Taking narrative subjectification of literary works by contemporary Russian women writers as study object, this thesis summarizes the present situation of literature by contemporary Russian women writers, clarifies the definition of narrative subjectification, analyzes the characterization of traditional ways of narrative subjectification in their literary works. Based on the above analysis, the writer of this thesis tries to classify and discuss new change in literary works of contemporary Russian women writers, names it new method (implicit direct speech, linear dialogue, subversive dialogue, etc.), comprehensively analyzes the causes leading to the new change, and finally summarizes the function of narrative subjectification in literary works of contemporary Russian women writers.

The analysis of narrative subjectification in literary works by contemporary Russian women writers can help readers disclose features of discourse and narrative skills from various narrative perspectives, content and sentimental value, reveal inner meaning, comprehend and analyze writing styles of different writers, disclose discourse structure and help them improve the ability to understanding discourse.

Key Words: Literary Works of Contemporary Russian Women Writers; Narrative Subjectification; Narrative Perspectives; Discourse Construction; Discourse Meaning

目 录

绪 论 …………………………………………………………… (1)

第一章 当代俄罗斯女性文学研究概述 …………………………… (5)
  第一节 女性主义批评与女性文学 ………………………………… (5)
    一 女性文学批评的发展历程 ………………………………… (5)
    二 俄罗斯女性文学的发展历程 ……………………………… (7)
  第二节 当代俄罗斯女性文学研究现状 ………………………… (11)
    一 俄罗斯研究现状 …………………………………………… (11)
    二 中国研究现状 ……………………………………………… (14)
  小 结 ……………………………………………………………… (17)

第二章 叙述主观化相关理论研究 ………………………………… (18)
  第一节 叙述主观化研究概述 …………………………………… (18)
    一 俄罗斯研究现状 …………………………………………… (18)
    二 中国研究现状 ……………………………………………… (27)
  第二节 叙述主观化的理论基础 ………………………………… (30)
    一 视角理论 …………………………………………………… (30)
    二 作者形象理论 ……………………………………………… (36)
    三 符号理论 …………………………………………………… (44)
  小 结 ……………………………………………………………… (50)

第三章　当代俄罗斯女性文学叙述主观化的传统手段 (51)
第一节　言语手段 (51)
　　一　准直接引语 (52)
　　二　内部言语 (63)
第二节　结构手段 (74)
　　一　呈现手段 (75)
　　二　形象手段 (82)
　　三　蒙太奇手段 (99)
小　结 (106)

第四章　当代俄罗斯女性文学叙述主观化的新型手段 (107)
第一节　新型言语手段 (108)
　　一　隐性直接引语 (108)
　　二　线性对话 (113)
　　三　颠覆性对话 (116)
　　四　言语手段与结构手段的融合 (120)
第二节　叙述主观化的符号手段 (124)
　　一　大写字母 (125)
　　二　括号 (128)
　　三　斜体 (130)
第三节　叙述主观化手段变化的原因 (132)
　　一　叙事策略的变化 (132)
　　二　文学流派的嬗变与影响 (135)
　　三　当代俄语言语时尚的发展与变化 (139)
小　结 (143)

第五章　当代俄罗斯女性文学叙述主观化的功能 (144)
第一节　体现作者意识 (145)
第二节　塑造人物形象 (150)
第三节　构建作者、作品与读者之间的对话性 (156)

第四节　形成陌生化的阅读效果 …………………………（161）
　　小　结 ……………………………………………………（165）

结　语 ……………………………………………………（166）

参考文献 …………………………………………………（168）

索　引 ……………………………………………………（180）

后　记 ……………………………………………………（182）

Contents

Introduction .... (1)

Chapter 1 A Survey of Contemporary Russian Women's Literature Research .... (5)

1.1 Feminist Criticism and Feminine Literature .... (5)

   1.1.1 The Development of Feminine Literary Criticism .... (5)

   1.1.2 The Development of Russian Feminine Literary Criticism .... (7)

1.2 The Status Quo of Contemporary Russian Women's Literature Research .... (11)

   1.2.1 Contemporary Russian Women's Literature Research in Russia .... (11)

   1.2.2 Contemporary Russian Women's Literature Research in China .... (14)

A Brief Summary .... (17)

Chapter 2 Theoretical Researches on Subjectivization of Narration .... (18)

2.1 An Overview of the Subjectivization of Narration .... (18)

   2.1.1 The Study of Subjectivization of Narration in Russia ...... (18)

   2.1.2 The Study of Subjectivization of Narration in China ...... (27)

2.2 The Theoretical Basis of Subjectivization of Narration .... (30)

2.2.1　Perspective Theory ……………………………… (30)
2.2.2　Author Image Theory ……………………………… (36)
2.2.3　Semiotic Theory ……………………………… (44)
A Brief Summary ……………………………… (50)

Chapter 3　The Traditional Means of Subjectivization of Contemporary Russian Female Literary Narration ……………………… (51)
3.1　Verbal Means ……………………………… (51)
3.1.1　Quasi-direct Speech ……………………………… (52)
3.1.2　Internal Speech ……………………………… (63)
3.2　The Means of Organizing Structures ……………………………… (74)
3.2.1　The Means of Presentation ……………………………… (75)
3.2.2　The Means to Present Images ……………………………… (82)
3.2.3　Montage Means ……………………………… (99)
A Brief Summary ……………………………… (106)

Chapter 4　A New Method of Subjectivizing Contemporary Russian Female Literary Narration ……………………… (107)
4.1　New Speech Means ……………………………… (108)
4.1.1　Implicit Direct Speech ……………………………… (108)
4.1.2　Linear Dialogue ……………………………… (113)
4.1.3　Disruptive Dialogue ……………………………… (116)
4.1.4　The Integration of Verbal and Structural means ………… (120)
4.2　The Semiotic Means of Narrative Subjectivization …………… (124)
4.2.1　The Use of Uppercase Letters ……………………………… (125)
4.2.2　The Use of Brackets ……………………………… (128)
4.2.3　The Use of Italics ……………………………… (130)
4.3　The Reasons of Variations in Narrative Subjectivization ……… (132)
4.3.1　Variations of Narrative Strategies ……………………………… (132)
4.3.2　The Evolution and Influence of Literary Schools ………… (135)

    4.3.3   The Development and Changes of Contemporary Russian Language and Language Fashion ······················ (139)
A Brief Summary ·· (143)

Chapter 5   The Function of Subjectivization of Contemporary Russian Female Literary Narration ······················ (144)

  5.1   Reflecting the Author Consciousness ······················ (145)
  5.2   Shaping the Character Image ································· (150)
  5.3   Constructing a Dialogue Between the Author, the Work and the Reader ··· (156)
  5.4   Forming a Defamiliarization of Reading Effect ············ (161)
  A Brief Summary ·· (165)

Conclusions ··· (166)

References ·· (168)

Indexes ·· (180)

Postscript ··· (182)

绪　　论

一　论题缘由与研究对象

在小说叙述过程中交错使用客观化叙述和主观化叙述两种方式，这样可以达到最佳的叙述效果。纯客观化的叙述会使叙述缺少变化、语言风格单一，而主观化的叙述可以弥补客观化叙述的不足。因此，在小说叙述过程中融入主观化叙述，可以创作出具有独特的叙述视角、新颖的语言风格和富于个性化的文学作品。

叙述主观化（субъективация повествования）是篇章建构必不可少的手段，对提升人物的表现力和展现人物视角起到了非常重要的作用。"叙述主观化不仅与视角的变化相关联，而且是彰显语篇他人话语（非作者话语）的修辞手段。"[1] 作者叙述中出现的主观化手段既可以实现作者与人物视角的转换，又能够明确地表达作者的意图，使读者更深入地理解语篇内涵。正如 Г. Д. 阿赫米托娃所言："在叙述视角变化的过程中，叙述主观化不仅保留了叙述的全知全能性，而且能够使读者更加深入地理解语篇，最终使作者形象体系得以全面建构。"[2]

叙述主观化研究的本质是通过分析叙述视角的转变、叙述话语的更迭，发现作者、叙述者及人物间的相互关系，揭示文学作品的内涵。叙述主观化是实现作者、作品和读者之间对话交流的途径之一。因此，对叙述主观化现象的研究不仅涉及作品的语言和结构，而且涉及作者意图的体现和作者形象的建构等。本书以当代俄罗斯女性文学作品为语料，对当代俄

---

[1] Клименко, К. В. Субъективация повествования рассказчика в автобиографической прозе Нагибина, Ю. М. // Филологические науки. 2011. No. 3. с. 72 – 78.

[2] Ахметова, Г. Д. Языковая композиция художественного текста（На материале русской прозы 80-90-х годов XX в.）: Дис. ... д-ра филол. наук. М. : с. 160.

罗斯女性文学作品中的叙述主观化进行系统研究。

20世纪80年代以来，俄罗斯女性文学受到了学界的关注，众多女性作家步入文学主流。她们消解了两性文学之间的传统界限，使女性文学作为一个文学整体得到普遍认可。女性文学成为俄罗斯文学的一道独特景观，受到了大众和学者的关注。国内外学者从不同的视角对俄罗斯女性文学进行了解读和研究。20世纪90年代的一些文学评论往往戴着有色眼镜审视日渐成熟的女性作品，将这些小说视为太太文学、伤情文学等，其中不少评论甚至是非善意的论断，带有贬低性。随着时间的推移，评论界渐渐出现了客观审视"女性文学"的趋势。[1]

目前，尽管学界对"女性文学"这一概念缺乏明确统一的称谓，内涵界定尚存争议，但这并不影响女性作家这一集体所具有的独特创作优势。女性作家们以其特有的心理与视角观察、审视、解读、建构现实世界；她们在文本中对爱情、家庭、生命、生存等问题予以高度关注；她们透过日常的生活表象，以"鸡零狗碎"的琐碎生活来表现生活、生命、生存的本质，为我们提供了另一种审视世界的角度。所以，学界应该以全新的视角来认识这种"异样的文学"[2]。

俄罗斯的女性主义文学批评是在借鉴西方女性主义文学批评理论的基础上发展起来的。西方女性主义文学批评较多地关注女性解放、女权政治等问题，而俄罗斯的女性文学批评则更加关注女性意识、性别抗争、女性命运、婚姻家庭等。国内外对当代俄罗斯女性文学的研究主要集中在文艺学视角下的主题、人物形象、风格等方面，而对篇章文体、叙述方式、叙述结构、语言特征等则很少论述，从篇章修辞学、叙事学、符号学等角度对作品的语言进行研究的则更为少见。本书以当代俄罗斯女性小说为语料（以柳·彼特鲁舍夫斯卡娅、塔·托尔斯泰娅、柳·乌里茨卡娅和维·托卡列娃等女性作家的小说为例），用篇章修辞学、叙事学、符号学的相关理论对女性作家小说中的话语，尤其对发生了叙述主观化的话语进行分

---

[1] 在俄罗斯评论界最早对"女性文学"进行评论的是叶·谢戈洛娃，她认为女性文学有别于男性文学；瓦西连科认为女性文学是一种新的文学范畴和发展起来的新话语；尼娜·加勃里埃良认为女性文学就是女性书写的文学；玛·阿尔巴托娃认为女性文学是备用文学；伊·斯柳萨列娃否定女性文学是一个独立的概念；一些作家如彼特鲁舍夫斯卡娅和托尔斯泰娅等不同意将自己的作品归类为女性文学。

[2] 侯玮红：《〈俄罗斯的恶之花〉"异样文学"作品集问世》，《外国文学评论》1996年第3期。

析，归纳出叙述主观化的传统言语手段和结构手段；对变化了的主观化言语手段（本书称之为"新型手段"）进行归类，探究新型手段发生变化的原因，进而阐述叙述主观化的功能。

二 选题意义

对叙述主观化的分析可以透析语篇的叙述话语、叙述视角，进而挖掘出文学语篇蕴含的意义和不同作家的叙事结构与风格。在叙述主观化的分析过程中，本书运用语篇结构分析法，探索小说中整体与部分的多层级关系。同时，从形式与内容两个方面，研究小说结构的语言手段特征，揭示语篇的建构方式，挖掘语篇蕴含的意义，提升读者理解语篇的能力。

对叙述主观化问题进行研究的实践意义在于，它可以给俄语修辞学、篇章分析、俄罗斯文学史等课程的实践教学提供另一种解读思路和方法。对教师而言，叙述主观化理论丰富了文学语篇的教授路径，使俄语教学理论更加全面和深刻；对学生而言，掌握叙述主观化理论可以增强他们对文学语篇的接受、分析能力，有助于提高他们学习外语的兴趣和积极性。

三 研究方法

本书综合运用文献研究法、文本分析法、比较研究法等研究方法，以跨学科、多维度、立体交叉的综合研究方式，对当代俄罗斯女性文学作品中的叙述主观化现象进行研究。本书采用归纳、总结、分析等基本方式，勾勒叙述主观化理论的发展变化和当代俄罗斯女性文学的研究概貌；运用语言学理论，从语篇的内部，对文学语篇的篇章结构、语言手段、篇章含义进行研究解读，探索文学语篇建构的规律和特征，进而揭示文学作品的内涵。本书深入探讨当代俄罗斯女性文学叙述主观化的表征形态和叙述主观化的意义与功能。总之，本书通过叙述主观化手段关注作者的创作意图和创作手段，试图搭建作者、作品、读者对话的平台，寻求三者交流对话的方式。

四 研究新意

叙述是言语交际的一种形态，属于篇章建构的手段。叙述主观化是篇章修辞学的研究对象，也是西方叙事学研究的对象，本书将西方叙事学理论与俄罗斯的修辞学理论、符号学理论相结合，对文学文本进行解读，既是对语文学研究领域的补充，也是对叙述主观化理论和叙事话语理论的完善和发展。

本书将文学研究与语言研究综合起来，以篇章语言学、篇章修辞学、叙事学、文艺学理论和符号学理论相结合的方式，对当代俄罗斯女性小说中的叙述主观化进行系统分析，这与一般意义上的修辞分析比较颇为不同，具有一定的新意。对于小说叙述话语的研究通常停留在静态的层面，而将叙述主观化与文艺学、叙事学的结合迈向了动态层面，这样可以展现语篇的生成过程，揭示作品的内涵，挖掘作者的创作意图。

以往的学者在研究叙述话语时，常常以经典文本为研究语料，而很少将俄罗斯女性小说作为研究语料，本书以当代俄罗斯女性小说为语料，在当代女性文学语境下探讨叙述主观化，对俄语语言发展中的一些变化予以揭示，同时阐释当代俄罗斯社会的现实图景和俄罗斯女性在思想、审美、伦理、世界观、价值观、女性意识等方面的特点。

本书对叙述主观化发生变异的原因和叙述主观化的功能进行论述，这对于叙述主观化理论来说是在前人研究基础上的一种补充与完善，将有助于文学作品的分析和解读。

第一章

当代俄罗斯女性文学研究概述

第一节 女性主义批评与女性文学

一 女性文学批评的发展历程

女性书写是人类文明的重要组成部分，与人类文明的发展相伴随。古希腊是西方文明的源头，也是西方文学的源头。古希腊社会经济、政治、文化的高度繁荣对古希腊社会文明的发展具有重要的作用。雅典城邦的公民民主制度对雅典国家的发展起了重要的推动作用。在雅典民主政治下，雅典城邦形成了自由宽松的学术氛围，个人才华得以自由而全面地发挥，雅典科学文化获得长足发展。但是，雅典城邦社会的女性却无法享有公民权，她们受到父权和夫权的支配，既无经济自主权，亦无婚姻自主权，属于没有政治权利的"消极公民"[1]。当时的不少哲学家和学者在论著中流露出对女性的偏见与轻视。亚里士多德在《论动物生成》中认为，女性身上存在着不足，"是因为某种无能，她们的身体存在缺陷"[2]；在《修辞学》一书中，亚里士多德阐述了作为诗的三要素"生活经验、荒诞的神话传说以及真实的历史事实"，这些要素是与女性无任何关系的，他认为"男性天生比女性优越，男人统治女人恰如君主统治臣民"，[3] 这些论述充分说明古希腊社会存在比较严重的女性歧视，女性未能享受与男性同等的权利。柏拉图、卢梭、黑格尔、叔本华和尼采等哲学家都秉持男性至上的

---

[1] 裔昭印：《西方妇女史》，商务印书馆2009年版，第23页。
[2] ［希腊］亚里士多德：《亚里士多德全集（第三卷）》，苗力田主编，中国人民大学出版社1994年版，第239页。
[3] 李莉：《威拉·凯瑟的记忆书写研究》，四川大学出版社2009年版，第151页。

思想，强调男性的绝对权威，认为女人是男人的附属品，要服从男人的支配，臣服于男人。洛克甚至认为"人"并不包括"女人"。

通常认为，欧洲妇女的思想解放发端于文艺复兴时期。这一时期，女性获得了一定的受教育权利，无论在城市，还是在乡村，小学均打破了不接收女生的传统，一些地区开设了女子学校，贵族家庭聘请家庭教师，上流社会的女子不仅接受人文教育，而且接受才艺技能的培训。

18世纪后期，欧洲出现了女权运动。这一运动旨在批判男权社会，为女性争取权利。在工业革命、启蒙运动和欧洲资产阶级革命的影响下，"自由、平等、博爱"等思想观念广泛传播，广大女性逐渐突破男尊女卑的传统思想观念与家庭伦理的束缚，积极争取包括教育权利、就业权利及选举权利等在内的各项社会权利。女性运动倡导者发表了相关著作，如法国女权主义者、政治活动家奥兰普·德古热的《女权宣言》，英国作家、女权主义者玛丽·沃尔斯通克拉夫特的《女权辩护》等。她们对女性的生存现状和社会处境进行了分析，对男权社会、父权社会进行了批评与抨击，引起了全社会的关注。奥兰普·德古热主张自由平等的权利不能为男性所独享，要求废除一切男性特权。玛丽·沃尔斯通克拉夫特认为，男性和女性都应被视为有理性的生命。她呼吁要建立公平、理性的社会秩序。

"女性主义"（Feminism，又称"女权主义"）一词最早出现在19世纪末的法国，后逐渐传入其他欧美国家。女性主义是一种政治运动，是指为结束性别主义、性歧视和性压迫，促进阶层平等而创立的社会理论与发起的政治运动，其目的是提升女性的权利与利益。随着女性主义运动不断高涨，女性不断要求提高受教育程度，女性主体意识逐步提升。

19世纪末20世纪初的女权运动被认为是女权主义运动的第一次浪潮，当时"女性文学还处于一种自在自为的状态，是女性主义变革社会的政治运动和思潮在文学领域的不自觉呼应"[①]。20世纪出现的伍尔芙、波伏娃等被公认为女性主义批评的奠基人。其中，波伏娃是法国著名存在主义作家、女权运动的创始人之一，她的著作《第二性》被认为是迄今为止比较全面、理性地讨论女性问题的著作，被誉为女人的"圣经"，是西方女性必读之书。她敏锐地发现法国女权运动的范围仅限于资产阶级妇

---

① 魏天真、梅兰：《女性主义文学批评导论》，华中师范大学出版社2011年版，第7页。

女，而没有涉及其他社会阶层的女性，并且只停留在平等地接受教育和继承财产等部分权利，没有触及父权社会本身。她通过观察和体验，对妇女社会地位问题进行了思考，提出了更高意义上的性别平等概念，并多角度、深刻地分析了妇女现状及这种现状的形成原因。她认为正是生育和抚养幼儿等这种所谓的"内在性"，限制了女性的"超越性"，使女性成为"他者""第二性"。女性主义思想在伍尔芙的《一间自己的屋子》、《到灯塔去》、《三个基尼金币》、《论妇女与小说》和《论简·奥斯丁》等书中也得到了充分体现。伍尔芙认为独立女性应该有充足的闲暇时间、自由支配的金钱和属于自己的独立空间。她的女性主义诗学思想强调女性意识，宣扬女性独特的价值，要求女性"成为自己"。她试图建构女性主体，而这一主体是向社会现实和历史开放的，也是向男性开放的，是与社会现实和男性紧紧联系在一起的。

美国的女性主义作家贝蒂·弗里丹（Betty Friedan）引发了第二次女权主义运动的浪潮。此次浪潮试图改变之前两性关系中女性附属于男性的现实。贝蒂·弗里丹从自我的生活体验中逐渐认识到现有的生活状况是对女性的囚困和抑制，从而产生了"我是谁"的困惑。随即她开始了解和研究女性问题，并于1963年出版了《女性的奥秘》一书。该书对教育、学术、商业诸领域存在的性别歧视问题做了深刻解读与批判，冲击了当时美国社会的既有文化。她认为妇女的最高价值和唯一义务是使她们自身的女性气质达到完美。在她看来，女性气质绝不亚于男性，在某些方面甚至比男性更优越。

20世纪80年代，女性主义进入了一个新的时期，形成了女权主义运动的第三次浪潮。"第三次女权主义浪潮"一词，最早见于美国黑人女作家丽贝卡·沃克1991年发表在《女士》（*Ms.*）期刊上的《成为第三次浪潮》（Becoming the Third Wave）一文。第三次浪潮带有鲜明的后结构主义和后殖民主义理论色彩，聚焦于第二次女权主义浪潮中被忽略或被轻视的问题，在一定程度上讲，它是对第二次女权主义浪潮的补充。

二 俄罗斯女性文学的发展历程

俄罗斯女性文学滥觞于对法国文学的模仿和改写。对俄罗斯女性文学最早进行评论的是19世纪俄国著名文艺理论家别林斯基，他在论文《关于叶·甘的创作》中论述了俄罗斯女性文学的现状，认为俄罗斯女性文学基本上走出了"无害的消遣的果实、诗意地编织袜子、押韵地进行缝纫"的旧情形，现在是"诗学在闪烁光芒"[①]。尽管如此，大部分女性作家在创作中仍然缺失主体创作意识，在写作风格上尚未形成自己的特色，在写作体裁的选择上也没有形成固定的模式。所以说，"在18、19世纪俄罗斯文学的叙述中几乎找不到一个女性作家的名字，而主要是由男性作家构成的，他们并没有给女性作家腾出一片足够的空间"[②]。在18、19世纪的俄罗斯文坛，女性文学并未占有一席之地。事实上，俄罗斯女性文学发端于彼得大帝时期，正式形成于叶卡捷琳娜二世时期。俄罗斯女性文学的产生受到了当时政治、文化的影响。首先，彼得一世的改革对当时的社会产生了极大的冲击，俄罗斯全方位向西方靠拢，文化上积极融入西方传统。西方的文学流派、文学思潮、作家作品等被引入俄国，其中就包括当时被视为"舶来品"的西方女性作家的作品。俄罗斯女性对西方国家的女性创作有了认识之后，认为俄罗斯的女性同样可以进行类似的创作，于是她们开始模仿男性的书写模式。其次，女性自我意识的增强和女性接受教育机会的增多也对女性文学起到了强大的推动作用。彼得大帝倡导女性应走出家门，参与社会活动。叶卡捷琳娜二世给女性创造了接受教育的机会，鼓励女性阅读，拿起笔进行创作。叶卡捷琳娜二世本人也率先垂范，参与阅读和创作。在这种宽松的社会环境下，出现了一批女作家，如布妮娜、布鲁索娃、杜罗娃等，只不过女性作家这一群体在当时并未得到文学界的关注。

19世纪末20世纪初的白银时代，是俄罗斯文化史上一个繁荣昌盛的阶段，出现了各种各样的文学流派，形成了百花齐放、百家争鸣的局面。这一时期俄罗斯女性文学迅速崛起，女性作家雨后春笋般登上了俄罗斯文坛。特别是在诗歌创作中，女性作家显示出特有的天赋，如阿赫玛托娃、茨维塔耶娃、吉比乌斯等著名的女诗人，创作出了一批优秀的作品。之前涉足小说创作的女性作家少之又少，而此时女性作家在小说创作领域纷纷脱颖而出："在这个时代，大众文学的洪流中女性小说家的创作极为引人注目，一般来说，这些创作的主题与爱情、'性'、妇女解放等问题紧密

---

① 陈方：《当代俄罗斯女性小说研究》，中国人民大学出版社2007年版，第12页。
② 陈方：《当代俄罗斯女性小说研究》，中国人民大学出版社2007年版，第10页。

联系在一起。"①

俄罗斯女性文学的出现与 19 世纪末 20 世纪初的妇女解放运动紧密相连。伴随着社会改革的浪潮,各种社会思潮涌动,俄罗斯妇女解放运动也空前高涨。女性社会地位得到提高、女性受教育程度不断提升,她们开始思考自我,踏出家门,寻求社会地位。1905 年后,俄国妇女相继组织了"妇女平等权利联盟"、"俄国妇女互助博爱协会"和"妇女进步党",并于 1908 年召开了泛俄罗斯妇女第一次大会,在会上提出了女性解放的问题。妇女解放问题"成为当时文化界和思想界的核心话题之一,是追求社会平等的社会理想中重要的组成部分之一"②。1911 年,俄罗斯颁布了《女子高等教育法》,女性接受高等教育的权利得到了法律保障。1912 年,俄罗斯召开了第一届全俄妇女教育代表大会,通过了允许高等学校中男女同校的决定。"俄罗斯的女性意识普遍有所觉醒,女性表达自我、展示个性的内在愿望似乎变得越来越强烈。"③ 俄罗斯文坛出现了一个新的现象,一批颇有建树和影响力的女诗人、女作家群崛起。社会主义国家苏联建立后,在高度集中的政治、经济背景下,"妇女问题"被宣告彻底解决,这在一定程度上影响了女性文学的深入发展。"在统一的社会主义现实主义创作方法的制约下,她们的作品和男性作家的作品看上去往往没什么区别,她们作品中的女性主人公也常常不具备性别特征。"④ 然而 20 世纪 50—60 年代的西方妇女运动,苏联却几乎无人响应,"女权主义"一词几乎成为和"资产阶级的畸形现象"意义相同的词语,女性文学则意味着过分甜腻、装腔作势和情感夸张,被贬低为"女士文学"或"婆娘文学",⑤"还有些人干脆把女性文学和那种肥皂剧似的言情小说联系在一起"⑥。

20 世纪 80 年代末,戈尔巴乔夫推行了以"民主化"为特征的新思维改革,苏联意识形态领域发生了巨大的变化,这些变化不可避免地影响了

---

① [俄] 俄罗斯科学院高尔基世界文学研究所:《俄罗斯白银时代文学史》(第二卷),王亚民等译,敦煌文艺出版社 2006 年版,第 189 页。
② 陈方:《俄罗斯文学的第二性》,北京语言大学出版社 2015 年版,第 174 页。
③ 陈方:《俄罗斯文学的第二性》,北京语言大学出版社 2015 年版,第 174 页。
④ 陈方:《俄罗斯文学的第二性》,北京语言大学出版社 2015 年版,第 182 页。
⑤ Catriona Kelly, *A History of Russian Women's Writing 1820–1992*, Oxford: Clarendon Press, 1994, pp. 2–3.
⑥ 陈方:《当代俄罗斯女性小说研究》,中国人民大学出版社 2007 年版,第 7 页。

苏联文学的发展。在改革发展的进程中,俄罗斯女性逐渐关注、了解西方的女性文学和文学评论,并积极探索。"对于俄罗斯的女性文学批评来说,重要的并不是从头开始创建自己的关于女性文学及批评的诸多概念,而是把这些已有的概念运用到自己的批评之中,服务于自己的文学。"① 在经历了激烈的争论和迷茫之后,俄罗斯女性文学终于在俄罗斯文学领域占有了一席之地,得到了大众的接纳和认可,被视为一个合理的文学研究范畴,成为新时期的一支劲旅。这与改革之前女性文学在苏联的境遇形成了强烈的对比。

当代俄罗斯女性文学始于20世纪80年代末,当时整个国家都弥漫着动荡和不安的气氛,国内的政治、经济、文化都面临着一种前所未有的危机,文学也无法独善其身,受到了冲击。但"动荡即意味着变化,这是时代所赋予的一种契机。俄罗斯女性文学便是在这样的历史进程中抓住了机遇,迅速崛起成为当代俄罗斯文学中引人注目的一道风景"。②

俄罗斯女性文学的创作内容异常丰富,思想内涵极其深刻。作家们较多地关注女性私人生活空间以及个人体验,甚至生、老、病、死、爱情等人类社会的终极性与永恒性话题。作家们书写的对象既有男性也有女性,常常通过男人的视角关注女性的生存,颠覆了传统的女性形象;往往描写生活中的阴暗面,关注女性的身体、欲望和生理体验,毫不吝啬地展现出人性的美与丑。彼特鲁舍夫斯卡娅擅长以描写琐碎的日常生活来表现生存主题,她用夸张的笔调将恶劣的生存环境、阴郁的生活状态、人与人之间的矛盾冲突等展现在读者面前,《生活的阴影》《午夜时分》《自己的小圈子》等作品中都涉及这些主题。托尔斯泰娅的《坐在金色的廊檐下……》将死亡视为生命轮回的开始,把死亡及之后的世界描绘成美好的童话,让生命成为永恒。对爱情的描写几乎是每个作家都涉及的主题,例如《最爱的女人》《索尼娅》《爱还是不爱》等作品体现了这一主题。对女性的身体描写和生理欲望的展现与当代俄罗斯女性自我意识的觉醒紧密联系在一起。乌利茨卡娅在《库科茨基医生的病案》中也反映了生、死、爱情等主题,这部作品以女性的视角展现各种独特的生理体验与生理欲望。

---

① 陈方:《当代俄罗斯女性小说研究》,中国人民大学出版社2007年版,第8页。
② 李君、关宇:《当代俄罗斯女性文学浅说》,《边疆经济与文化》2010年第9期。

第二节 当代俄罗斯女性文学研究现状

一 俄罗斯研究现状

"俄罗斯女性文学"这一提法出现于20世纪80年代。从20世纪80年代末到90年代中期,苏联文坛先后出版了七部重要的"女性文学"专集:《女人的逻辑》(«Женская логика»)、《不记恶的女人》(«Непомнящая зла»)、《纯净的生活》(«Чистенькая жизнь»)、《新阿玛宗女性》(«Новые амазонки»)、《主张禁酒的女人:当代女性小说集》(«Абстинентки»)、《会飞行的妻子:俄罗斯和芬兰女作家小说》(«Жена, которая умела летать: Проза русских и финских писательнцц»)和《Glas. 女性视角》(«Glas. Глазами женщины»)。在这些文集中,既有一些著名的女性作家作品,也有一些名不见经传或默默无闻的女性作家作品,这些文集给女性作家提供了一个发表言论的平台,为"女性文学"的出现奠定了坚实的基础。

对于什么是"女性文学"和是否存在"女性文学"等问题,当代俄罗斯文学评论界存在较大的分歧与争议。代表性的观点主要有以下两种。

第一种观点是主体题材论观点。这一观点是从创作主体和作品题材的角度来理解"女性文学"的。弗·伊万尼茨基[1]、叶·特罗菲莫娃[2]、伊·斯柳萨列娃[3]和奥·裴吉娜[4]对"女性文学"这一范畴都有所论述,对"女性文学"的划分标准、"是不是女性书写"、"体裁是不是日记式"和"这一概念是否来自性别学"等问题予以关注。

在俄罗斯评论界最早论述"女性小说"的是叶·谢戈洛娃。她认为

---

[1] Иваницкий, В. Г. . От женской литературы к «женскому роману» (парабола самоопределения современной женской литературы) //Общественные науки и современность. 2000. No. 4. c. 151 – 164.

[2] Трофимова, Е. И. . О книжных новинках женской русской прозы//Преображение. 1995. No. 3. c. 105 – 111; Трофимова, Е. И. . Женская литература и книгоиздание в современной России//Общественные науки и современность. 1998. No. 5. c. 147 – 156.

[3] Слюсарева, И. Н. . Оправдание житейского: Ирина Слюсарева представляет «новую женскую прозу»//Знамя. 1991. No. 11. c. 238.

[4] Пензина, О. В. . Критерии гендерного анализа женской прозы конца XIX века в современном литературоведении//Вестник ставропольского государственного университета. 2008. No. 56. c. 130 – 137.

"女性对世界的接受角度从根本上区别于男性视角"①。谢戈洛娃的观点肯定了女性文学是区别于男性文学的,这从某种程度上肯定了女性文学的价值。瓦西连科认为,"女性文学是在最近十几年的时间里出现和发展起来的新话语、新文学范畴。女性文学拓宽了小说的界限,它以带有女性独特气质的情感讲述了那些曾经被认为是'边缘的''神秘的'东西。女性文学如果说不是采用了新的语言的话,那么也是换了一种眼光来看这个世界,这种眼光更加敏锐,更加体现了女性的特点"②。以尼娜·加勃里埃良为代表的学者认为女性文学就是女性作家创作的文学作品,是典型的以性别身份进行划分的。她认为:"女性文学就是女性书写的文学,在已经定型的文化类型中,'男性'和'女性'不仅是表示性别含义的中性词语,而且具有评价色彩,同时包含着潜在的符号体系。"③

此外,以玛·阿尔巴托娃为代表的学者将女性文学按性别特征进行分类讨论,把"女性文学"的问题提到了女权问题的高度,并认为"男性文学是真正的文学,而女性文学则是备用文学……"。也有一些学者持相反的意见,伊·斯柳萨列娃不赞同把"女性文学"看成一个独立的概念。她认为,"坚持对'女性文学'类型特点的分析就是不谨慎的做法"。④有些学者否定女性文学,一些女性作家不赞同将自己的作品归入女性文学,如彼特鲁舍夫斯卡娅和托尔斯泰娅就是其中的典型。"对于是否存在女性文学及其是否被全人类所需要这个问题的理解,应该取决于下面这个问题,即妇女是不是人,而且女性世界及其精神世界的各种问题是否同男性世界和精神世界的各种问题一样重要。"⑤ 这类观点具有鲜明的女权主义特质。而事实上,"当今不少关于女性文学的观点都失去了浓厚的女权主义色彩,批评家关注的重心由两性对抗转向两性差异互补

---

① Щеглова, Е. Л.. Полемические заметки о «женской прозе»//Литературное обозрение. 1990. No. 3. c. 19.

② 巩丽娜:《俄罗斯当代女作家斯·瓦西连科访谈录》,《当代外国文学》2004 年第 3 期。

③ Габриэдян, Н. М.. Ева-это значит жизнь: проблема пространства в современной русской прозе//Вопросы литературы. 1996. No. 4. c. 31.

④ Слюсарева, И. Н.. Оправдание житейского: Ирина Слюсарева представляет «новую женскую прозу»//Знамя. 1991. No. 11. c. 238.

⑤ Арбатова, М. Ц.. Женская литература как фрат состоятельности отечественного феминизма//Преображение. 1995. No. 3. c. 27.

和两性和谐"。① 一些学者把描写女性和女性生活的文学作品称为女性文学：将女性作为描写对象，通过描写女性的日常生活来表现和反映女性的思想和情感。这一观点强调创作主体是女性，反映女性生活，体现女性意识。例如，涅法吉娜的《二十世纪俄罗斯文学》、季米娜和阿里冯索夫的《二十世纪俄罗斯文学——文学创作的流派、倾向与方法》都是论述女性作家的文学批评。② 在《20 世纪末女性文学中的母亲形象》一文中，作者论述了瓦西连科和波利斯卡娅两位女作家作品中的母亲形象③。奥·米库连科的《当代俄罗斯女性文学的特点》④ 和柳·普里亚米奇基娜的《女性文学的特点》⑤ 对当代俄罗斯文坛上最著名的四位女性作家——维·托卡列娃、柳·彼特鲁舍夫斯卡娅、柳·乌利茨卡娅和塔·托尔斯泰娅的作品从女性角度进行研究。

　　第二种观点是主体形式论观点。这一观点跳出题材论的局限，对"女性文学"的界定深入女性创作的本体性层面，即语言、叙事等形式层面。以尼·法捷耶娃和扎·哈奇莫娃为代表的学者注重女性作家的语篇叙述手段和话语修辞手段，以及女性作家的语言个性。法捷耶娃撰写了《现代女性文学的语言特点》，阐释了语篇的叙述手段和语篇的建构方法等。哈奇莫福娃在《艺术语篇中的女性语言个性（以德语和俄语为语料）》一文中分析了文学语篇中女性语言个性的口语特点。这一观点认为女性文学的创作主体以女性为主，在形式主义、解构主义与后现代主义的共同影响下，女性作家对传统叙述形式与叙述话语进行了颠覆，并力图建构自身话语体系。这一观点的实质是对男权话语的解构与重构，是对男性逻各斯中心主义的分解，也是对女性自身的重塑和女性文学的再定位，还

---

　　① 国晶：《文学修辞学视角下的柳·乌利茨卡娅作品研究》，北京大学出版社 2017 年版，第 42 页。

　　② Нефагина, Г. Л. Русская проза конца XX века. М.：Филинта：Наука. 2003. c. 320；Тимина, С. И., Альфонсов, М. Н. Русская литература XX века：школы, направления, методы творческой работы. М.：Высшая школа. 1992. c. 586.

　　③ Гаврилина, О. В. Образ матери в женской прозе конца XX века. //Русское слово：восприятие и интерпретации：сб. материалов Международ. науч. -практ. конф. （19-21 марта 2009 г., г. Пермь）：в 2-х т. -Пермь：Перм. гос. ин. искусства и культуры. 2009. c. 335－342.

　　④ Микуленко, О. Е. Особенности современной женской прозы：http：//gendocs. ru/v27952/курсовая_ работа_ -_ особенности_ современной_ женской_ прозы, 2017 年 7 月 18 日。

　　⑤ https：//stud. wiki/literature/3c0a65635a2ac78b4d53b89521216c27_ 0. html, 2017 年 7 月 18 日。

是对主流文化和主流意识的介入与抗衡。

"女性文学"具有模糊性、不确定性和多元性,但这并不影响女性作家这一集体具有相同或相似的创作特点,即还原生活的本来面目,关注女性的生活、生存现状,相反,这些特点使"女性文学"成为学术界追逐的热点,并且随着时间的推移,评论界对"女性文学"的评价渐趋客观。所以,要想深入地了解俄罗斯的女性,真正走进俄罗斯的女性世界,需要女性自己身先士卒、身体力行,全方位地揭示她们真实的生活,还原生活的本来面貌。笔者赞同巩丽娜的观点,"认为女性文学是小说发展的一个阶段,女性文学的出现是时代发展的趋势,是文学发展中的一个现象"。[①]可见,女性文学其实是一个题材上的概念,在内容上和所谓的男性文学是没有区别的。

二 中国研究现状

中国国内对俄罗斯女性文学的研究主要集中在对文学作品的引进与译介、文学动态的追踪,以及对作品人物、主题、结构、情节等方面的分析与解读。

国内对俄罗斯女性文学作品的译介是伴随俄罗斯文学奖项的产生而兴起的。这些作品在俄罗斯获得奖项后,相继被中国学者引进、翻译、出版。1993 年,乌利茨卡娅的《索尼奇卡》获俄语布克奖提名,1996 年,《美狄亚和她的孩子们》入围布克奖,1999 年,这两部作品由李英男和尹城翻译,昆仑出版社出版发行;2001 年,乌利茨卡娅的《库科茨基医生的病案》获得俄语布克奖,2003 年,该书由陈方翻译,漓江出版社出版发行;1992 年,彼特鲁舍夫斯卡娅的《午夜时分》被评为俄罗斯年度最佳作品之一,并获得首届俄语布克奖提名,2013 年,该书由沈念驹翻译,浙江文艺出版社出版发行;2004 年,彼特鲁舍夫斯卡娅的《异度花园》的出版被称为该年度俄罗斯"文学大事件",2012 年,该书由陈方翻译,重庆大学出版社出版发行;2000 年,托尔斯泰娅的《野猫精》出版。该书于 2001 年获得俄罗斯凯旋奖和图书奥斯卡奖,并成为俄罗斯文坛最受关注,但同时也是争论最多的作品之一,2005 年,该书由陈训明翻译,上海译文出版社出版发行;2006 年,斯拉夫尼科娃的《2017》获俄语

---

① 巩丽娜:《俄罗斯当代女作家斯·瓦西连科访谈录》,《当代外国文学》2004 年第 3 期。

"布克奖"和国家"巨著奖"提名，2011年，该书由余一人、张俊翔翻译，译林出版社出版发行。一些作品甚至在中国也获得奖项，例如，2005年，乌利茨卡娅的《您忠实的舒里克》获得了由人民文学出版社颁发的"第四届21世纪年度最佳外国小说奖"，2011年，斯拉夫尼科娃的《2017》荣获"21世纪年度最佳外国小说"文学奖。此外，还有一些短篇译作散落在各大期刊和学术专著中，如《骨折》《雪崩》《幸福的结局》《野兽》《黑夜时刻》《幸福的晚年》《地狱的音乐》《诗人与缪斯》《夜》等。这些译著成为中国专业研究者和普通读者了解俄罗斯女性文学的媒介。正如斯拉夫尼科娃在《脑残》的扉页上致中国读者的信中所言，"要了解一个国家，最好的方式莫过于阅读小说，小说可以深入揭示主人公的命运，提供有关异国生活现实独特气息的众多细节和具体形象。一部好的小说绝对是一次兴趣盎然的旅行和身临其境的经历"①。

除了译著之外，中国学术界对俄罗斯文学的研究主要集中在文学评论领域。最早对俄罗斯女性文学进行评述的是孙美玲，她于1995年在《俄罗斯文艺》上发表的《俄罗斯女性文学翼影录》回顾了20世纪伊始直至20世纪80年代末俄罗斯女性文学的发展历程，并简要介绍了托尔斯泰娅、纳尔比科娃等作家的创作情况。1996年，河北教育出版社出版了由她选编的《莫斯科女人》一书，该书对是否存在"女性文学"、女性作家是否有独特的视角、是否存在有别于男性作家的叙述手法与技巧、女作家的语言是否具有时代性特征等问题进行了阐述；同时该书还对包括茨维塔耶娃、阿赫玛托娃、彼特鲁舍夫斯卡娅等女性作家的作品进行了介绍。

陈方对当代俄罗斯女性文学进行了系统研究。她的专著《当代俄罗斯女性小说研究》一书"运用女性主义文学理论的观点与方法，结合传统的文学分析方法，对当代俄罗斯女性文学做了全面系统的梳理与总结"②。2015年，其专著《俄罗斯文学的"第二性"》从女性主义角度对俄罗斯文学中的女性形象予以了关注，对19世纪以来俄罗斯作家笔下的女性形象进行了分析，展现了性别视角下的女性形象及其意义。

孙超的专著《当代俄罗斯文学视野下的乌利茨卡娅小说创作：主题与诗学》研究了乌利茨卡娅20世纪90年代小说的主题和诗学特征，并对

---

① ［俄］奥莉加·斯拉夫尼科娃：《脑残》，富澜等译，人民文学出版社2011年版，第1页。
② 陈方：《当代俄罗斯女性小说研究》，中国人民大学出版社2007年版，第35页。

小说的深层内蕴进行挖掘、探究，分析了作家内心的道德理想与改变现实的迫切愿望。孙超的《二十世纪八、九十年代俄罗斯中短篇小说研究》一书，分别对托卡列娃、托尔斯泰娅、乌利茨卡娅、彼特鲁舍夫斯卡娅等作家的短篇小说的叙事风格、诗学特征进行了宏观论述，并对各个作家的典型短篇小说做了深入的个例分析。段丽君的专著《反抗与屈从：彼特鲁舍夫斯卡娅小说的女性主义解读》，以女性主义批评与女性主义叙事学为指导，从性别审视、性别叙事、女性话语的建构等方面对彼特鲁舍夫斯卡娅的小说进行了论述。

王树福比较关注俄罗斯文学奖项的发展历程及女性获奖者的作品。他在《从2006年俄语布克奖看俄罗斯女性小说的凸显》和《女性文学的兴起——2009年度俄语布克奖评选解析》中，认为俄罗斯女性文学打破了男性作家一统天下的局面，女性文学成为俄罗斯文学不可小觑的文学流派。

国内对俄罗斯女性文学的研究主要集中在创作主题、诗学特征、形象剖析、风格解读等方面，而且这些研究大多是在文艺学的视角下进行的，如于正荣的《失落与回归——俄罗斯当代文学中女性作家的创作风格叙事》，陈方的《当代俄罗斯女性小说创作的风格特征》《残酷的和伤感的——论当代俄罗斯女性小说创作中的新自然主义和新感伤主义风格》《俄罗斯当代女性作家创作中的身体叙述》，段丽君的《当代俄罗斯女性主义小说对经典文本的戏拟》，张建华的《"异样的"女人生存形态与"异质的"女性叙事——论彼特鲁舍夫斯卡娅的"女性小说"》，陈新宇的《当代俄罗斯文坛女性作家三剑客》，等等。

从我们目前掌握的资料来看，中国国内对俄罗斯女性作品从叙述话语、叙述视角的研究较少，而从篇章修辞学、叙事学、符号学视角研究文学作品话语的成果则更是凤毛麟角，仅有刘娟的《当代俄罗斯女性文学研究之我见》一文。该文对女性文学的创作主题、写作方法、叙事手段、语言表达做出了独特分析，进而指出了女性文学研究的方法与路径。

综上所述，当代俄罗斯女性文学在国内外引起了学者们的广泛关注。无论是国外学者还是国内学者，他们在宏观上注重俄罗斯女性文学的特点，在微观上研究女性作家作品的诗学特点。当代俄罗斯女性作品受到了广泛的研究，柳·彼特鲁舍夫斯卡娅、塔·托尔斯泰娅、柳·乌利茨卡娅、维·托卡列娃四位女性作家因其独特的写作风格备受研究者的关注。

小　结

本章回顾了西方女性文学及西方女性主义批评理论的产生与发展，对俄罗斯的女性文学与文学批评理论的产生、发展、嬗变做了概括与梳理。国内外学者对俄罗斯女性文学予以了极大的关注，但国内外研究女性文学的成果主要在文艺学视域下考察作品的主题、人物形象、风格等，而对叙述话语、叙述视角的关注并不多见。

第二章

叙述主观化相关理论研究

第一节 叙述主观化研究概述

一 俄罗斯研究现状

西方叙事学发端于俄国形式主义,它对艺术的形式与内容的二分法提出了批评,并赋予了新的内涵:艺术内容不能脱离其形式而独立存在,而是融于形式之中。В. Б. 什克洛夫斯基(В. Б. Шкловский)认为,叙事的一切要素(包括主题选择、情绪评价等)都是作品的形式因素。因此,只有通过研究作品的语言和结构,才能理解作品的真谛。

形式主义在研究方法上注重结构分析,这为叙事学的诞生奠定了基础。В. В. 维诺格拉多夫(В. В. Виноградов)等学者在吸收形式主义理论的基础上,将叙述话语、叙述结构与作品思想内涵紧密联系起来,对语篇叙述中言语手段的选择、叙述结构的组织、作者形象的构建等进行了研究。叙述主观化理论就是在这一背景下提出的。

叙述主观化理论发展的直接动因是"他人话语"。形式主义学派最大的贡献在于把语言学引入文学研究,在形式与结构层面上为文学与语言学搭建了桥梁。在形式主义理论指引下,一批学者转向了语言结构层面的研究。В. Н. 沃洛希诺夫(В. Н. Волошинов)在《马克思主义与语言哲学》一书中首次提出了"他人话语"在文学语篇中的作用。[①] М. М. 巴赫金认

[①] Волошинов, В. Н.. Марксизм и философия языка: основные проблемы социологического метода в науке о языке. М.: Прибой. 1929. с. 188. (这是巴赫金以瓦·沃洛希诺夫的名字出版的——作者注)

为，他人话语就是"言语中之言语，表述中之表述"。[①] 当言语中的主要部分成为他人话语时，他人话语比作者话语更具有活力；当他人话语占据主导地位时，作者话语所具有的客观性和全知全能性随之逐渐消失，他人话语就具有了主观可识性。巴赫金指出，作为话语体系的小说不仅是作者的内心独白，而且包含不同话语的对话体系。这一体系中包含"社会性的杂语现象，偶尔还是多语种现象，或者是个人独特的多声现象"[②]。他认为，"这种杂语是用他人语言表述他人话语，其中能够折射出作者的意志。这种话语就是一种特别的'双声语'"[③]。这里的"他人话语"可以是作者的言语，也可以是叙述者的言语或人物的言语。"小说正是通过社会性杂语现象以及以此为基础的独特多声现象，来驾驭题材所要描绘和表现的整个现实和想象世界。作者言语、叙述人言语、人物言语都是小说基本布局的结构统一体，其中每一个统一体都允许有多种社会的声音，而不同社会声音之间会有多种联系，于是在某种程度上也会构成某种对话的关系。不同话语和不同言语之间存在这类特殊联系，其主题又通过不同言语和话语得以展开。"[④] 基于此，巴赫金将长篇小说的话语分为五种类型：①作者直接的文学叙述（包括所有的类别）；②对各种日常口语叙述的模拟（故事体）；③对各种半规范（笔语）性日常的叙述（书信）；④各种规范的但非艺术性的作者言语（道德的和哲理的话语、科学论述、演讲申说、民俗描写、简要通知等）；⑤主人公带有修辞个性的言语。[⑤] 在小说文本叙述中，存在作者话语、讲述人话语或人物话语等不同的叙述层。那么，在作者叙述中势必存在他人话语，他人话语的存在让小说有可能具有"双声"乃至"多声"。叙述主观化的本质就在于叙述视角的转变、叙述话语的更替，而这是形成小说叙述"双声"或"多声"的前提，也是叙述主观化形成的理论前提。

对叙述主观化问题的研究可追溯到20世纪60年代捷克语言学家K.柯热夫尼科娃（Квета. Кожевникова）。她在《主观化与现代小说风格的关

---

① ［俄］巴赫金：《巴赫金全集》第二卷，钱中文译，河北教育出版社2009年版，第458页。
② ［俄］巴赫金：《巴赫金全集》第三卷，钱中文译，河北教育出版社2009年版，第39—40页。
③ ［俄］巴赫金：《巴赫金全集》第三卷，钱中文译，河北教育出版社2009年版，第107—108页。
④ ［俄］巴赫金：《巴赫金全集》第三卷，钱中文译，河北教育出版社2009年版，第40页。
⑤ ［俄］巴赫金：《巴赫金全集》第三卷，钱中文译，河北教育出版社2009年版，第39页。

系》(«Субъективизация и ее отношение к стилю современной эпической прозы») 中提出，依据主体（作者）的创作意识与客观现实之间的关系，主观化可以分为三种类型。第一种类型是以第一人称叙述的作品。在这种类型中，第一人称既可以是讲述人，也可以是作品中的人物，这个人物既可以是主要行为人物，又可以是次要行为人物。她认为，以第一人称叙述的作品是主观化的叙述，作品的主观色彩体现为讲述人行为本身，即第一人称"我"直接参与故事，讲述人既是叙述的主体，也是叙述的客体，发挥着双重作用。第二种类型是以讲述人的自我表现与自我分析为主的作品。在这种情况下，作品叙述认知的客体等同于主要人物的主观内心世界。她认为，主观化不仅指讲述人在行为中的积极作用，而且指讲述人眼中对虚构叙述事件的理解，同时也指叙述材料本身所具有的一些特性。第三种类型是一些作品的叙述具有主观化的特点，即在匿名讲述人的叙述中直接插入单个人物的视角。在这种情况下，多重视角在起作用，主观化的隐显程度直接取决于视角数量。[①]

К. 柯热夫尼科娃把主观化的叙述分为两种：一种是以第一人称讲述人身份进行的叙述，讲述人对故事中的人和物进行主观评价；另一种是通过人物或人物内心进行的叙述，这种叙述视角只停留在有限视角。尽管柯热夫尼科娃首开了叙述主观化研究的先河，并做出了奠基性的贡献，但她对叙述主观化的界定却"基本停留在现象的表面，是一种分析式的概括，没有从更深的层次上去发掘"[②]。因此，在推进叙述主观化研究的深入发展方面，她并没有做出更大的贡献。

叙述主观化这一概念是 В. В. 维诺格拉多夫于 20 世纪 70 年代在《关于文学作品言语的理论》（«О теории художественной речи»）一书中首次提出的，当时这一概念被称为"主观化的叙述"（"субъективизированное повествование"）。В. В. 维诺格拉多夫借鉴了科热夫尼科娃对主观化的论述，并形成了自己的观点。他认为叙述主观化与作者形象紧密相连，"在文学作品结构中，渐次拓展的内容是在言语的不同形式、种类和格调交替中表现出来的。这些形式、类型和格调由'作者形象'结合在一起，同时它们又使作者形象形成复杂而更加完整的言语手段体系。正是

---

① Виноградов, В. В.. О теории художественной речи. М. : Высшая школа. 1971. с. 116 – 117.
② 赵海霞：《小说叙述主观化研究》，博士学位论文，北京外国语大学，2014 年。

在作者形象这一言语结构的特性中，深刻而鲜明地表现出了整部作品结构在修辞上的统一性"①。作者形象是作品思想与艺术精髓所在，"它囊括了人物语言的整个体系，以及人物语言同作品中叙述人、讲述人（一人或多人）的相互关系。它通过叙述人、讲述人而成为整个作品思想和修辞的焦点，作品整体的核心"②。从本质上讲，文学语言是叙述的语言，且这个叙述是有主体的。文学叙述有特定的视角和立场，这种视角和立场来自叙述主体，并随着叙述主体的变化而变化。В. В. 维诺格拉多夫指出，对任何艺术语篇的结构而言，叙述主观化都是必需的。"叙述主观化是表达人物内心想法的手段，作者通过人物或人物视角表达自己的意图，而叙述主观化是浸入人物意识的最好方式。"③ 他同时指出，在作品中，人物话语的表达手段包括直接引语、内心话语和准直接引语。

根据 В. В. 维诺格拉多夫的观点，我们可以得出以下结论：作者形象涉及作者、讲述人和人物三个层次的言语结构。文学作品中叙述人的叙述结构尤为重要，是作者的一种语言面具，该面具既可以由不同的"脸谱"组成，也可以由一种脸谱变出几副面孔；在作品中，作者和人物的多种声音组成一个统一体，作品叙述结构中交错地存在着不同的主体视角。

В. В. 奥金佐夫（Одинцов В. В.）在其著作《篇章修辞学》（«Стилистика текста»）中论述了叙述主观化理论，他认为文学语篇的修辞分析是一个整体性的分析，不能没有结构分析。虽然 В. В. 维诺格拉多夫、Г. А. 古科夫斯基、Б. Э. 艾亨鲍姆等在各自的经典著作中，对作品的结构问题给予了高度重视，但是他们对于如何划分文艺作品的语篇结构类型这一命题，却没有给出明确而清晰的答案。奥金佐夫认为，在建构文艺语篇时，使结构变得复杂的因素是叙述中的变化、位移、重复及作者叙述的主观化。④ 文艺语篇的各种主观层面之间存在着复杂的、动态的关系，也就是说，在作者、讲述人和人物之间存在着错综复杂的关系。⑤ 因而，奥金佐夫在篇章结

---

① Виноградов, В. В.. О языке художественной речи. М.：Наука. 1959. c. 154.
② Виноградов, В. В.. О теории художественной речи М.：Высшая школа. 1971. c. 118.
③ Виноградов, В. В.. О теории художественной речи：учеб. пособие для филол. специальностей ун-тов и пед. ин-тов. М.：Высшая школа. 2005. c. 240.
④ Одинцов, В. В.. Стилистика текста. М.：Урсс. 2004. c. 187.
⑤ Одинцов, В. В.. Стилистика текста. М.：Урсс. 2004. c. 187.

构中引入了"主体域"（субъективная сфера）概念。他认为"在文学作品中，存在不同的主体域——作者、讲述人、人物之间构成了一种复杂的动态关系"。① 叙述主观化不仅与作者、讲述人有关，而且与人物也有关。主体的出现可能是明显的、直接的，也可能是隐性的、复杂的。他从叙述主体的角度理解这一概念，认为尽管确定了主体域，还应该强调作者叙述的客观化特征，保证"作者形象的统一性"。作者层面的叙述定位于标准语，人物层面是对话（直接引语），包含口语—俗语成分。依据作者与讲述人之间的关系可以划分出四类语篇结构修辞类型：①讲述人未出现，修辞特点不明显，叙述以作者的口吻进行；②讲述人出现，修辞特点不明显；③讲述人未出现，但修辞特点明显，使用俗语、书面词语和具有表现力的句法等；④讲述人出现，修辞特点突出。② 讲述人出现就是讲述人以具有实体身份的特征出现，修辞特点明显指的是讲述人的语言特点区别于作者，叙述中不再是标准语，而是掺杂了口语—俗语等成分。这些分类可以说明叙述的主观化是多样的。

叙述主观化研究的是作者与人物言语之间的关系。依据作者、人物与讲述人的关系，В. В. 奥金佐夫区分了叙述主观化的两种类型：言语形式和结构形式。В. В. 奥金佐夫与 В. В. 维诺格拉多夫在划分主观化的表现手段这一问题上的认识是一致的。В. В. 奥金佐夫在 В. В. 维诺格拉多夫的理论基础上，从思想—心理层面区分了作者叙述的主观化："作者的主观化要么体现在材料中，要么体现在材料组织中，换句话说，要么体现在语言中，要么体现在结构形式中。"③ 由此我们可以判断，叙述主观化表现在言语与结构两个方面。В. В. 奥金佐夫区分了主观化言语形式的三种表现：直接引语、准直接引语和内部言语。他把主观化的结构形式划分为三种：认知形式、形象形式、蒙太奇形式。作者在语篇中运用言语形式和结构形式，使读者沉浸于主人公的感情和经历中，全身心地与人物一起理解和思考篇章中所呈现的现实。

А. И. 戈尔什科夫（А. И. Горшков）进一步发展了奥金佐夫的理论，并对叙述主观化理论进行了凝练概括，明确了主观化建构的手段体系。他

---

① Одинцов，В. В. . Стилистика текста. М. : Урсс. 2004. с. 187.
② Одинцов，В. В. . Стилистика текста. М. : Урсс. 2004. с. 187.
③ Одинцов，В. В. . Стилистика текста. М. : Урсс. 2004. с. 191.

认为作者形象与"全知全能"和"客观性"等结构概念是密不可分的。第三人称的"作者叙述"通常被认为是"客观的"。在叙述的过程中，叙述视角能够确定并区分作者、讲述人和人物。作者叙述中的视角是有主体的，但叙述并不是纯客观的，它往往混合了人物的意识，是作者意识与人物意识的混合。戈尔什科夫认为主观化不仅是针对讲述人和人物的叙述，而且包括作者叙述。在作者叙述中，主观和客观的相互关系取决于很多因素，如作家所属的文学流派、作家出身、叙述类型、体裁、作家个人风格、作者意图等。相对于客观化叙述，主观化的表达显得更真实可信，更具有说服力；叙述主观化的表达使叙述更具有感染力，更能引发读者的共鸣。主观化的视角既可以通过明显的方式，也可以通过非明显的方式实现，既可以体现在单个的词语中，也可以体现在一些结构片段中。在人物意识层面，视角转换的信号时强时弱。主观化的视角可以转换到单个的具体人物的意识层面，也可以转换到被描述的环境意识层面，还可以转换到一些人物的概括意识层面。

　　叙述主观化的实现借助于一定的语言表达。戈尔什科夫对奥金佐夫的分类方法进行了补充说明。他并不完全赞同"主观化形式"这一术语，认为应该将"主观化形式"这一术语改称为"主观化手段"，只有"主观化手段"才能更贴切地表达这一现象的本质。戈尔什科夫分别将"言语形式和结构形式"改称为"言语手段和结构手段"。缘由如下：一是叙述话语是叙述技巧的运用，技巧的变换影响作品的内容，而"手段"比"形式"更易于揭示事物的本质；二是主观化的言语手段在很大程度上涉及作品的内容，结构手段是他人视角（非作者视角）的结构定位。言语手段更多涉及语篇的内容，而结构手段反映的是形式。所以，我们把奥金佐夫所谓的言语形式和结构形式称为言语手段（因为言语手段定位在他人话语的表达）和结构手段（因为结构手段首先在结构上反映出视角的重要变换）。[①] 主观化的视角总是处于动态位移中，在这种情况下，他人话语的表达借助于直接引语、准直接引语和内部言语，而呈现手段、形象手段和蒙太奇手段的使用使得话语在结构上更加突出了他人视角。事实上，很难明显地区分言语手段和结构手段，因为言语手段的存在是为了作品的结构，而结构不能没有话语表达。А. И. 戈尔什科夫明确了主观化构建的手段体系，研究了言

[①] Горшков, А. И.. Русская стилистика. М.：АСТ Астрель. 2006. с. 209.

语手段与结构手段的相互关系,指出"言语手段的实现是为了作品结构,而结构不可避免地具有言语手段"①。因此,主观化的言语手段和结构手段之间应该是相互关联、相互依存的关系。А. И. 戈尔什科夫就主观化手段在言语与结构间的相互关系提出了新观点,他认为准直接引语有可能转换为内心话语,甚至蒙太奇手段有可能转换为准直接引语、直接引语和呈现手段等。②

Г. Д. 阿赫米托娃(Г. Д. Ахметова)在其博士学位论文《文学语篇的语言结构》(«Языковая композиция художественного текста»)中认为,叙述主观化是语言结构中非常重要的问题,但是随着现代小说语篇结构的变化,叙述主观化的理论也发生了变化。叙述主观化定位于"他人话语",他人话语与视角是紧密相连、不可分割的。它们之间的关系正如内容与形式一样,是一对互相依存、不可分割的矛盾统一体。因此,从整体上看,叙述主观化具有语篇结构的特征。在文学作品中,主观化是与个人的文学语言特点相联系的。每个个体具有主观性、个体性和不可重复性。如果语篇是以第一人称叙述的,人称代词在形式上就是显性的主观化,与显性的讲述人相关。同样,在第三人称叙述的语篇中,如果存在显性的讲述人,那么将存在显性的主观化叙述。因此,阿赫米托娃将叙述主观化划分为三种类型:非显性主观化、显性主观化和被表现的主观化。非显性主观化与显性主观化是与讲述人紧密相关的,取决于讲述人的显现与否。"讲述人是显性的,语篇的建构具有开放性,叙述主观化表现得更明显。讲述人是非显性的,叙述趋向于客观化。"③ 被表现的主观化是与人物形象紧密相关的。这三种主观化形式运用的手段也各不相同,非显性主观化主要运用结构手段;显性主观化则既可以运用言语手段,也可以运用结构手段;被表现的主观化与人物有关,人物既是作者的言语产物,也是讲述人的言语产物,因而它既可以是显性的,也可以是非显性的。

Г. Д. 阿赫米托娃和一些学者认为,叙述主观化不仅可以通过言语手段和结构手段实现,还可以通过符号标记的形式实现。他们认为,文学语篇的符号标记体现了作者的意识,反映了语篇的复杂性,展现出语篇的主

---

① Горшков, А. И.. Русская смцлсмцка. М.: АСТ Астрель. 2006. с. 210.
② Горшков, А. И.. Русская стилистика. М.: АСТ Астрель. 2006. с. 21.
③ Ахметова, Г. Д. Языковая композиция художественного текста(На материале русской прозы 80-90-х годов XX в.):Дис.... д-ра филол. наук. М.:2003. с. 157 – 158.

观化和形象化。使用图解手段的意义不在于手段本身,而在于图解手段使文学语篇具有结构功能;图解手段是叙述主观化实现手段的组成元素,也是文学语篇结构的组成部分。①

С. П. 斯捷潘诺夫(С. П. Степанов)在《叙述主观化与语篇构建方式》(«Субъективация повествования и способы организации текста»)中指出,语篇建构的本质在于对话性,这就包含"自我"—"他者"和"自我话语"—"他人话语"之间的对话。这反映了小说各类言语主体间的相互关系,以及各类言语主体与读者之间的关系。叙述主观化是一种特殊的语言表达方式,这种特殊的语言表达是与作品内在的思想相关联的,即在语篇叙述中浸入了人物的意识。斯捷潘诺夫用双主体叙述来解释叙述主观化。在他看来,叙述主观化产生在讲述人的话语中,而不在作者叙述中。"作者和讲述人是两个不同的话语主体,作者叙述和讲述人叙述分属不同的层级。"② 斯捷潘诺夫认为,准直接引语是表达他人意识的方式,是叙述主观化的手段,混合了作者言语和人物言语;而直接引语虽然是作者主观叙述的手段和形式,但却不是叙述主观化的手段。

А. В. 伊万诺娃(А. В. Иванова)在《叙述主观化——以马卡宁的小说为例》(«Субъективация повествования (на материале прозы Владимира Маканина)»)中指出:从狭义上讲,叙述主观化与篇章修辞学相关;从广义上讲,它反映了出现于 20 世纪末 21 世纪初的人类中心论范式。伊万诺娃分析了马卡宁作品中的传统叙述成分,并对马卡宁早期和后期作品中叙述主观化的手段进行了比较。他认为在马卡宁的作品中,非书面形式(斜体)也是叙述主观化的一种手段。叙述主观化是作家个人风格建构的有效手段。

文学是语言的艺术,汇集了人们对现实的认识与理解。而文学语篇是一个复杂的研究对象,它是模拟现实的特殊美学形式之一。Г. Б. 波波娃

---

① Ахметова, Г. Д. . Композиционно-графическая маркировка текста: грамматико-графическте сдвиги. Учёные записки ЗабГГПУ. 2010, No. 3. С. 22 – 26; Рабданова, Л. Р. . Субъективированное повествование как компонент языковой композиции текста//Учёные записки ЗабГГПУ. 2012. No. 3. с. 49 – 53; Рабданова, Л. Р. . Употребление явлений графической маркированности в художественном тексте. Учёные записки ЗабГГПУ. 2014. No. 2. с. 64 – 68; Ахметова, Г. Д. . Живая графика//Учёные записки ЗабГГПУ. 2011. No. 2. с. 18 – 23.

② Степанов, С. П. . Субъективация повествования и способы организации текста: На материале повествовательной прозы Чехова. дис. д-ра филол. наук. м. : 2002. с. 51.

（Г. Б. Попова）在《当代俄罗斯小说中的叙述主观化——现象与变异》（«Приемы субъективации в современной русской прозе: явления модификации»）中认为，作者往往使用新颖的语言手段和特殊的表达方式描述和理解现实——从这个意义上讲，文学是揭示和掌握现实的工具。她认为，叙述主观化是实现作者意识的途径之一，在当代俄罗斯小说中具有非常重要的意义与作用。在语篇中，视角在作者层与人物层之间交替转换，使语篇的叙述显得更加饱满与鲜活。她还分析了叙述主观化在文学叙述中的实现形式，对言语手段和结构手段的相互作用、相互关系做了阐述，但并未对主观化结构手段的变异形式做具体的分析。

Э. Н. 波利亚科夫（Э. Н. Поляков）在《拉斯普京小说中作者叙述的主观化研究》（«Субъективация авторского повествования в прозе Валентина Распутина»）中从篇章修辞学视角分析了拉斯普京作品中作者叙述的主观化视角。他认为，作者叙述的多样性有助于读者深入理解和把握作者的叙述风格，叙述主观化是构建叙述多样性的途径之一。在叙述主观化中，主体可以转向一个人，也可以转向多个人，既可以是具体的人物，也可以是一类人群。此外，他对叙述主观化中的话语形态进行了分析，指出直接引语是作者叙述的主要方式。

К. В. 科里明卡（К. В. Клименко）以 Ю. М. 纳吉宾娜（Ю. М. Нагибина）的小说为语料，对小说中讲述人的主观化叙述进行了论述。对于叙述主观化的表现形式，他仅仅论述了形象手段和蒙太奇手段。他指出，形象手段更能凸显人物性格，塑造人物形象。而蒙太奇手段能够推动情节发展，让叙述视角在语篇中自如地切换。[①]

综上所述，对叙述主观化问题的研究可追溯到捷克语言学家 К. 柯热夫尼科娃。叙述主观化这一概念是 В. В. 维诺格拉多夫提出来的，后经 В. В. 奥金佐夫、А. И. 戈尔什科夫、Г. Д. 阿赫米托娃等学者的不断深入研究，该理论趋于成熟。后来的学者在他们确立的框架内对叙述主观化问

[①] Клименко, К. В.. Субъективация повествования рассказчика в автобиографической прозе Нагибина, Ю. М..//Филологические науки. 2011. No. 3. c. 72 – 83; Клименко, К. В.. Изобразительно-выразительные средства как прием субъективации в автобиографической прозе Нагибина, Ю. М..//Вестник Челябинского государственного университета. 2012. No. 20. c. 61 – 63; Клименко, К. В.. Монтажные приемы языковой композиции вавтобиографической прозе Нагибина, Ю. М..//Филологические науки: Вопросы теории и практики. 2010. No. 5. c. 101 – 106.

题进行了多元化的研究。由于学者们在研究过程中采用的语料各不相同，研究的视角也不尽一致，导致他们在"主观化"这一问题上，观点纷呈，仁智互见。例如，在叙述主观化的主体问题上，一些学者认为叙述主观化是针对人物的话语或作者的话语。В. В. 奥金佐夫认为："叙述主观化就是对于作者与人物言语关系的研究。"[①] А. И. 戈尔什科夫发展了奥金佐夫理论，认为主观化不仅是针对讲述人的叙述，而且包括作者叙述。以 Г. Д. 阿赫米托娃、Э. Н. 波利亚科夫和 С. П. 斯捷潘诺夫为代表的另一些学者则认为叙述主观化针对的是讲述人的话语。С. П. 斯捷潘诺夫认为："叙述主观化是在叙述人的话语中存在着他人意识，他人意识的主体既可以是一个人，也可以是几个人，甚至是某一类群体，他人意识作为叙述的主体来构建作者的语篇世界。"[②] 笔者认为，作者的叙述和讲述人的叙述并不冲突，它们只是作者在建构作者形象时采取的不同策略而已。叙述主观化不仅是针对讲述人的叙述，而且包括作者叙述。在叙述中，视角不仅可以转换到单个具体人物的意识层面，而且可以是被描述的环境意识层面或者某一类人物的概括意识。

二　中国研究现状

在国内学界的研究成果中，"叙述主观化"这一术语并不多见，更多的表述是"主观化的叙述"一词。主观化的叙述涉及人物视角的转变和人物话语的更迭两个方面，而视角和话语又是叙事学和文体学关注和研究的对象。申丹的《西方叙事学：经典与后经典》、《叙事、文体与潜文本——重读英美经典短篇小说》和《叙事学与小说文体研究》对叙述视角的发展过程、视角的分类、不同视角的功能、人物话语表达形式的分类及不同表达形式的特点和功能进行了详细论述。徐岱编撰的《小说叙事学》从叙事的结构和模式入手，对叙事话语和叙事聚焦进行了论述。胡亚敏编写的《叙事学》对视角与声音、视角的构成、视角的类型与变异及话语模式等做了比较深入、全面的阐述。赵毅衡的《苦恼的叙述者》和《当说者被说的时候——比较叙述学导论》对叙述的角度和叙述中的

[①] Одинцов, В. В. . Стилистика текста. М. : Урсс. 2004. с. 188.
[②] Степанов, С. П. . Субъективация повествования и способы организации текста: На материале повествовательной прозы Чехова. 2002. с. 44.

语言行为进行了论述。尽管国内学术界在以上论述中涉及的叙述视角、叙述话语及叙述者和人物等都与叙述主观化紧密相关，但这些论述几乎都是以西方的经典叙事理论为指导的，而且都选用英语或汉语的例子加以佐证。

中国国内俄语学界的部分学者对叙述视角和叙述话语也予以了关注。吕凡和宋正昆编著的《俄语修辞学》一书对叙述语层进行了论述。该书认为，文学作品的言语中存在叙事人语层和人物语层两大语层。文学作品中的叙事人就是作者塑造的一个形象，是被作家授权来讲述故事的人物。作家通常隐匿于其所塑造的人物形象之后，通过人物的言行直接或间接地表达自己的意图。叙事人通常分为局外叙事人和局内叙事人。局外叙事人表面上似乎置于故事之外，但对故事的细节、情节等都无所不知、无所不能。局外叙事人包含客观叙事人和主观叙事人。客观叙事人语言也叫作"作者语言"，风格趋于书卷语，叙述呈现出客观化特征。主观叙述人以第三人称进行叙述，但叙述的语言中带有言语主体的话语特点，主观情态性相对明显。主观叙事人的语言也被称为"准作者语言"。局内叙事人是作品中的具体人物，他的语言通常具有鲜明的个性，可以表达丰富的主观情感。

白春仁撰写的《文学修辞学》一书对文学作品的结构、叙述语言、作者形象等问题进行了全面论述。他认为，文学语言归根结底是叙述的语言，而所有的叙述元素都是为揭示作者形象而服务的。由于叙述主体决定了语言的独特格调，决定了作品特定的叙述，决定了对其虚构艺术世界特定的立场和态度，同时也决定了叙述主体与他人话语之间的各种关系。因此，叙述主体在文学叙述中具有至关重要的作用。根据话语主体的不同性质，可将叙述语言类型划分为作者叙述和人物对话，其中，作者言语在叙述结构中占主导地位。在文学叙述中，人物话语和作者叙述常常纵横交错，互相交融。作者、讲述人和人物之间不是孤立的，它们往往交错融合，产生多声的叙述效果。

王加兴编著的《俄罗斯文学修辞特色研究》和《俄罗斯文学修辞理论研究》对作者形象、人物语层、作者语层和风格等问题进行了研究，特别在叙述层面对作者、讲述人和人物的关系做了论述。他认为作品的情调、气势取决于叙述，"人的叙述格调实际上是作者本人的一副'语言面具'。作品中叙述人的叙述结构表现为两种形态：第一种是完整统一的叙述结构,由几种不同的'脸谱'组合而成;第二种是作品的叙述虽然只有一人承担,即一种脸谱,但他本身又变化出好几副面孔"。[①] 这是作者形象的第一种表现形态。作者形象的第二种表现形式为作品中的作者、人物视角、不同主体域和不同声音之间的相互转换。作者形象触及作者、叙述人和人物三个层次的言语结构,因此,言语结构是作者形象中尤为重要的部分。王加兴虽未明确提出叙述主观化,但其论述涉及了作者形象、作者、叙述人、人物,特别对作者、叙述人、人物之间的话语结构和叙述视角进行了阐述。

郑敏宇的《叙事类型视角下的小说翻译研究》论述了人物话语、作者话语和作者的主观叙述等问题。他在论述中指出,任何一篇小说都存在两种话语:叙述者话语和人物话语。但目前国内外学者对人物话语的表达形式,尚未形成统一的意见。任何一种言语结构都是由某一个或多个人所创造的,作者话语中必然包含他人话语。小说作品中的人物话语既包含他人言语,也包括作者的构思、创作。任何小说的叙述话语都或多或少地存在作者声音以外的其他声音,在作者的客观叙述中掺杂他人视角和他人话语,因为只有这样,作家才能够充分地表达自己的思想。在作者的主观叙述中,第一人称叙述是作者主观因素的表现形式之一,在第三人称叙述中,作者主观性的表现形式更丰富。

从我们目前所掌握的文献来看,中国国内俄语学界对叙述主观化做过专门研究的文献仅有四篇,一篇是赵海霞的《小说叙述主观化研究》,作者以汉语、俄语两种语言的小说为语料,对人物主体实现主观化的特点、人物主体的实现层面、主观化的结构和主观化的特征等方面进行了研究。一篇是刘娟的《当代俄罗斯女性文学作品的叙述主观化问题》,作者对当代俄罗斯女性文学作品中叙述主观化的特点、变化的原因和作用等进行了论述。一篇是尹派的《拉斯普京90年代短篇小说叙述主观化研究》,作者分析了拉斯普京作品中叙述主观化的言语手段和结构手段,并在此基础上探讨其思想主题。另一篇是李平的《简析〈安娜·卡列宁娜〉中的叙述主观化》,作者简要介绍了叙述主观化的语言手段和结构手段。

在对中国国内关于叙述主观化这一问题的研究成果进行梳理后,笔者

---

① 王加兴:《俄罗斯文学修辞理论研究》,黑龙江人民出版社2009年版,第18页。

发现，现有研究同时集中在汉语学界、英语学界和俄语学界。汉语学界和英语学界没有"叙述主观化"这一术语，更多的是采用"主观化的叙述"这一术语。究其原因，是因为汉语学界和英语学界借鉴了西方结构主义叙事学的研究思路。而俄语学界提出这一概念，主要是为了更好地研究作者形象，更多地关注作品的整体修辞分析。这些研究重视作者形象和作品风格，如语篇结构中的作者、人物、读者、话语、视角等，但此类研究更偏重于文艺学，对于小说叙事的结构，以及在小说叙述结构中的叙述主观化这一现象未给予更多的关注。因此，笔者将通过对叙述主观化的梳理，整合中国国内和欧美，特别是俄罗斯的既有研究成果，以期对叙述主观化表现手段的变化及原因予以全面阐述。

第二节 叙述主观化的理论基础

一 视角理论

1. 叙述视角

文学是语言的艺术。语言因交际需要的不同而形成了各种不同的表达方式。华莱士·马丁（Wallace Martin）曾说："在绝大多数现代叙事作品中，正是叙述视角创造了兴趣、冲突、悬念，乃至情节本身。"[①] 叙述话语是小说构建的物质材料，是小说传达艺术信息的基本手段。巴尔特（Balter）曾言："叙述作品中'所发生的事'从真正的所谓事物的角度来说，是地地道道的子虚乌有，'所发生的'仅仅是语言，是语言的历险。"[②] 可见，小说创作就是对语言的再创作，正是对语言的再创作，才形成了小说文本，产生了文学的美学效应。因此，自西方现代小说理论诞生以来，叙述视角和叙述话语一直是学者们关注和研究的热点。

20世纪以前，西方学者较多地关注小说所蕴含的伦理价值及其影响。20世纪以来，学者们开始将关注点转向小说的叙述技巧和叙述方式。1905年，威特科姆（S. L. Whitcomb）在其《小说研究》中，首次明确地将其中一节冠以"叙述者，其观察点"的标题，他声称在这里所涉及的

---

① [美] 华莱士·马丁：《当代叙事学》，伍晓明译，北京大学出版社2005年版，第159页。
② [法] 罗兰·巴尔特：《叙事作品结构分析导论》，《马克思主义文艺理论研究》编辑部编选《美学文艺学方法论》（下），文化艺术出版社1985年版，第561页。

是"语段或情节的统一大大地依赖于叙述者的位置和稳定"[1]的问题。可以看出,威特科姆已经涉及叙述者与视角问题。

现代小说理论的奠基者居斯塔夫·福楼拜(Gustave Flaubert)和亨利·詹姆斯(Henry James)将小说视为一种自足的艺术有机体。他们将小说研究的注意力转向了小说技巧,尤其是"人物有限视角"和"限制视角"[2]的运用。

1921年,珀西·卢伯克(Percy Lubbock)在《小说技巧》中指出:"在小说技巧中,整个错综复杂的方法问题,我认为都要受到观察点问题,也就是在其中叙述者相对于故事所站的位置的关系问题所制约。"[3]观察的角度不同,故事呈现的结构和情趣自然也不同。

叙述学家在视角分类这一问题上,观点纷呈,莫衷一是,但这些分歧与争论却在客观上有利于我们认识不同叙述视角的功能。热奈特采用"聚焦"这一术语,对视角进行了阐释,"尽管'聚焦'这一术语难以摆脱光学和摄影术的含义,但消除了使用'观察点'或类似术语时常常会出现的透视和叙述这两个概念混淆不清的现象"[4]。热奈特将聚焦分为三类:零聚焦(或称无聚焦)、内聚焦和外聚焦。第一类热奈特称为"零聚焦"的视角,拉伯克称之为"全知叙事",托多罗夫则用"叙述者>人物"这一公式来表示。零聚焦是一种传统的、无所不知的视角类型,叙述者可以从任何一个人的角度观察被叙述的故事,并且可以随意从一个位置转换到另一个位置,以便于展开广阔的生活场景,还可以窥视各类人物隐秘的意识活动。这类聚焦像一个高高在上的上帝,因此,零聚焦视角又被称为"上帝的眼睛"。但这类聚焦也有其局限性,即容易让读者意识到叙述者是在编造故事,从而怀疑人物与事件的真实性。这种全知全能的叙述在充分满足读者好奇心的同时也强化了读者的阅读惰性。严格地讲,零聚焦并不是知道每一件事情,叙述者有时也会限制自己的观察范围,留下悬念和空白。第二类热奈特称为"内聚焦"的视角,拉伯克称之为"视

---

[1] 谭君强:《叙事学导论——从经典叙事学到后经典叙事学》,高等教育出版社2008年版,第82页。

[2] 申丹:《叙事、文体与潜文本——重读英美经典短篇小说》,北京大学出版社2009年版,第79页。

[3] 谭君强:《叙事学导论——从经典叙事学到后经典叙事学》,高等教育出版社2008年版,第82页。

[4] 胡亚敏:《叙事学》,华中师范大学出版社2004年版,第20页。

点叙事",托多罗夫则用"叙事者＝人物"这一公式表示。在内聚焦型视角中,叙述者可以由一个人物充当,也可以由几个人物轮流充当;可以采用第一人称,也可以采用第三人称。根据焦点的稳定程度,内聚焦型视角可以分为三种亚类型:固定内聚焦、不定内聚焦和多重内聚焦。这种视角的优势在于克服了零聚焦那种明显的虚拟性和无所不在、无所不知的上帝声音,故事从人物的眼中出现,具有一定的真实性,缩短了人物与读者之间的距离,给读者带来一种亲切感。这种聚焦视角的特点是能够充分展示人物的内心世界,淋漓尽致地表现人物激烈的内心冲突和漫无边际的思绪。内聚焦是一种具有严格视野限制的视角类型,必须固定在人物的视野之内,无法深入剖析他人思想。第三类热奈特称为"外聚焦"的视角,拉伯克称之为"戏剧式"视角,托多罗夫则用"叙述者＜人物"这一公式表示。在外聚焦型视角中,叙述者严格地从外部呈现事物,不进入人物的意识领域,采用的是戏剧对话和舞台提示般的语言,注重现实与人物之间的对话,因几乎没有明显的感情色彩和评价语言而显得客观、真实。外聚焦型视角为叙述者提供了与故事保持距离的观察角度,叙述简略,想象空间大。叙述者对所发生的事件冷眼相观,形成一种零叙述风格。

曼弗雷德·雅恩则另辟蹊径,依据聚焦者自身的时空位置对视角进行了分类:①严格聚焦(从一个确定的时空位置来观察);②环绕聚焦(从两个或两个以上的角度进行变换性、总结性或群体性的观察);③弱聚焦(从一个不确定的时空位置来观察);④零聚焦(无固定观察位置,这与热奈特的零聚焦一致)。聚焦在很多情况下都有一个确定的时空位置,但这一位置可以在故事内,也可以在故事外,可以处于故事的中心位置,也可以处于故事的边缘。

胡亚敏在《叙事学》一书中阐述了视角的分类。她认为视角的承担者有两种类型。一类是叙述者,由叙述者观察并讲述故事;另一类是故事中的人物,包括第一人称叙述中的人物兼叙述者"我"和第三人称叙事中的各类人物。视角可以由感知性视角和认知性视角构成。感知性视角指信息由人物或叙述者的眼、耳、鼻等感觉器官进行感知,这是最普通的视角形式,但这一视角具有一定的局限性。认知视角指人物和叙述者的各种意识活动,包括推测、回忆及对人、对事的态度和看法,它属于直觉活动。"认知视角在现代小说中占有很大的比重。"① 在文学叙事中,感性视角和认知视角常常交替出现,综合使用。

В. В. 维诺格拉多夫虽然关注了作品中主体视角的交错与更迭这一现象,但对于具体的视角分类并未深入研究。1970 年,Б. А. 乌斯宾斯基(Б. А. Успенский)出版的《结构诗学》被公认为塔尔图—莫斯科学派符号学研究的代表性成果。该书从"视点"概念出发,以"视点"为切入点,对艺术文本结构进行分析,对叙述者、叙述时间和叙事空间等进行了探讨。它将"视点"划分为四种:意识形态层面的视点、话语层面的视点、空间—时间特征描写层面的视点和心理层面的视点。视角的分层是复杂的,层与层之间也并不是互相孤立的,它们之间互相联系,不同层面的视角常常会重合,即四个层面上的叙述或者受外视角统摄或者受内视角统摄。Б. А. 乌斯宾斯基《结构诗学》的贡献在于,他吸收了布斯的研究成果,认为视点问题不是简单的叙述技巧和叙述方位的选择问题,他明确了视点所包含的多层含义、相互间的关系,以及在文本中的功能等。该著作对欧美的结构主义叙事学产生了重要影响。然而,乌斯宾斯基却没有明晰"作者视点、叙述者视点、人物视点和隐含作者等重要概念及其内涵",②也没有把讲述人、人物等形象统摄于作者形象之下。

В. 施密德(Вольф Шмид)也对视角进行了论述。他认为叙述者表述事件的方式有两种:叙述者视角(运用自己的视角)和人物视角(运用一个或多个人物的视角)。两种叙述方式让作品叙述产生了双重性。在叙述时,被描述的世界存在叙述者和人物两个中心。施密德将视角分为五个层面:空间层面、时间层面、意识形态层面、语言层面和感知层面。空间层面和时间层面就是叙述者从主人公的时空视角进行描写所采用的视角。意识形态层面包括观察者对于现象的主观态度,即知识面、思维方式、评价、范围。意识形态层面既可以隐含于其他的层面,也可以区别于其他层面而单独出现在外显评价中。在语言层面,叙述者可以不用自己的语言而是使用某个人物的语言转述事件。感知层面决定对事件的理解,即叙述者用谁的眼睛看事件。

---

① 胡亚敏:《叙事学》,华中师范大学出版社 2004 年版,第 23 页。
② 苏畅:《对视点问题的重新认识——关于乌斯宾斯基的〈结构诗学〉》,《南京师范大学文学院学报》2006 年第 3 期。

综上所述，无论热奈特所持的"聚焦说"，还是乌斯宾斯基秉持的"视点说"，都存在着作者（讲述人）和人物如何表述事件的问题，换句话说，存在如何运用叙述视角和人物视角的问题。在文学作品中，叙述者视角和人物视角两者总是明暗交替、相伴出现，我们称这一现象为"双声话语"。不同层面的叙述者视角和人物视角之间的关系也是纷繁复杂的。感知层面的人物视角通常伴随有其他层面，但是人物的感知、语言和评价之间的联系并不是一定的。意识形态层面（或者评价层面）的叙述可以反映出人物或者叙述者的立场。空间层面反映出叙述属于某个人物所处的空间立场，与人物立场的关系体现在地点指示副词或前置词短语上。在时间层面上，人物视角与叙述事件发生的时刻或者某个人物当时的感受联系在一起，人物视角的立场体现在时间指示副词上。在时间层面上，叙述者视角与叙事行为的视角有关。这一联系不仅体现在对细节的详尽化，还体现在对事件连贯性的组织上。叙述者可以根据剧情的需要选择不同的时间层面进行叙述。在虚构叙事中，叙述者既可以用自己的语言，即叙述者视角来叙述事件；也可以用人物的语言，即人物视角来叙述事件。在本书中，笔者将紧紧围绕叙述者视角和人物视角，从心理、时间、空间、感知、评价（意识形态层面）对当代俄罗斯女性文学作品中的叙述主观化现象进行考察。

2. 叙述话语

一个完整的叙述必然包含叙述话语。叙述话语是小说传达全部艺术信息的基本手段。叙述话语"在形式上是由某个叙述角色发出的言语行为"[①]。这一角色的承担者有两类：叙述者和人物。叙述话语包含"叙述语（由叙述者发出的言语行为）和转述语（由人物发出但由叙述者引入文本的言语行为）"[②]。

叙述者话语是由叙述者发出的，具有统领文本的作用，其功能是多方面的。它不仅担负着贯通故事情节、填补叙述空白的任务，而且行使着分析、介绍文本的职责。叙述者话语为隐含作者的价值取向、道德立场作出铺垫，为文本叙事风格的形成奠定基础。人物转述语行使着塑造人物形象、刻画人物性格、洞察人物内心等功能。

---

① 徐岱：《小说叙事学》，商务印书馆2010年版，第129页。
② 徐岱：《小说叙事学》，商务印书馆2010年版，第129页。

由于叙述语与转述语具有不同的作用,因此,从叙事学的视角来讲,对二者的要求也不尽相同。叙述语既要表现叙述主体的个性,也要反映叙述客体的特点。叙述语总是受到叙述主体的控制,一个叙述主体作为隐含作者的审美心理个性的投影,具有相对的恒定性,但题材却是一个永恒的变量,总是处于不断的运动之中。作品的叙述风格是叙述主体和叙述客体动态平衡的产物。

对叙述语不同程度的控制和调度关系到文本的风格和语篇结构。这种控制在不同作品中的表现是不一样的。当叙述主体在作品中掌握绝对权力时,隐含作者的身影君临一切,整个叙述中只表现一种声音,反映一种价值观,这就形成了所谓的独白小说。在一部作品中,叙述客体具有相对的独立性,整个文本在叙述中出现不同的价值观和不同的声音,这就形成了所谓的复调小说。巴赫金认为,在独白小说中,人物意识从属于作者的意识,人物自身虽有性格上的自主权,但没有价值上的独立性。在作品中,各个人物的行为都是为了反映作者所持的态度和立场。在复调小说中,人物已不再是作者价值意识的奴隶,而是自由人。人物和作者(讲述人)处于平等的地位,各自可以表述不同的意见、观点。叙述话和转述语不断地转换,体现出不同的价值冲突,全方位地反映出生活的真实面貌。这样的叙述方式使小说的叙述话语趋于复杂化、多元化。复调小说的复调性只是相对而言的。复调小说并不意味着叙事文本可以完全摆脱叙述主体,小说的艺术统一性是建立在作者形象的审美基础之上的。

早在古希腊时期,人们就注意到了话语的不同表达方式。苏格拉底区分了"模仿"和"讲述"这两种形式。"模仿"就是直接展示人物话语。"讲述"则是作者用自己的言语转述人物的话语。热奈特对人物的言语和思想进行了区分,区分了三类表达人物话语的方式:第一类是叙述话语,凝练总结人物的话语后间接地转述给读者,这种形式有利于拉开叙述的距离。第二类是间接形式的转换话语,也就是通常所说的间接引语,与叙述话语相比,这类形式具有更强的模仿力,但并非原原本本地复述人物的话语,而是将人物的话语加以凝练后,与作者的叙述话语融为一体,与叙述者的叙述风格保持一致。第三类是戏剧式转化话语,此类型是最具有模仿力的形式,它接近于自由直接引语。赫纳迪将转述语分为五种类型:叙述独白、替代语、独立式间接语、再现语和叙述模仿。里蒙·凯南提出了从纯描述性概括到完全自由的模仿间存在七个等级,其中最主要的转述语有三类：直接话语、自由直接话语和自由间接话语。第一种是由叙述者加上引导语后的人物话语记录。后两类取消了引导语，人物的语言是通过叙述者重新改造加工后从他的口中说出的，但在一定程度上保留了原句的语气与文体特征。自由直接话语保留了人物话语的内涵、风格和语气，自由直接引语除了用于人物对话外，也用于表现人物的思想意识，即捕捉人物飘忽不定的观念和思想，再现断断续续的意识流。自由间接话语是小说特有的表达方式，是叙述者转述的人物话语和思想，保留了对话的内容，在语法形式上变为叙述者的讲述。在人物的语言中渗入了叙述者的意识，用叙述者的语言对人物的话语进行改造、加工。自由间接话语不仅具有人物的声音，而且具有讲述人的声音，甚至有可能涉及受话人的声音。在自由直接话语里，言语行为完全被置于人物主体的控制之下，它是人物个性心理的投射。在自由间接话语中，控制权处于人物主体与叙述者共同掌控之下，是两种叙述声音的融合。在这种转述语中，叙述言语既包含了叙述者（作者）的立场和态度，又体现了人物的视角和意识。

二　作者形象理论

1. 作者与作者意识

篇章是介于读者与作者间的一种特殊交流方式。作为文学创作主体的作者问题，是文学理论的核心问题之一。白春仁在《文学修辞学》一书中指出，"作者是作品中无处不在的审美主体。创作主体在作品中的自我表现，是切切实实的物质存在，而且是有规律可循的。作者的思想和艺术，到作品中转化为对特定审美现实的评价态度和对语言的驾驭原则"。[①]"作者层的存在可以说是无孔不入……，举其大端有两点。一是作者对艺术现实的品评态度贯穿作品的始终，自然连带他的情感好恶。二是作者对语言现实的态度，同样体现到作品的艺术特色中，不容异议。"[②] 可以看出，作者无处不在，作者层自成系统，作者层具有驾驭全局和掌控作品内外的关键作用。

"作者是在现实生活中写作、出版作品的人。通常会有这样的情景，作者在完成作品后的一段时间里，或许不再认同之前在作品中的观点和表

[①] 白春仁：《文学修辞学》，吉林教育出版社1993年版，第16页。
[②] 白春仁：《文学修辞学》，吉林教育出版社1993年版，第13页。

达方式,但作品已不属于他自己。而读者却不知道作者此时的观点,依旧认为作者前后的观点并未发生变化,结果就是一个具体的人的观点被反映在文本中。"① 这个具体的人的立场就是作者意识,是作者形象的直接体现。

作者尽可能以合适的形式表现其所看到的周围世界,试图与读者分享自己的感受、思想和感觉。作者从美学角度描绘和传达外部世界和他对此的立场,不仅再现现实世界,而且解构并建构一个新世界,这种建构是以作者塑造的人物的名义进行的,人物身上具有道德、心理、生理、教育等不同的特点。作者通过对复杂的、多层次的抽象现实的描述,来建构一个具有审美的、立体的、多变的世界。"作者在美学接受角度变换词汇,以被描述者个体的名义进行叙述,作者将道德与心理特征赋予了这个个体。"② "作者,首先作为一个独一无二的创作个体,像任何一个人一样,同时(并不取决于他在何种程度上意识到这一点)也是社会集团文化之特定部分的代表,这总是要在他的观点上、他的心理上、他的行为上打上其烙印,自然,也要在他的艺术活动上打上其烙印。"③

文学语篇是作者写出来的,它不可避免地渗入了作者的生活经历、道德情感、政治观念、宗教意识等。从某种程度上讲,作者写小说并不只是迎合读者的口味,他还试图使读者接受他所描述的人物,以及作者本人所持有的观念和看法。"从小说修辞的立场来看,作者在小说中的介入是必然的,不仅是为了让读者理解和接受小说,也是为了表现自己的形象。"④ B. B. 维诺格拉多夫认为,任何作家都会在其作品中反映一定的政治倾向和审美观点。亚里士多德把这种表现个人特点的因素称为理念,这一观点已经得到文学批评界的认同。声音是现代小说理论中近似于"理念"的范畴,就是作者的意识、态度、思想、观念的表现。作者在小说中的介入与表现一直是学者们关注的问题。布斯认为作者在小说中的介入是个客观事实,不容否定。但是他认为现实中的作者与显现在作品中的作者不是一回事,于是在"新批评"的启发下,引入了一个虚构的

---

① 李莉:《文学作品的语文学分析》,《考试周刊》2014年第21期。
② 李莉:《文学作品的语文学分析》,《考试周刊》2014年第21期。
③ [俄]瓦·叶·哈利泽夫:《文学学导论》,周启超等译,北京大学出版社2006年版,第83页。
④ 李建军:《小说修辞研究》,中国人民大学出版社2003年版,第31页。

概念——"隐含作者"。

"隐含作者"就是出于某种创作状态、以某种立场来写作的作者,同时是文本隐含的供读者推导的这一些作者的形象。一个人在写作不同作品时往往会以不同的面貌出现,这些以不同面貌出现的写作者就是不同作品的不同隐含作者。不同作品会隐含不同的作者形象,这些不同的作者形象实际上源于"隐含作者"本人在创作不同作品时所采取的不同立场。"隐含作者相对应的是真实作者,隐含作者与实际作者是有很大区别的,他实际上是作者创造出来的一个自我形象,一个'第二自我':我们将他当作真实作家创造出来的,他是他所选择的东西的总和,这个隐含作家总与'现实的人'不同——不论我们怎么看待他——现实的人在他们创造作品时创作了他自己的化身,一个'第二自我'。"① 而一个作家不会只有一个化身,因此,在不同的作品中,就会有不同的化身,"因为每部作品的需要不同,所以作家在每一部作品中的化身也不同"②。У. К. 布斯对于"隐含作者"的观点与 В. В. 维诺格拉多夫的"作者形象"理论就有相似之处。В. В. 维诺格拉多夫认为文学作品中总是透露出作者形象的信息,但这个"作者形象"与实际作家并没有什么联系,这是作家的一个独特的"演员"脸谱。事实上,"隐含作者"与"作者形象"都是"从一个封闭的作品世界中描绘一个基于抽象的思辨的审美观点的人物形象,而不是既联系作品又联系实际存在的作家的具体的生活经历、性格特征和价值观念,来形成一个具有一定客观性的、完整的作者形象"③。

与作者密不可分的另一个概念是作者意识。作者意识属于文艺学范畴,是俄罗斯文艺学界使用的一个概念。作者意识反映了"作者对表现在作品艺术形象及其结构中的艺术现实的态度"④,是"作者世界观的表现,这种世界观是人对客观世界和对自身的认识,这些认识受到人本身所持的立场、信念和价值的限制"⑤。"每一部作品都会展现出作者及其个人

---

① 李建军:《小说修辞研究》,中国人民大学出版社 2003 年版,第 32 页。
② [美]韦恩·布斯:《小说修辞学》,付礼军译,广西人民出版社 1987 年版,第 32 页。
③ 李建军:《小说修辞研究》,中国人民大学出版社 2003 年版,第 35 页。
④ 王燕:《叙事学视角下的柳·彼特鲁舍夫斯卡娅作品研究》,北京大学出版社 2017 年版,第 34 页。
⑤ Мельничук, О. А.. Повествование от первого лица. Интерпретация текста. М. : Изд-во Моск. ун-та. . 2002. с. 52.

的整个内在世界。"① 巴赫金指出了作者意识的本质,"作者意识是意识之意识,是包括主人公意识及其世界的意识"②。事实上,隐含作者与作者意识都是作者在作品中的反映与表现。隐含作者、作者意识与作者形象的内涵与外延十分接近,只是不同的学者选用的称谓不同而已,作者意识是作者形象的直接体现。

作者在创作文学作品时会考虑作品的受众,要求作品有一定的针对性。文本不仅要吸引读者,而且要有自己的叙述风格。这需要词语、表达、句法结构、互文,以及作者具有与读者层次相符的道德水平、生活知识、教育水平、兴趣、美学需求等。作者注意到影响小说接受的因素,并且"作者认为自己是更接近读者的人,更珍视读者的观点"③。作者不仅注重修辞手段的运用,而且重视修辞技巧的把握。技巧的把握有助于故事的叙述、人物的刻画、主题的彰显,从而实现作者追求的美学感染效果。对于读者而言,文学作品既承载着作者特定的情感与思想,又担负着激活读者创造性的使命。为了使读者获得广泛的对话性,读者既要有审美趣味,又要对作者和作品保持浓厚的兴趣,同时还要有感受艺术价值的能力。

2. 维诺格拉多夫的作者形象说

作者形象是俄罗斯语文学界关注的一个重要理论范畴。"作者形象"这一概念于1926—1927年出现在B. B. 维诺格拉多夫的论文《诗语理论的建立》中。最初"作者形象"被表述为"作家形象"。B. B. 维诺格拉多夫从文学修辞角度对作者形象理论做出了独特的贡献,他认为作者形象是"文学修辞的核心范畴,处于语言学和文艺学的接合部"④。B. B. 维诺格拉多夫在自己的著作中明确指出,作家个性和作者形象是不一致的:"我如今满脑子全是作者形象问题。文学作品从来总是要透露出作者形象的信息。从字里行间,从描写手法,能感觉到他的面貌。这并非是现实中的、生活当中的那个托尔斯泰、陀思妥耶夫斯基、果戈理的面目。这是作家的一种独特的'演员'脸谱。任何个性鲜明的作家,他的作者形象都会有与众不同的样子。尽管如此,作者形象的整个建构,不是由作家的气

---

① Орлова, Е. И. . Образ автора в литературном произведении. М. : Флинта. 2008. с. 3.
② Бахтин, М. М. . Эстетика словесного творчества. М. : Искусство. 1979. с. 14.
③ Бахтин, М. М. . Эстетика словесного творчества. М. : Искусство. 1979. с. 14.
④ 王加兴:《论维诺格拉多夫的作者形象说》,《中国俄语教学》1995年第3期。

质决定的，而是由他的思辨的审美观决定的。这种思辨的审美观也可能是作家自己还没有意识到的，但却是一定存在的。问题全在于：如何根据作家的作品来勾画出这个作者形象。"[①] B. B. 维诺格拉多夫进一步指出，作者形象——"这不是简单的言语主体，甚至在文学作品的结构中，通常不会提到它。作者形象"——这是一部作品真谛的集中体现。它"囊括了人物语言的整个体系，以及人物语言同作品中叙述者、讲述者（一个或更多）的相互关系；它通过叙述者、讲述者而成为整个作品思想和修辞的焦点，作品整体的核心"[②]。B. B. 维诺格拉多夫认为作家在自己的作品中总要塑造一个作者形象。这意味着，作家是根据各自对生活和艺术的理解，在作品内容中勾勒出与众不同的面貌来。无论塑造人物、描写环境、铺排情节、把握情调，谁都不可破坏作者形象的统一完整，不能与作者的思想和情态相抵触。作者的态度决定内容的取舍，也决定形式的选择，构成整个作品的灵魂，而作者的评价态度则升华为作者形象。任何个性鲜明的作家，都有与众不同的作者形象。他的作者形象理论给文学研究注入了新的活力，提供了新的研究视角。

B. B. 维诺格拉多夫关注的是作品的语言，也就是人物体现出的个性化的语言。每个作家创造出属于他自己的独特民族语，而"作者形象"这一概念是"这种独特民族语形式的定义"[③]。他的作者形象事实上是话语主体的形象，是把作者、人物、作品紧密联系在一起的。作者形象不仅是文学作品的核心，而且传达出作者的态度。同时，在作者形象的建构过程中，其亦与通过文本作者表现出的对读者的态度相关联。作者形象"直接或者间接地体现在作品中，并贯穿作品始终，体现于布局谋篇、情节架构、文体风格等各个方面"[④]。

我们认为作者形象包括内容和形式两个方面，反映在文学活动中，应包括作者—文本—读者这三个方面，"作家对鲜明、生动而独特的感受和态度给予科学总结，作者形象的基础是作品形式、艺术家的创作个性、作

---

① 白春仁：《文学修辞学》，吉林教育出版社 1991 年版，第 250 页。
② Виноградов, В. В.. О теории художественной речи. М. : Высшая школа. 1971. с. 118.
③ 黄玫：《文学作品中的作者与作者形象——试比较维诺格拉多夫与巴赫金的作者观》，《俄罗斯文艺》2008 年第 1 期。
④ 黄玫：《文学作品中的作者与作者形象——试比较维诺格拉多夫与巴赫金的作者观》，《俄罗斯文艺》2008 年第 1 期。

品的基本特点"①。这里的"作者"并非现实生活中从事写作的具体的那个人,即作者本人,而是指反映在文学作品中的创作主体。文学作品不仅反映所描述的对象——人物、事件及整个艺术世界,同时还反映出作品的主体——作者本人及他的情志、观点、性格等。这样,作者也可被认为是作品塑造的一种形象,不过这是一种特殊的形象。作者形象可以直接或间接地反映在作品中。在结构层面,作者形象具有统摄全局的作用,其在文学作品体系中,整合了所有的修辞手段,是作品的核心。通过对包含语言手段、各种语体、不同的社会语言类型等在内的作品语言结构进行分析,以及对情调气势的分析和作品结构的整体把握,读者便可以很自然地感觉到作者的存在。

3. 巴赫金的作者形象说

М. М. 巴赫金认为"作者形象"是一类区别于作品中其他形象的特殊形象,但这个形象有自己的创造者——作者。如果说 В. В. 维诺格拉多夫从语篇角度研究作者形象范畴,那么巴赫金则是从美学和哲学范畴研究作者形象的,他试图把美学和哲学与作者形象联系起来。在巴赫金看来,作者与主人公具有不同的地位和作用。巴赫金采用中世纪早期哲学家埃里金纳的观点,"将作者区分第一性的作者(不是创造出来的)和第二性的作者(由第一性作者创造的作者形象),认为第一性的作者不可能是形象,回避任何形象的表现。真正的作者不可能是形象,因为他是作品中任何形象、整个形象世界的创造者。因此,所谓的作者形象只能是该作品诸多形象的一员"②。М. М. 巴赫金所认识的作者形象是一种有别于作品其他形象的特殊类型形象,但仍旧是形象。М. М. 巴赫金认为作者和主人公之间存在"超语言学"的相互关系,即对话关系。作者的言语和人物的言语分属于不同的含义层面,它们在文学作品中相互交错,对话关系则存在于不同言语主体之间。

在作者形象问题上维诺格拉多夫与巴赫金存在分歧。这种分歧主要体现在研究的路径上,一个是语文学视角,一个是哲学与美学视角。М. М. 巴赫金倡导对话思想,强调作品中的他人话语。而 В. В. 维诺格拉多夫则强调篇章中的多种声音通过作者形象结合在一起,并没有否定他人话语的

---

① 王加兴:《论维诺格拉多夫的作者形象说》,《中国俄语教学》1995 年第 3 期。
② [俄] 巴赫金:《文本对话与人文》,白春仁等译,河北教育出版社 1998 年版,第 378 页。

存在。В. В. 维诺格拉多夫认为文学作品的核心是"作者形象",它反映了作者、讲述者和人物之间的话语结构关系。读者通过作者形象能够体会、了解作者的审美、价值观及其对生活所持的态度。М. М. 巴赫金则认为,"自我"与"他人"问题体现在文学作品中就是作者与人物和现实生活中的作家之间的对话。М. М. 巴赫金强调"对话",维诺格拉多夫强调"独白",实质上这两者并不矛盾。

В. В. 维诺格拉多夫认为,文学作品总要透露出作者形象的信息,但这个"作者形象"并非现实当中的作者,只是作家的一个独特的"演员"脸谱。作者形象是在一个封闭的作品世界中描绘出一个基于抽象的"思辨的审美观点"的人物形象,这种人物形象并非既联系作品又联系实际存在的作家的真实生活经历、性格特征或价值观念,来形成一个具有一定客观性、完整性的作者形象。而巴赫金在作者形象这一问题上也存在同样问题。他在为人物争取作品中的生存空间时,主人公整体和作者整体原则上分属不同的层面,主人公和作者的生平对文学史和审美分析都必不可少,但他反对无视两种主体之间存在的不同原则,也就是不能把"作为创作者的作者和作为人的作者混淆起来"①。М. М. 巴赫金的"创作者的作者"的概念,同"隐含作者"是一样的,是一个有可能诱导人们把作品同实际作家相分离的概念。我们可以看出,维诺格拉多夫和巴赫金在作者与作品问题上有相似之处,这就切断了作者与作品之间的关系。后来,В. В. 维诺格拉多夫在谈到创作者的形象时指出,"作者形象——这是由诗人创作的基本特征而形成或者创造出来的一个形象,这个形象中也会体现并反映诗人传记的成分"②。从此句论述中可以看出,维诺格拉多夫认为作家的创作要受到生平、生活体验的影响,这些因素不可避免地反映在作者形象中。

Б. О. 卡尔曼(Б. О. Корман)也研究了作者与作品之间的关系问题。他认为研究作者问题的出发点是文艺语篇形式主体结构和内容主体结构的相互关系。作者是语篇内现象,他通过构成作品的语篇各个部分与语言主体之间的相互关系表现出来。整个文学作品和整个作品形象都

---

① [俄]巴赫金:《巴赫金全集》(第一卷),钱中文编,晓河等译,河北教育出版社1998年版,第106页。

② Виноградов, В. В. . О теории художественной речи. М. : Высшая школа. 1971. с. 113.

是作者的异在（инобытие），是作者的间接体现。卡尔曼注重的不是各修辞层面的相互关系，而是不同意识主体间的相互关系。"卡尔曼的研究是巴赫金的对话性理论和维诺格拉多夫的作者形象理论的有机结合……卡尔曼研究作者问题的角度是诗学角度。"① 针对作者形象这一问题，不同的学者从不同的视角进行了研究。维诺格拉多夫是在文学修辞学的视角下研究的，巴赫金从哲学—美学的角度进行阐述，卡尔曼是从诗学角度进行解读。

4. 作者形象与叙述主观化

作者形象与叙述主观化是紧密相关的。"叙述主观化是通过作者形象构建语篇结构的重要部分，是作者面具多样性的体现，作者形象起组织作用的因素在叙述主观化中明显地表现出来。"② 作者形象不是简单的言语主体，它囊括了人物与叙述者、一个或多个讲述人相互关系的语言结构体系。在叙述发生主观化时，作品叙述中的人物或者讲述人归根到底都是"作者创造的产物，是作者形象的分化"③。作者形象是将作者、讲述人、人物形象集于一身的"叙述焦点，也是语篇组织的起点"④。讲述人是作家的言语产物，讲述人形象是作家文学才能的一种表现形式，它不排除和抹杀作者形象。相对于讲述人形象而言，作者形象位于讲述人形象之上。如果作品的叙述是以讲述人的口吻进行的，就必然存在讲述人形象，其中，作者形象起到了统领全局的作用。作者形象与讲述人形象的关系可以分为以下几类：一是作者形象与讲述人形象相近或一致；二是作者形象与讲述人形象两者相差甚远；三是讲述人形象以多张面孔的形式出现，在作品中讲述人以不同的身份出现，起到代言人的作用，使作者形象多样化。因此，讲述人形象和作者形象既重合又分离，但是当讲述人形象与作者形象相近或重合时，讲述人形象在语言、对待事件的态度、世界观等方面就非常接近作者形象。在每一个具体的叙事作品中，人物往往以各自独特的形式表现出来，从而成为各具特色的人物形象。人物形象乃是作为作家的

---

① 刘娟：《作者形象在当代俄罗斯女性文学中的功能和表现》，《中国俄语教学》2013年第3期。
② Поляков, Э. Н.. Субъективация авторского повествования в прозе Валентина Распутина. дис. на соиск. учен. степ. к. филол. н. спец. 10. 02. 01. 2005. с. 54.
③ 赵海霞：《小说叙述主观化研究》，博士学位论文，北京外国语大学，2014年。
④ 赵海霞：《小说叙述主观化研究》，博士学位论文，北京外国语大学，2014年。

观念、思想的体现，是作者的演员面具。

在文学作品语篇中，作者形象具有统一作品辞章面目的功能，具有统摄文学作品风格上所有的特质和特点的功能："运用富于表现力的语言手段造成的明暗相间，浓淡交映；叙述中不同语言格调的转换交替；文辞多种色彩的交错配合；通过选词炼句表现出来的种种感情色彩、褒贬态度；句法起伏推演的特点。"① 在文学作品中，我们可以通过叙事主体讲述人和人物的视角，掌握叙述的内容，感知情感价值。而不同主体采用何种叙述形式、何种叙述策略都取决于作者形象。

可见，叙述主观化是作者形象的表现手段，通过叙述视角的转换、叙述话语的更迭来塑造人物形象、创建独特风格、揭示作者意图。叙述主观化是构建文学语篇的必备元素，是文学语篇建构的原则。

三 符号理论

索绪尔认为："语言是一种表达观念的符号系统。"② 在语言学的早期研究阶段，语言学家将注意力集中在作为符号的词和词形上，之后，作为由词形构成的序列形成的句子成为关注的焦点。20世纪60年代，语篇作为句子的连续体成为研究的重点。符号学与语言学一样，研究对象经历了从单个符号到整个符号序列——篇章。在当代符号学领域，篇章问题占据着重要的位置。正如伊万诺夫所言："现阶段，语言学和与之相关的符号学学科将篇章作为首先的研究对象"。③ 法国符号学领军人物格雷马斯认为，"以语篇为导向的叙事分析或叙事理论是符号学的核心部分，因为如果说符号学的目标是研究意义问题，那么只有在叙事层次上语言意义才能获得最充分的体现"④。

1. 索绪尔、叶尔姆斯列夫和雅各布逊的篇章符号说

索绪尔最早提出了语言的符号学描写理论，认为语言的主要特征都表现在符号上。通常认为，索绪尔的语言符号学模式关注的是语言的符号系

---

① 黄玫：《韵律与意义：20世纪俄罗斯诗学理论研究》，人民出版社2005年版，第91页。
② ［瑞士］索绪尔：《普通语言学教程》，高名凯译，商务印书馆1996年版，第37页。
③ Вяч. Вс. О Иванов. взаимоотношении динамического исследования эволюции языка, текста и культуры. // Исследования по структуре текста. Отв. Ред. Т. В. Цивьян. М.: наука. 1987. c. 5 – 26.
④ 陈勇：《篇章符号学：理论与方法》，黑龙江大学出版社2010年版，第43页。

统特征,是背离篇章的。Н. А. 柳萨列娃指出:"索绪尔的局限性在于他将作为表达观念系统的语言作为语言学的唯一对象。"① 事实上,索绪尔并没有割裂语言和言语。他认为语言学研究的领域是非常广泛的,其研究领域由两部分组成,"一部分接近语言,是消极的储备;另一部分则接近言语,是一种积极的能量"②。言语活动是多方面的、性质复杂的统一体。可见,索绪尔注意到语篇的重要性,只是没有对言语层进行系统建构。针对这一点,Б. А. 乌斯宾斯基指出:"根据索绪尔的观点,语言被理解为语篇的生成器,一方面,篇章可视为具有自足的、独立内容的符号;同时,篇章也可以视为符号元素的序列,篇章的意义由其符号组成成分的意义及语言规则确定。"③ 可见,索绪尔的语言符号学研究并不排斥篇章,篇章是索绪尔的一个潜在研究领域。

叶尔姆斯列夫和雅各布逊继承和发展了索绪尔的语言理论。叶尔姆斯列夫在索绪尔能指/所指理论的基础上,提出了理论方法、原则和研究方向。他的理论是通过一系列的形式系统发现语言的结构。叶尔姆斯列夫全面继承和发展了索绪尔的"语言是一种符号系统"的观点,在能指和所指二分法的基础上提出了表达层面和内容层面上的形式关系分析,是语言结构问题在涵盖表达形式关系之外又纳入了内容形式关系,使结构概念超越了纯粹结构形式范畴,拓展了语言结构分析的范围,为篇章结构研究打下了理论基础。叶尔姆斯列夫认为语言理论的对象是篇章。语言可以作为聚合体系,其集合体可以由任何材料来表现;而篇章相应地作为组合体系,其组合链也可以由任何材料来表现。由于缺乏对具体篇章语料的分析,叶尔姆斯列夫的符号学理论并未广泛传播。

雅各布逊在普通语言学和一般符号学理论的基础上,把注意力投向篇章,提出了著名的语言通讯理论。他将言语行为中的三要素说话人、受话人和言语的指称扩展为六要素,即所指(语境)、代码、说话者、受话者、接触和篇章。这六个要素分别对应语言的六种功能:所指功能、元语言功能、情感功能、意动功能、联络功能和诗学功能。

索绪尔奠定了符号学的基础。叶尔姆斯列夫和雅各布逊都将篇章作为

---

① 陈勇:《篇章符号学:理论与方法》,黑龙江大学出版社2010年版,第45页。
② 戚雨村:《索绪尔研究的新发现》,《外国语》1995年第6期。
③ 陈勇:《篇章符号学:理论与方法》,黑龙江大学出版社2010年版,第45页。

自己的研究对象，但两人关注的视角不同：叶尔姆斯列夫将篇章作为理论的起点，意识到"篇章问题是为了建构其完整的、可证实的语符学理论，但对篇章的认识较抽象、宏观"①。雅各布逊关注篇章的语言层级和篇章的内在关系，偏重于对具体篇章语料的分析。

2. 巴赫金的篇章符号说

篇章问题是巴赫金符号学研究的一个重要问题。他认为，"篇章是所有这些学科（语言学、诗学、篇章语言学或文学分析等）和整个人文—哲学思维的第一手资料。篇章是思想和感受的直接现实。这些学科和思维只能从篇章出发。哪里没有篇章，那里就没有研究和思维的对象"。② 巴赫金关注符号在交际中的对话性功用，关注交际和思维的对话性结构。"他创建的小说理论是整个篇章成为符号学研究对象之后的重要成果。"③

巴赫金对篇章符号学最为卓越的贡献在于他的对话理论。这是源于对陀思妥耶夫斯基复调小说和叙事文本的对话性结构的精辟分析。他认为，"对话语言是文学的最强形式，排除了统一、绝对主义的独白形式，而代之以民族的和社会的语言多重性"④。巴赫金对话理论的现实基础是他人话语的广泛存在。他认为他人话语是一种特别的双声语。它表现出两种不同的意向，一是说话人的直接意向，二是作者的隐含意向。双声语包含潜在的对话，是两个声音、两种世界观、两种语言间的对话。一个主体的声音中包含他人话语及其意向，巴赫金在陀思妥耶夫斯基的作品中首先听到了他人话语中包含的两种声音、两种语调，他归纳出一个声音包含其他声音的形式有三种：仿效他人话语、讽拟他人话语和折射他人话语。他进一步利用他人话语的方式及使用目的的不同，将双声语体划分为仿格体、讽拟体和暗辩体。"仿格体和讽拟体话语反映出非作者直接话语中作者对他人话语已经定型的形式、格调、意向、含义等不同的态度；暗辩体是话语作者对零位或虚伪的他人话语采取对话的态度，这里的他人话语不出现在作者的话语中，但暗中却与他人话语积极对话，明眼人完全可以把相应的

---

① 陈勇：《篇章符号学：理论与方法》，黑龙江大学出版社2010年版，第51页。
② Бахтин, М. М. . Проблема текста（опыт философского анализа）. М. : Вопросы литературы. 1976，No. 10. с. 123.
③ Иванов. Вяч. Вс. Очерки по истории семиотики в СССР. М. : Наука. 1976. с. 273.
④ 李幼蒸：《理论符号学导论》，社会科学文献出版社1999年版，第631页。

他人话语插入进去而不改变原文的基本意思。"①

巴赫金从对话和独白中引申出了对话性和独白性。话语的对话性是巴赫金话语理论的核心。"话语的对话性是言语主体之间立场、观点和意向的互应互答性。"② 在言语主体间必然存在几种对话关系，即人物与人物、人物与作者、人物与读者、人物与自我、作者与读者等。小说的思想、形象、话语如何有机统一，是在作品主体的探寻和读者与作者对话关系的接受中推向深入的。在作者话语与他人话语的区分中，我们既可以感受到作者的存在，倾听他的声音、辨识他的语调、思想立场等，又可以看到人物的成长变化，追踪思想主题的发展。在文学创作中，对话关系往往是与作家的创作风格、文学流派和作品的言语特质、结构布局以及时代的言语风格紧密相关的。

巴赫金在批判形式主义代表人物日尔蒙斯基美学方法的基础上，依据哲学美学方法论，对文学作品的内容、材料和形式进行了论述。他认为内容与形式是不可分割，相互渗透的。内容是审美客体必不可少的结构因素，与之相对应的是艺术形式。倘若离开与内容的关联，即离开与世界及其要素的关联，艺术形式就不能实现自己的基本功能，也无法获得审美的意义。形式一方面属于材料，并依附于材料，另一方面作为组织材料的作品超越了作为实物的作品。"材料就其自身非审美特性来说，不进入审美客体，但作为具有审美意义的一个要素，它又是创造审美客体必不可少的技术因素。"③ В. В. 维诺格拉多夫认为，"文学作品中所展现的现实体现在言语外壳中，这里的人物、事件和行为紧密联系在一起，处于多元的联系中。所有这些都体现在词汇、表达和结构中。文学作品结构中的言语手段是与其内容相联系，并取决于作者对它的态度"。④ 形式和内容是篇章的两个重要部分。不同的材质在不同语言中的形式是不一样的，每一种语言在无形的思想中以不同的方式进行配置。

3. 洛特曼的文学符号说

通过对语言符号学史的研究发现，篇章问题虽然并不是符号学一直关

---

① 凌建侯：《巴赫金哲学思想与文本分析法》，北京大学出版社 2007 年版，第 136 页。
② 凌建侯：《巴赫金哲学思想与文本分析法》，北京大学出版社 2007 年版，第 123 页。
③ ［俄］巴赫金：《巴赫金全集》（第一卷），钱中文编，晓河译，河北教育出版社 1988 年版，第 363 页。
④ Горшков, А. И. . Лекции по русской стилистике. М. : Издательство Литературного института им. А. М. Горького. 2000. с. 81.

注的中心问题,但语言符号学一直没有忽视篇章的存在,而文学符号学研究从最开始是以篇章作为研究的根本对象。洛特曼作为莫斯科—塔尔图学派的代表人物,他们在文本研究的框架内,形成了文学研究和文化历史研究两条线索。其中,"文学研究以文学篇章作为研究的基本对象,认为篇章是文化最起码的组成部分和基础单位,是文学符号学和文化符号学的连接环节"。[1] 文学语篇以语言符号的形式呈现,通过语言符号表现作家的情感,反映现实生活。文学符号系统不仅具有离散型的特征,又具有鲜明的图像性特质,它是约定性符号与图像性符号相互作用的产物。在文学作品中,语言符号的约定性与文学形象紧密关联,文字符号描绘出一个带有无限想象的艺术世界。离散型符号具有约定俗成的明确含义,所表达的意义准确、细腻、丰富、富于变化;图像符号具有整体感、完整性。这两类符号互相补充,贯穿于文学创作和接受的过程中。这两种符号代表着加工信息、认知世界的方法。在符号学看来,编码和解码的过程中,大脑始终伴随着两种符号活动。编码者面对客观世界,在自己的头脑中形成一个完整的、浑成的艺术形象,如何把这个艺术形象变成线性的、有限的语言符号是编码者的任务。解码者在阅读文本时,只能通过语言符号的线性发展勾勒作品的形象。显而易见,编码与解码是通过语言符号塑造艺术形象、认识客观世界的思维过程。

洛特曼在其著作《文学篇章的结构》中主张"用结构主义的方法来研究文学语篇思维解读问题,把文学语篇研究引入到语言学研究的领域"。[2] 洛特曼区分了篇章与作品两个概念。他认为,"文学作品是与篇章外部现实、文学规范、传统和概念的关系中的篇章构成。研究篇章时将其等同于作品,而不注意篇章外部关系的复杂性,就如同研究交际行为时忽视理解、代码、阐释、错误等问题,而将其归为单一的话语行为一样"。[3] 洛特曼认为,文学篇章包含两个意义系统,即自然语言意义系统和超语言意义系统。对文学文本的解读不仅取决于作者,而且取决于读者的统觉和预期结构。

依据符号学的观点,系统的构成是沿着聚合和组合两个轴向上展开

---

[1] 陈勇:《篇章符号学:理论与方法》,黑龙江大学出版社2010年版,第66页。
[2] 杜桂枝:《莫斯科—塔图符号学派》,《外语学刊》2002年第1期。
[3] 陈勇:《篇章符号学:理论与方法》,黑龙江大学出版社2010年版,第67页。

的，作为系统的篇章也不例外。文学篇章是以语言这一符号系统为媒介来反映思想情感、社会现实、客观世界的艺术话语。文学符号体系不是一种完全意义上的交流和传达中介性质的符号，而是一种集自主性的能指和所指于一体的功能性符号体系。因此，篇章的符号学特点也集中表现在聚合和组合两个维度上，这就将促使我们关注篇章全局（整体性）和篇章局部的相关性（连贯性），也就是关注表达和内容两个层面的相关性。整体性关涉篇章整体，贯穿于整个篇章及其构成单位，体现了篇章纵向的特征，连贯性关涉篇章的局部，体现了篇章构成部分之间的组合联系。

  篇章的主导特征是整体性、完整性，而不是连贯性的语法指示。[1] 篇章的整体性不仅与作者的意图和观念相关，而且与客观世界的整体性和相关性相关。加利佩林认为，"从作者的视角来看，只有作者的意图得到充分的表达，篇章才是完整的。也就是说，篇章的完整性是意图的功能，该意图是作品的基础，在一系列描写、叙述和其他交际过程的形式中得以展开"。[2] 作为交际主体对篇章中的符号成分和层次单位具有整合作用，使篇章具有了整体性。作为创作主体的作者对篇章表达手段的选择总是服务于表达意图的需要；作为接受主体的读者需先认可篇章的整体性，进而在阅读中领会和发掘作者的表达意图。对于篇章整体性的理解要在"作者、篇章、读者"三个层面进行解读。如果只强调作者对篇章整体性的追求，不顾及读者的理解，那么将无法完整地认识篇章的整体性。如果只注重读者的解读，而忽视作者的意图，那么对篇章整体性的理解就过于偏颇。篇章的另一个特征是连贯性。连贯性被视为篇章的本质特征之一。连贯性不再是纯粹的语篇语法问题，而是交际性的和心理性的。对于连贯性的认识仍需从"作者、篇章、读者"的层面进行。从作者的视角而言，连贯性是作者遵循的创作原则。从篇章本身而言，连贯性是篇章本身固有的特性。从读者的视角而言，连贯性是读者阅读理解的必然结果。整体性归属于篇章的内容和语义层面，更多的是语义上的关联，而不是外显的形式手段。连贯性归属于表达层面，更多地依赖一些表达手段。"整体性和连贯

---

[1] Новиков，А. И.. Семантика текста и ее формализация. М.：Наука. 1983. c. 18.
[2] Гальперин，И. Р.. Текст как объект лингвистического исследования. М.：Наука. 1981. c. 131.

性的关系体现了符号能指与所指的关系，反映了篇章内容与表达层面的本质，分别从内容和表达两个方面保证了篇章的正确性和可理解性。"① 叙述主观化不仅是言语形式，而且是言语手段；既是篇章的内容，又是表达的形式。叙述主观化保障了篇章的完整性和连贯性。

小　结

　　本章对叙述主观化的研究现状与生成理据进行了梳理。叙述主观化产生的理论前提是俄国形式主义理论，叙述主观化手段发展的推动因素是"他人话语"。В. В. 维诺格拉多夫借鉴科热夫尼科娃对主观化的论述，首先提出了叙述主观化这一概念，并形成了自己的观点，认为叙述主观化与作者形象紧密相连。之后，В. В. 奥金佐夫对叙述主观化理论进行了深化，将叙述主观化划分为言语形式和结构形式。他指出了叙述主观化与人物形象之间的关系，认为叙述主观化不仅体现在言语形式上，同时也体现在结构形式中。А. И. 戈尔什科夫在奥金佐夫的基础上进一步发展了主观化理论，认为主观化的表现形式应改为"手段"，即言语手段和结构手段，并阐述了言语手段与结构手段之间的关系。后经 Г. Д. 阿赫米托娃、Э. Н. 波利亚科夫和 С. П. 斯捷潘诺夫等学者的不断深入研究，该理论趋于完善。事实上，叙述主观化不仅是针对讲述人的叙述，而且包括作者叙述。在文学作品中，我们可以通过叙事主体讲述人和人物的视角，掌握叙述的内容，感知情感价值。而不同主体采用何种叙述形式、何种叙述策略都取决于作者形象。叙述主观化是作者形象的表现手段，是文学语篇构建的原则。叙述主观化不仅是言语形式，而且是言语手段；既是篇章的内容，又是表达的形式。叙述主观化保障了篇章的完整性和连贯性。随着文学叙事的多元化，作者、讲述人与人物之间的不确定性和模糊性改变，作者叙述的主观化手段也必将随之变化。

---

① 　陈勇：《篇章符号学：理论与方法》，黑龙江大学出版社 2010 年版，第 99 页。

第三章

当代俄罗斯女性文学叙述主观化的传统手段

第一节　言语手段

　　叙述主观化的实现需要借助一定的言语手段。В. В. 奥金佐夫将叙述主观化的表现手段分为言语形式和结构形式。А. И. 戈尔什科夫对奥金佐夫的分类方法进行了补充说明。他并不完全赞同"主观化形式"这一术语,认为应该将"主观化形式"这一术语改称为"主观化手段",只有"主观化手段"才能更贴切地表达这一现象的本质。А. И. 戈尔什科夫分别将"言语形式（речевая форма）和结构形式（структурная форма）"改称为"言语手段（словесный приём）和结构手段（структурный приём）"。缘由如下：一是叙述话语是叙述技巧的运用,技巧的变换影响作品的内容,而"手段"比"形式"更易于体现主观化的本质与内涵；二是主观化的言语手段在很大程度上涉及作品的内容,在形式上更具独特性；三是主观化是由视角的转变而引起的,直接引语、准直接引语和内心话语更易于表达他人言语（非作者言语）。

　　学界对于叙述主观化言语手段的认识不尽一致。В. В. 维诺格拉多夫、В. В. 奥金佐夫、А. И. 戈尔什科夫均认为主观化的言语手段分为直接引语、准直接引语和内部言语。Г. Д. 阿赫米托娃、С. П. 斯捷潘诺夫、Э. Н. 波利亚科夫等则认为直接引语不是叙述主观化的手段。在他们看来,直接引语不属于叙述的范围,与作者的叙述是相对立的。笔者认为,直接引语虽然是明显地表达主观化的手段,但严格而言,它不是作者叙述主观化的手段,因为从本质上讲,这种手段是开放的。叙述主观化发生的范围是除去人物直接引语的作者叙述部分,而不是人物的直接引语部分。直接引语是作品中主观叙述的手段(приём субъективации изложения),而不是作者叙述主观化的手段。因此,笔者认为,直接引语不是叙述主观化的手段,在此不再赘述。

当代俄罗斯女性文学已经成为近二十多年来俄罗斯文坛的重要景观之一,被称为"当代俄罗斯文学的主流趋势之一"[1]。解构旧世界,这是"现代主义和后现代主义主张文化上的趋新、艺术上的创新"[2],而这一主张同样影响当代俄罗斯女性文学的形式追求和话语表达。女性作家打破传统小说的形式束缚,以不同的角度、不同的语言解构旧世界,通过将语言游戏作为创作文本的基本手段,力图重构一个新世界。在文本创作中,女性作家善于运用"不确定性、零散性、片段性、对话性"[3]等言语手段。在当代俄罗斯女性文学叙事中,不同层次的叙述者向读者展现了不同的观察角度、叙事内容、时空距离、价值判断和情感态度。作家们在表现外在世界的同时更加重视内心世界,使得文学作品的叙述显得灵活多变,从而极大地拓展了读者思考与理解的空间。在当代女性文学作品中,叙述主观化是构建叙述话语的重要手段,也是塑造艺术形象、传达审美情感的手段。下面笔者将对当代俄罗斯女性小说中传统的叙述主观化言语手段的具体表现形式予以阐释。

一 准直接引语

准直接引语(несобственно-прямая речь)是叙述主观化的言语手段之一,是一种混合了作者、叙述者和人物主观意识的话语叙述方式,"它作为一种修辞兼句法手段被广泛地运用在文学作品中"[4]。

准直接引语是19世纪以来西方小说叙事中常见的一种话语形式。19世纪末,德国的T.卡莱普基(T. Калепки)注意到准直接引语这一形式,并将其命名为"朦胧的话语"。他认为,准直接引语是转述他人话语时完

---

[1] 李君、关宇:《当代俄罗斯女性文学浅说》,《边疆经济与文化》2010年第9期。
[2] 张建华、王宗琥主编:《20世纪俄罗斯文学思潮与流派(理论篇)》,外语教学与研究出版社2012年版,第257页。
[3] 温玉霞:《解构与重构:俄罗斯后现代小说的文化对抗策略》,中国社会科学出版社2010年版,第185页。
[4] 国晶:《叙事学视阈下乌利茨卡娅小说中非纯直接引语的运用》,《天津外国语大学学报》2015年第2期。

全独立存在的第三种形式，并且把准直接引语界定为一种隐蔽的或模糊不清的言语。这种形式的修辞意义在于，读者必须猜出是谁在说话。另一批评家 E. 洛克（Е. Лорк）是慕尼黑语言学派的代表人物，他把准直接引语界定为"被体验的话语"（пережитая речь），以区别于作为"被说过的言语"（оказанная речь）的直接引语和作为"被告知的言语"（сообщенная речь）的间接引语，并强调这种言语形式只运用在艺术想象中，而在口语中无法运用。洛克认为，准直接引语是直接反映他人言语感受及他人活生生言语印象的形式。此外，准直接引语不是语言交际形式，而是作者与人物关系的表现。洛克对准直接引语的理解缺失了一个重要的因素——评价。这种评价存在于每个生动的词语里，被话语的重音和富于表现力的语调表现出来。在准直接引语中，了解他人话语不仅要根据人物话语的意义，还要凭借人物话语的重音和语调，甚至是言语具有的价值趋向。而法国语言学家 Ш. 巴利（Ш. Балли）将"这一现象命名为'自由间接风格'。这一命名影响甚大，英美评论界的'自由间接话语''自由间接引语'或'间接自由引语'等概念都从其中得到了启示"①。巴利认为，准直接引语是间接引语古典形式的一种最新变异，这种变异不是一种停滞的形式，而是处于运动中的形式，它努力朝直接引语靠拢。他把准直接引语归入思维形象，准直接引语是再现他人话语的新方式。从视角上来讲，准直接引语是作者的言语，而从意义上来讲是人物言语。而将这一语言现象首次命名为"准直接引语"的是德国批评家格尔特鲁达（Гертруда Лерх）。

19 世纪初，准直接引语及其各种变体受到俄罗斯文学界的钟爱，成为文学大师们青睐的艺术表达手段，常被用来表达人物的心理活动。在俄罗斯文学史上，普希金是最早使用准直接引语的作家，使用这种方式无疑对俄罗斯文学乃至世界文学产生了不可估量的深远影响。俄罗斯语言学史上第一个关注准直接引语的学者是 П. П. 科兹洛夫斯基，他把准直接引语描述为"由直接引语和间接引语演变而成的作者本人的言语"②。В. В. 维诺格拉多夫在研究俄罗斯经典文学作品的语言和风格时注意到，在作者的叙述言语中准直接引语夹杂在人物言语内部，并由此认为准直接引语是一

---

① 申丹：《叙述学与小说文体学研究》，北京大学出版社 2005 年版，第 290 页。
② 王娟：《准直接引语研究综述》，《河北工程大学学报》2015 年第 4 期。

种具有表现力的句法现象。В. В. 维诺格拉多夫在 20 世纪 30 年代指出："准直接引语区别于间接叙述，可以直接流露出人物的感受，倾向于人物的内心世界。因此，较之作者叙述，准直接引语所表达的情感显得更公开、更直接。"① В. И. 科杜霍夫（В. И. Кодухов）在准直接引语的研究中起到了非同小可的作用，他认为，准直接引语属于语法兼修辞范畴，是传达他人话语的方式，从作者的叙述、人物的视角传达他人话语。И. И. 科夫图诺娃（И. И. Ковтунова）对 19 世纪俄罗斯文学中的准直接引语进行了研究，在对 20 世纪四五十年代作品中的准直接引语进行对比分析后，得出以下结论："准直接引语和直接引语、间接引语一样，是传达被描写人物话语和思想的第三种独立方式；准直接引语是作者言语和人物言语的混合，是两个言语层面的重合。"② Л. А. 索科洛娃在《准直接引语作为一种修辞范畴》中论述了准直接引语所具有的修辞属性和使用准直接引语的原因，并"提出准直接引语与直接引语和间接引语的句法结构不一样"③，"是一种混合了作者与人物意识的叙述方式"④。В. Н. 巴赫金在《马克思主义与语言哲学》一书中对准直接引语也进行了论述。他认为，准直接引语并不是直接引语和间接引语的简单混合，准直接引语是独立地传达他人话语的第三种形式。他把准直接引语称作"隐蔽的言语"（завуалированная речь），还试图找到这一语言形式的修辞倾向。除此之外，他还对学界关于准直接引语的观点做了批判分析，重点分析了准直接引语中叙述话语与人物话语之间的关系，并把准直接引语命名为言语干扰，但巴赫金未对准直接引语进行分类。

陈浩在《论巴赫金的引语修辞理论》一文中，对准直接引语做了论述，他认为："准直接引语是以作者或叙述者单一的叙述语形式（即作者或叙述者的句法学特征）出现，但却间接指向人物的意识个性，并在这一间接指向中包含着作者与人物超句法学意向对话的一种叙事话语'修辞格'。"⑤ 王加兴在《试论俄语准直接引语》一文中，认为准直接引语

---

① Одинцов, В. В. . Стилистика текста. М. : Урсс. 2004. с. 188.
② Ковтунова, И. И. . Несобственно-прямая речь в русском литературном языке//Русский язык в школе. 1953. No. 2. с. 18.
③ 王娟：《准直接引语研究综述》，《河北工程大学学报》2015 年第 4 期。
④ Шмид, В. . Нарратология, М. : Языки славянской культуры. 2003. с. 121.
⑤ 陈浩：《论巴赫金的引语修辞理论》，《绍兴文理学院学报》1999 年第 3 期。

是引述他人言语的一种独特方式，在形式上属于作者的语言，以第三人称形式出现。并且他"依据有无他人的语域特征将准直接引语分为两类：一类具有语域特征，另一类则仅有视角特征而没有语域特征"。① 王娟在《文学作品中的准直接引语》中，全面、系统地论述了准直接引语的研究历史，阐释了准直接引语的三个研究层面：语法层面、修辞层面、语法兼修辞层面。她认为，准直接引语是介于语言范畴和修辞手段的中间现象，应该从句法学和修辞学两个角度对准直接引语进行研究。王娟的最大贡献在于，"提出了准直接引语的三个判断标志：①带有不同于作者叙述的词汇特点、句法结构和感情色彩的叙述话语；②摆脱引导句，引语本身是独立句；③具有直接引语的语调、节奏、感染力等"。② 根据准直接引语的结构范畴，她将准直接引语分为四种类型："①词和词组构成的准直接引语；②独立句构成的准直接引语；③扩展形式的准直接引语（несобственно-прямая речь в развернутой форме）；④复杂形式的准直接引语（несобственно-прямая речь в осложнённой форме）。"③ 国晶和王娟依据《文学作品中的准直接引语》一书的观点，将准直接引语分为三类："①以词或词组形式出现的准直接引语；②以独立的句子形式出现的准直接引语；③以带有内心独白片段形式的准直接引语。"④

通过梳理准直接引语研究的历史可知，准直接引语是一种重要的人物言语表达方式，是混合了作者、叙述者和人物主观意识的叙述形式，具有双声性和模糊性的特点。"准直接引语在时态和人称上与间接引语一致，但不带有插入动词和连接词，转述语本身为独立的句子。准直接引语与直接引语非常相似，转述语中常常保留体现主体意识的言语成分，例如疑问句、感叹句、重复结构等。"⑤ 准直接引语作为一种修辞兼句法手段被广

---

① 王加兴：《试论俄语准直接引语》，《解放军外国语学院学报》2009年第4期。

② 王娟：《准直接引语研究综述》，《河北工程大学学报》2015年第4期；Лю Цзюань. Несобственно-прямая речь в художественных произведениях. М.: Компания и спутник. 2006. с. 53 – 55.

③ Лю Цзюань. Несобственно-прямая речь в художественных произведениях. М.: Компания и спутник. 2006. с. 64 – 100.

④ 国晶：《文学修辞视角下的柳·乌利茨卡娅小说风格特色研究》，博士学位论文，北京师范大学，2012年；王娟：《维·托卡列娃作品中"对话"的语用分析》，博士学位论文，北京师范大学，2013年。

⑤ 王娟：《准直接引语研究综述》，《河北工程大学学报》2015年第4期。

泛地运用在文学作品中。叙述者可以采用具有褒贬色彩的词语、表达情感态度的感叹词和情态词、插入语等特定词语手段，也可以采用句式手段、语篇建构手段等。它不仅能够有效地感染读者、表达意义和情感、增强语言表现力，揭示作品的主题，而且便于文学作品的理解。准直接引语准确、自如地传递他人话语，在读者面前展示人物的内心世界，搭建读者与作者之间交流的平台。因此，准直接引语不仅能够富有表现力地传递他人话语，而且在整体上还使文本更富有情感，从而起到感染读者的作用。

准直接引语是叙述主观化的言语手段。这一手段的运用可以使读者感知作者（叙述人）和人物的声音，体现人物的主体意识。本书对当代俄罗斯女性作家作品中叙述主观化的言语手段——准直接引语进行研究。通过准直接引语的表现形态，我们探究作者叙述和人物叙述中视角的转变，发现叙述者和人物两种声音、两种意识的并存，而对叙述者与人物话语交替融合的分析使我们在整体上把握作者和人物的关系，领会人物的看法和情感态度，从而揭示出作者的创作意图。

1. 词或词组参与实现的准直接引语

这类准直接引语以词或词组的形式出现在作者叙述的话语中，本质上具有人物话语的特点。这类形式一般以名词、形容词和形容词词组居多，且这类形式表现得比较隐蔽，不易被发现。在此类准直接引语中，作者的叙述占据主导地位，而一些词或词组则反映了人物声音的存在。此类准直接引语是在客观叙述主导的前提下，借叙述人之口表达人物的意识和观点。这种情况就是作者的客观叙述中出现了一种微弱的主观叙述，使作者（讲述人）的叙述发生了主观化。在塔·托尔斯泰娅的短篇小说《猎猛犸》中就有这样的句子。

例1：

Так ведь нет, следов не оставлял; всешеньки-все держал в своей коммуналке. Даже бритву, и ту! Хотя что он там ею брил, бородатый？У него было две бороды: одна густая, потемнее, а посредине ее как будто другая, поменьше, рыжеватая, узким пучочком росла на подбородке. Феномен！Когда он ел или смеялся, -эта вторая борода так и прыгала. Роста Владимир был небольшого, на полголовы ниже Зои, вида немного дикого, волосатый. И очень быстро двигался. («Охота на мамонта»)

故事讲述了女主人公卓娅想要过上理想的生活，即找到一个让她心满意足、与她情投意合的伴侣，然而未婚夫弗拉基米尔在各个方面都和她的理想人选有差距，卓娅厌恶他的生活方式，但为了控制他而决定嫁给他。因此，在家庭生活中，她想驯服自己的丈夫，就像驯服一头猛犸象那样。上文中的叙述表现了卓娅希望自己住所里有弗拉基米尔的私人物品，因为这意味着自己对他的绝对占有，从而满足自己的欲望。可是这里仅有弗拉基米尔的一只牙刷，甚至连男人身边必备的剃须刀都不在她的屋子里，而是放在了弗拉基米尔自己的筒子间里。随后，作者对弗拉基米尔的胡须做了一番描述后，发出了一声感叹，用了一个词"Феномен"。这是以单词形式出现的准直接引语。这个片段中作者的叙述是占据主导地位的，但"Феномен"一词明显是人物话语，是主人公卓娅对未婚夫弗拉基米尔的评价。"Феномен"是一个书面语，这个词带有褒义的色彩，意思是"这简直是个奇观"！① 但在作者的叙述中我们可以看到弗拉基米尔的胡须既不浓密又不长，并且造型比较奇怪，堪称"奇观"。这种叙述的出现，使我们更加深切地体会到卓娅现实中的丈夫和她理想中丈夫的差距，从而呈现出叙述上的嘲讽。这一段是以作者叙述为主的，在作者的叙述中"Феномен"一词的突然出现使全知全能的客观叙述戛然而止。这一准直接引语使作者的客观叙述产生了主观化，这时，叙述从作者视角转向了人物视角，是人物意识的体现，使主人公的意识隐含在这一句型中，让人物的主观情感积极地参与到作品中。

例2：

К сожалению, в шутке не было большого преувеличения: нос ее был действительно грушевидно-расплывчатым, а сама Сонечка, долговязая, широкоплечая, с сухими ногами и отсиделым тощим задом, имела лишь одну стать—большую бабью грудь, рано отросшую да как-то не к месту приставленную к худому телу. Сонечка сводила плечи, сутулилась, носила широкие балахоны, стесняясь своего никчемного богатства спереди и унылой плоскости сзади. («Сонечка»)

这是乌利茨卡娅的小说《索尼奇卡》中的片段。这是一段有关小说女主人公索尼奇卡的外貌描写。在作者这段叙述中插入了两个形容词短语

---

① 陈方：《当代俄罗斯女性小说研究》，中国人民大学出版社2007年版，第160页。

"никчемного богатства"和"унылой плоскости"。很显然，这两个形容词短语是作者以主人公索尼奇卡的视角对自己外貌的描写。这两个形容词是性质形容词，在各类形容词中性质形容词的表现力是最鲜明的，表达的是各种评价意义。作者在这段叙述中，用两个形容词"никчемного"（毫无用处）和"унылой"（令人沮丧）折射出索尼奇卡对自己外貌的不满，作者在看似客观的描述中浸入了人物自己的意识和想法。显而易见，这两个形容词短语恰到好处地表现了索尼奇卡的感受，是一种自惭、畏怯的心理。作者在此采用人物索尼奇卡的视角对其自身的外貌进行描述，真实地向读者交代了索尼奇卡对自我相貌的评价，同时为之后索尼奇卡嫁给罗伯特埋下了伏笔。正因为相貌平平，索尼奇卡从7岁到27岁整整20年的时间一直深埋在书海中，且从未间断。要不是战争爆发，她报考俄罗斯大学语文系的梦想也将实现。

例3：

Дочь выросла практически бесплатно и бескровно. А на сына утекали реки денег, здоровья, километры нервов. А что в итоге? («Лавина»)

这是托卡列娃的小说《雪崩》中的片段。小说讲述了钢琴家梅夏采夫的一段婚外情。在这段叙述中，作者运用了副词"бесплатно"（免费的）和"бескровно"（不流血的）和名词短语"реки денег, здоровья, километры нервов"（花钱如流水，付出大量精力）构成的准直接引语。很明显，这几个词语是作者从主人公梅夏采夫的视角对养育子女状况的描写，这几个词语可以透视出梅夏采夫对自己在抚养子女过程中花费的财力、精力的主观评价。读者可以从"бесплатно"和"бескровно"这对副词中看出在女儿的养育过程中没有花费多少心血和精力，相对比较容易，而在养育儿子的过程中花费了大量的精力和财力。这样的感受来自主人公梅夏采夫切身的体会。这个准直接引语是从梅夏采夫的视角发出的感叹，表达了主人公梅夏采夫深深的无奈和满心的踌躇。作者采用叙述主观化这种手段为儿子吸毒死亡的故事情节埋下了伏笔，达到了语言真切又富有张力的审美效果。

例4：

Вот тут-то у Али и возникло настроение. Плохое. И даже очень плохое. Уже привыкнув к мысли, что навсегда останется в Москве после окончания Менделеевки, поняла она, какой трудной задачей будет избежать Акмолинска, приписанной к которому она оказалась на всю жизнь. Единственным выходом было только замужество, и единственным кандидатом был Шурик, уже занятый, хотя и фиктивно. («Искренне Ваш Шурик»)

这是乌利茨卡娅的小说《您忠实的舒里克》中的片段。《您忠实的舒里克》讲述的是一个男孩舒里克的成长故事。上面这个片段描写的正是与舒里克在同一个实验小组学习，并对他产生好感，从而与他有情感发展的哈萨克女子阿丽雅。她是阿克莫林斯克化工厂的定向生，工厂给她寄来了信，要求她回工厂工作，发挥自己的专长。但是阿丽雅想留在莫斯科，不想回去。这段叙述工整的作者叙述中插入了两个重复的形容词性短语"единственным выходом"（唯一的出路）和"единственным кандидатом"（唯一能嫁的人）。从这两个形容词短语可以判断出这是当事人阿丽雅的声音，是阿丽雅自己内心最真实的想法和动机。在作者的叙述中，我们明显地感受到了人物意识的存在，作者视角和人物视角在自如切换的过程中，我们真切地感受到人物的所思所想。由此看来，这里的"唯一"并不是叙述者的情感表达，而是阿丽雅的自我意识。在这里，作者是以叙述者的口气表明了人物的观点、立场和态度，在作者的客观化叙述中发生了叙述的主观化。从人物的视角来看，叙述主观化手段的运用拉大了叙述的距离，降低了叙述干扰的程度。

2. 句子参与实现的准直接引语

以句子形式出现的准直接引语集中在作者叙述中。这类准直接引语通常以独立的句子或复合句的分句形式出现，如感叹句、疑问句、省略句、无人称句、不定式句等，并且借助大量的语气词、感叹词等。这类准直接引语通常传递出人物的意识，反映出作者或叙述者的思考与认识，使人物和作者之间的关系更加密切。从叙述者的视角来看，叙述距离也更加靠近。

例5：

Завтрак подавали замечательный, с деликатесами. Но какое это имело значение? Ей хотелось пищи для души, а не для плоти. Хотелось влюбиться и выйти замуж. А если не влюбиться, то хотя бы просто устроиться. Человеческая жизнь рассчитана природой так, чтобы успеть взрастить два поколения—детей и внуков. Поэтому все надо успеть своевременно. Эту беспощадную своевременность Инна наблюдала в прошлый отпуск в деревне. («Старая собака»)

这是维·托卡列娃的作品《一条老狗》中的片段,女主人公英娜已经 32 岁,但尚未嫁人,虽和一个男人相爱过,并对他抱有希望,最终却因男方的某些客观原因无疾而终。她通过花钱让别人给自己搞了张工作疗养证去疗养院疗养,而她来疗养院并非为了治病,而是要给自己寻觅一个丈夫。尽管疗养院供应的早餐很精美,非常丰盛,但英娜却不为所动,在作者的叙述中,突然出现了一句:"Но какое это имело значение?"(然而这又有什么意义呢?)这一修辞问句既像是叙述者发出的设问,又像是女主人公英娜对自己的疑问。它既可以看作处于叙述者的视角,又可以看作主人公的视角。事实上,叙述者和人物在这里几乎融为一体,与人物共同思考和体会。这类问句并"不表示提问,也不要求回答,而是用疑问句形式表示一个明确的意思"[1],这句修辞性问句表达了作者对女主人公现状的担忧和无奈。这种表达方式使意思得到加强,富于表现力,同时表达出人物的情感。正如苏联逻辑学家 П. С. Попов 所说的:"修辞问句等于断然的判断加上感叹。"[2]

例 6:

Прошла неделя. Погода стояла превосходная. Инна томилась праздностью, простоем души и каждое утро после завтрака садилась на лавочку и поджидала: может, придёт кто-нибудь ещё. Тот, кто должен приехать. Ведь не может же Он не приехать, если она ТАК его ждёт. Клоунесса усаживалась рядом и приставала с вопросами. Инна наврала ей, что она психоаналитик. И клоунесса спрашивала, к чему ей ночью приснилась потрошёная курица. («Старая собака»)

主人公英娜来疗养院已经一星期了,可是她给自己找一个丈夫的目标没有任何进展。每天吃过早饭,她就坐在长凳上静静地等待艳遇的到来。上面的片段正是对这一情景的描述,这里明显以作者叙述开头,但突然出现了英娜本人的声音:"может, придёт кто-нибудь ещё. Тот, кто должен приехать. Ведь не может же Он не приехать, если она ТАК его ждёт."

---

[1] 康乐:《从辞格角度浅谈俄语科学语体的感情色彩》,《科技信息》2011 年第 12 期。
[2] 参见张会森《修辞学通论》,上海外语教育出版社 2002 年版,第 75 页。

（也许还会有人来的。他一定会来的，既然她这样焦急地等待着他）给读者的感觉是叙述者与人物的距离时近时远、声音分分合合，视角不停转换，似乎叙述者与人物同呼吸、共命运，两者间心灵共鸣、思想统一。

例7：

　　Анна ждала домой взрослого сына. Шел уже третий час ночи. Анна перебирала в голове все возможные варианты. Первое: сын в общежитии с искусственной блондинкой, носительницей СПИДа. Вирус уже ввинчивается в капилляр. Еще секунда-и СПИД в кровеносной системе. Плывет себе, отдыхает. Теперь ее сын умрет от иммунодефицита. Сначала похудеет, станет прозрачным и растает как свеча. И она будет его хоронить и скрывать причину смерти. О Господи! Лучше бы он тогда женился! Зачем, зачем отговорила его два года назад? Но как не отговорить: девица из Мариуполя, на шесть лет старше. И это еще не все. Имеет ребенка, но она его не имеет. Сдала государству до трех лет. Сдала на чужие руки—а сама на поиски мужа в Москву. А этот дурак разбежался, запутался в собственном благородстве, как в соплях. Собрался в загс. Анна спрятала паспорт. Чего только не выслушала. Чего сама не наговорила. В церковь ходила. Богу молилась на коленях. Но отбила. Победа. Теперь вот сиди и жди. («Я есть. Ты есть. Он есть»）

　　再来看维•托卡列娃的作品《我有，你有，他有》中的片段。《我有，你有，他有》的主人公安娜是一个很传统的女性，作为一个负责任的妈妈，在丈夫去世以后，她把自己所有的注意力都集中到了儿子身上。她担心儿子与女人交往，甚至在头脑中想象各种可怕的场景，并因此不断地自责。儿子结婚后和妻子的亲密关系使安娜失去了原有的归属感，而安娜个人爱情生活的不顺利更让她备感失落。在儿子与儿媳因为无法处理好和她的关系而搬走后，她的生活似乎什么都没有了，一切都是单调、枯燥、无味的，就像她给学生上课时不停地重复简单句式的法语："你有，我有，他有"一样。没过多久，儿媳在一次车祸中变成了植物人，无法全身心照顾妻子的儿子重新回到了母亲的身边。安娜则因为这个意外的事件变得忙碌起来，同时暗自高兴他们又成了一家人。此后她的生活几乎是按儿媳吃药的时间表来运转的。作为一名知识女性，安娜的脑海里有时也会闪现出通过安排属于自己的生活,来实现自己价值的愿望,但是为了儿子和另外一个可怜、无依无靠的女人,在她看来自己的牺牲是值得的。上述片段是对主人公安娜的一段叙述,她担心儿子的生活。在作者的叙述中,出现了这样的句子: "О Господи! Лучше бы он тогда женился! Зачем, зачем отговорила его два года назад? Но как не отговорить."(哦,上帝呀!还不如当初让他结婚呢!为什么,为什么两年前要阻止那场婚姻!但又怎么能不阻止呢?)在这四句话中,一句是感叹句,一句是祈使句,一句是疑问句,一句是陈述句,其中第二句祈使句带有假定式形式。这几句话语带有强烈的感情色彩,并附带了鲜明的语调。这是以句子形式出现的准直接引语,是出于人物的视角,叙述者与人物在此融为一体,读者从这句话能深切地体会出,作为母亲,从内心深处迸发出的那种自责和难过,尤其是带有委婉语气的祈使句(Лучше бы он тогда женился!)将这种情感鲜活地表现出来。这种叙述的声音也只有人物自己才能深切地体会与表达,也只有在作者叙述中出现这种人物的声音时,才使得作者的客观叙述显现了生机,使读者直接领悟了人物鲜活的思想,让读者不得不继续倾听人物的内心,观察事态的发展和人物命运的起伏。这正是运用叙述主观化手段所产生的独特效果,让叙述的视角在作者、讲述人和人物之间不停地转换,就如多棱镜一样,会呈现出多个不同的镜像。

例 8:

Похихишницы не понимали: как он может жить со своей Розой, такой скучной и страховидной? Как он может провести с ней романтический вечер? Но Артемьев не рассматривал свою жену как сексуальный объект. Роза-это дом из камней, как у Наф-Нафа. В таком доме не страшен серый волк. Роза-это пространство, где стоит его письменный стол, и он может за ним работать. Более того, Артемьев мог работать только тогда, когда Роза находилась в соседней комнате. За стеной, но рядом. Он успокаивался от ее присутствия. Уравновешивался. («За рекой, за лесом»)

这是托卡列娃《在河畔,在林边》的片段,主人公阿拉杰米耶夫是一名有家室、有一定社会地位的作家,但他好色成性,不停地周旋于女人之间，他的妻子罗扎把他的女友们称为"嘿嘿笑的猛兽"①。在这一片段中呈现了三种叙述视角，即作者的叙述视角、阿拉杰米耶夫的叙述视角和"嘿嘿笑的猛兽"的叙述视角。片段中出现了这两句话"как он может жить со своей Розой, такой скучной и страховидной? Как он может провести с ней романтический вечер?"（"他怎么能和罗扎一起生活，她那么无聊、难看？怎么能和她一起度过那些浪漫的夜晚呢？"②）会引起读者的注意。这两句话究竟是叙述者的话语，还是"嘿嘿笑的猛兽"的话语？这既可以是人物的视角，又可以是叙述者的视角，这里叙述者与人物的声音混杂在一起，叙述者与人物间的关系非常密切，叙述距离非常近，近似于重合。在她们看来，阿拉杰米耶夫的妻子罗扎无趣、丑陋、没情调，并且无法理解她们是如何生活的，在这里，尽管阿拉杰米耶夫对妻子不满意，但他觉得只有妻子的存在，才能让他感觉到生活的安宁与平静。

作家甄选的语言表达方式在本质上就是"在原语言语义系统的传统型限制中进行的有组织破坏和超越的符号系统"③。任何一个文学作品，它只能以原有的语言方式和语义系统为基础组成自己的文本形式。作家无论选用词或词组形式的准直接引语还是句子形式的准直接引语都是为了再现所指称的世界，构成了文本的最低级层面。对于作家而言，仅有客观的呈现是不够的，也是不可能的。这些女性作家在以客观的态度对现实世界的本来面目进行反映的同时，必然带上了个人的或者人物的或者时代的情感色彩。文学作品的交流和人的交流一样，不可能排除交流主体的成分。因而这种交流倾向于信息发出者的表现和情感的流露。显然，准直接引语兼顾了这些功能。这类语言表达方式不仅表现出言语主体（讲述人、人物）的态度、情感，而且同时可以表现出作者的思想意图、价值观念。所以，这种有意味的形式不再是与内容分离的，恰恰内容是形式的功能。正可谓"形式不仅仅是内容的负载体，它本身就意味着内容"。④

二 内部言语

内部言语是人的心理活动的特殊形式，与人的心理活动紧密相连，也

---

① 托卡列娃：《在河畔，在林边》，刁科梅译，《俄罗斯文艺》2007年第3期。
② 托卡列娃：《在河畔，在林边》，刁科梅译，《俄罗斯文艺》2007年第3期。
③ 徐剑艺：《小说符号诗学》，浙江大学出版社1991年版，第73页。
④ 徐剑艺：《小说符号诗学》，浙江大学出版社1991年版，第54页。

是言语活动的特殊形式,"因为行为意识包含了人的思维、感受、理解、记忆、意志等"①。内部言语是在外部言语的基础上出现的,是言语思维的重要结构成分,同时也是言语思维活动的准备阶段。内部言语的实现借助特殊的语码,该码具有主观性,并且包含各种感觉特征:视觉、听觉等。② 内部言语还具有联想性,在语义表述上会出现断续、不完整、不清晰等,甚至会发生结构的缩合。В. В. 维诺格拉多夫最早对"内部言语"这一现象给予了关注,并将"内部言语"作为对人物进行心理分析的手段。他归纳了内部言语的基本特征:用第一人称替代第三人称,可以过渡到人物直接的情感表达,即过渡到人物视角的直接表达。巴赫金认为:"内部言语问题——这是非常重要的语言哲学问题之一,处于心理学和语言学的接合处。"③ 内部言语是没有声音的、自思自语的行为,通常出现在思考、抉择、踌躇等情况下。它与语言和思维紧密地联系在一起,是复杂的、多层次的,也与人的行为活动紧密相关。内部言语是文学创造活动中必不可少的心理活动外化的文学言语。在文学作品中,内部言语通常被用来分析人物的内心世界,描写人的心智和情感世界。它是构建人物形象的艺术手段,是文学作品心理分析最重要的手段。

语言学家们对内部言语表现类型的分类各持己见。Г. М. 丘马科夫(Г. М. Чумаков)认为内部言语是一个多维语义的他人话语类型。依据内部言语的实现方式可以分为:未说出的内部言语(внутренняя речь невысказанная)和说出的内部言语(внутренняя речь высказанная);按照实现的手段分为:面部言语(мимическая речь)、潜台词(речь подтекстная)、信号言语(речь сигнальная);依据言语的主体分为:人发出的言语(речь, исходящая от лица)和物发出的言语(речь, исходящая от предметов)。④ Ю. Н. 卡拉乌洛夫(Караулов Ю. Н.)将内部言语分为几种形式:内心独白、内心对话、假设的内化言语和不完全内化的言语。⑤ Е. В. 谢利切诺科(Сельченок Е. В.)将内部言语分为两

---

① Артюшков, И. В. . Внутренняя речь и ее изображение в художественной литературе: На материале романов Ф. М. Достоевского и Л. Н. Толстого: . Дис. ... д-ра филол. наук. М. : 2004. с. 16.

② Жинкин, Н. И. . Речь как проводник информации. М. : Наука. 1982. с. 92.

③ Волошинов, В. Н. . Марксизм и философия языка. М. : Прибой. 1930. с. 41.

④ Чумаков, Г. М. . Монолог и диалог //Паукові зап. Слов'янськ. державн. пед. ін-ту. Серія історико-філоло-гична. -Слов'янськ. 1957. -Т. П. -Вип. 2. с. 57 – 58.

⑤ Караулов, Ю. Н. . Русский язык и языковая личность. М. : Наука. 1987. с. 34.

种类型：一种是用作者叙述的形式表达人物的内心感受和情感变化；另一种是以直接引语的形式传递人物的思想、感受等。① В. А. 库哈连科（Кухаренко В. А.）将内部言语分为：意识流（поток сознания）和内心独白（внутренний монолог）等②。

可以看出，对于内部言语的分类，各位学者持不同的主张和见解。对于文学作品而言，基本的功能是美学，为了达到所追求的这种美学效果，作家们尽可能地使用各种手段和方法。文学作品中的内部言语是人物内心世界的表达方式，是人物内心感受和思考过程的体现，也是文学作品重要的艺术手段，可以直接或间接地揭示人物的思想或感受，凸显人物的个性特征。因此，内部言语在文学作品中起到了重要的作用。首先，内部言语是通过作者或者人物的视角展现的，表现为作者声音与人物声音的混合。其次，文学作品中内部言语的运用经常与人物在人生艰难时期、转折时刻的思考和感受紧密相连，与进一步影响人生的责任负担、道德抉择、人物间的相互关系等相关。国内学者白春仁指出，内心语言是一种特殊的客体语言，它的根本特点就在于完全的虚构。在现实中，潜意识是说不出来的，无法形成完整而又有条理的话语。"因此作者描写内心语言的目的是表达内在的感受和意念，一般不顾及语言的格调和个性。就话语形式论而言，人物的外在语言接近生活原型的真实语言，而他的内心语言，却接近作者的叙述语言。"③

当代俄罗斯女性文学呈现出多元的发展趋势，作家的写作风格和表现形式也是多元的。作家在描写童年、爱情、亲情、家庭、日常生活等问题时，对人物的言行、人物的思想斗争与转变、日常举止等都表现得非常逼真、入木三分。将人物的内心淋漓尽致地展现出来是女性作家细腻、圆融的笔触所追求的境界。在对本书叙述主观化的言语手段—内部言语进行分析时，笔者借鉴库哈连科的观点，将内部言语分为意识流和内心独白。

1. 意识流

"意识流"这一术语最早出现在 1890 年美国心理学家威廉·詹姆斯的著作《心理原则》一书中，他认为"人的意识活动不是以各部分之间

---

① Сельченок, Е. В. . Структура художественно-преобразованной внутренней речи. М. ：КД. 1988. с. 21 – 44.
② Кухаренко, В. А. . Интерпретация текста. М. ：Просвещение. 1988. с. 161 – 171.
③ 白春仁：《文学修辞学》，吉林教育出版社 1993 年版，第 226 页。

互不相关的零散方式进行的，而是一种流，是以思想流、主观生活之流、意识流的方式进行的"①。"同时，他认为人的意识是由理性自觉的意识和无逻辑、非理性的潜意识所构成的；人过去的意识会浮现出来与现在的意识交织在一起，这就会重新组织人的时间感，形成一种在主观感觉中具有直接现实性的时间感。"②

"意识流"这一概念出现在文学领域则更晚一些。1920 年乔伊斯的小说《尤利西斯》运用了这种艺术方法。但乔伊斯认为，他没有发明这种艺术手法，只是采用了法国作家埃杜阿•杜雅尔丹（Дюжарден）的写作手法。意识流是内部言语的表现形式之一，以最接近意识本身的形式体现人物的内部言语。无论对作家，抑或对读者而言，意识流都是复杂的，因为作家在创建意识流时，必须将"有意识的与无意识的、合乎逻辑的与逻辑混乱的、真实的与推测的内容联系起来，作者的思维与人物的思维将会影响整个作品的效果；还必须在这些令人费解的联系中找到与所描写的事件相关联的逻辑支撑，确定它们之间的关系"③。意识流打破了故事叙述的传统模式与刻画人物的方式，增强了故事时间与空间的跳跃性，能够揭示人物复杂的内心活动和内心世界。

在当代俄罗斯女性文学作品中，作家常常使用描写人物意识或潜意识的意识流手段。作家在运用意识流时需要将有意识的、无意识的、理性的和非理性的东西糅合在一起，这样尽可能地体现出作者的思维和人物的思维。在作者的客观叙述中，意识流手段的运用使叙述的视角发生了转变，将人物的"内在感受和意念传达出来，一般不顾及语言的格调和个性"④。

例 9：

Свет двух прожекторов — воскресшего во всех деталях прошлого и совершенного утра, освещал это мгновение. Долгая мука неразрешимых вопросов—где я？кто я？зачем？—окончилась в одно мгновение. Это бцла

---

① 王喆：《从〈尤利西斯〉看意识流小说的艺术特征》，《合肥工业大学学报》2009 年第 4 期。

② http://www.baike.com/wiki/%E6%84%8F%E8%AF%86%E6%B5%81%E5%B0%8F%E8%AF%B4，2018 年 4 月 5 日。

③ Кухаренко, В. А. . Интерпретация текста. М. : Просвещение. 1988. с. 163.

④ 白春仁：《文学修辞学》，吉林教育出版社 1993 年版，第 227 页。

第三章　当代俄罗斯女性文学叙述主观化的传统手段　　67

она, Елена Георгиевна Кукоцкая, но совсем новая, да, Новенькая, но теперь ей хотелось собрать воедино все то, что она знала когда-то и забыла, то, чего никогда не знала, но как будто вспомнила. («Казус Кукоцкого»)

在柳·乌利茨卡娅的小说《库科茨基医生的病案》中，作者利用女主人公叶莲娜的梦境来展现她丰富的内心世界，在她的梦中，小说中的所有人物都出现了，甚至还出现了列夫·托尔斯泰。作者打破时间限制，在梦境中把过去、现在和未来的生活拼接穿插在一起。作者利用梦境将叶莲娜头脑中的思绪和意识，以及纷繁复杂的内心世界直白地、原原本本地展现在读者眼前。意识流着重表现模糊的思绪与浮想，因此，这些表述不清晰、意思不完整，并具有很强的联想性和形象性，同时又缺乏逻辑性，从而造成了文本的混沌感、随意性和游戏性。然而"浸入在叙述中的人物内部言语有别于作者的叙述风格"①，恰恰这种与众不同使柳·乌利茨卡娅的小说《库科茨基医生的病案》的叙述风格有别于其他的作品。

例 10：

А после войны вернулись — с третьим мужем — вот сюда, в эти комнатки. Третий муж все ныл, ныл... Коридор длинный. Свет тусклый. Окна во двор. Все позади. Умерли — нарядные гости. Засохли цветы. Дождь барабанит в стекла. Ныл, ныл — и умер, а когда, отчего — Александра Эрнестовна не заметила. Доставала Ивана Николаевича из альбома, долго смотрела. Как он ее звал! Она уже и билет купила — вот он, билет. На плотной картонке — черные цифры. Хочешь — так смотри, хочешь — переверни вверх ногами, все равно: забытые знаки неведомого алфавита, зашифрованный пропуск туда, на тот берег. Может быть, если узнать волшебное слово... если догадаться... если сесть и хорошенько подумать... или где-то поискать... должна же быть дверь, щелочка, незамеченный кривой проход туда, в тот день; все закрыли, ну а хоть щелочку-то — зазевались и оставили; может быть, в каком-нибудь старом доме, что ли; на чердаке, если отогнуть доски... или в глухом переулке, в кирпичной стене — пролом, небрежно

---

① Горшков, А. И.. Русская стилистика. М. : АСТ. Астрель. 2006, с. 211.

заложенный кирпичами, торопливо замазанный, крест-накрест забитый на скорую руку... Может быть, не здесь, а в другом городе... Может быть, где-то в путанице рельсов, в стороне, стоит вагон, старый, заржавевший, с провалившимся полом, вагон, в который так и не села милая Шура？（«Милая Шура»）

这是塔·托尔斯泰娅的小说《亲爱的舒拉》中的片段。这部小说讲述了一个屡受波折、孤苦伶仃、渴望爱情却又难以得到温暖与幸福的女人，在生命的尽头，她回顾自己的一生，特别回忆了自己的三个丈夫和一次邂逅的爱情。上述片段是主人公埃内斯托芙娜回忆与第三任丈夫之间的往事。在这段回忆中，充满了无规则的意识活动，模糊回忆是断断续续的，她的意识就像"流"一样随波逐流。该片段句法上极不完整，语言单位之间没有必然的联系，语义间具有很大的随意性、跳跃性和不连贯性。片段中使用了4个"может быть"、4个"если"、2个"или"、6个省略号，这些语言手段的使用展现了人物丰富朦胧的心理感受和飘忽动荡的思绪。人的内在心理活动和心理结构无形状可言，完全是一种感觉上的超视觉存在状态。而作者将这种无序的、混沌的、朦胧的状态通过意识流形式展现出来，将人物潜在的真实内心世界表现出来。这种手段十分直观地为读者提供了人物最原始的思维存在方式。

2. 内心独白

内心独白是内部言语的基本形式，是体现人物精神、道德、思想观念最主要的途径。内心独白既是人物自己的言语，又是文学作品中直接反映和表现心理过程的艺术手段。内心独白的内容既可以追寻过去，也可以展望未来；既可以评判往昔，也可以规划来日。当旁观者和谈话对象缺失时，对人物独自思考、回忆、分析的描写会保证人物独白的真实性。读者则通过人物的内心独白收集到该人物的第一手资料，从而得以窥见人物的内心世界。

内心独白是18世纪进入文学视野的，18世纪末至19世纪，内心独白通常以片段的形式出现，从一段到几页不等。在文学作品中表达内心独白有三类形式：作者言语、人物言语和他人言语的混合。内心独白表达人物心理的总体特征，展现人物的内心世界，突出每个心理状态的特点。他人言语混合构成的内心独白则显示人物的思想和感受，同时包含作者的评论。准直接引语是表达内心独白的基本形式，它表达的是人物的思想、感受、言语风格，甚至是作者的态度。内心独白不仅是揭示人物内心世界的艺术手段，而且是推动情节变化的结构手段。内心独白一般具有较为明显的标记，这些标记都是同思维活动有关的词，在塔·托尔斯泰娅的小说《火与尘》中出现了多次内心独白。

例 11：

«Ну и оставила бы ее ночевать», — бормотал Федя сквозь сон, сквозь тепло, и очень он был красивый в красном свете ночника. Ночевать? Вот уж никогда! И где? В комнате старичка Ашкенази? Старичок все ворочался у себя на прохудившемся диване, курил густое и вонючее, кашлял, среди ночи ходил на кухню попить воды из-под крана, но, в общем, ничего, не раздражал. Когда собирались гости, одалживал стулья, выносил баночку маринованных грибков, детям отклеивал колтун слипшихся леденцов из жестянки; его сажали за стол, с краю, и он посмеивался, болтал ногами, не достававшими до пола, покуривал в кулачок: «Ничего, молодежь, терпите: скоро помру, вся квартира ваша будет». — «Живите до ста лет, Давид Данилыч», — успокаивала Римма, а все-таки приятно было помечтать о том времени, когда она станет хозяйкой целой квартиры, не коммунальной, собственной, сделает большой ремонт, нелепую пятиугольную кухню покроет сверху донизу кафелем и плиту сменит. Федя защитит диссертацию, дети пойдут в школу, английский, музыка, фигурное катание... ну что бы еще представить? Им многие заранее завидовали.

Римма открывала глаза и смотрела, улыбаясь, сквозь табачный дым и мечты на гостей, на ленивого, довольного Федю, на болтающего ножками Давида Данилыча, медленно опускалась на землю. А начнется с малого... начнется понемногу... Ослабевшими от полета ногами она нащупывала почву. О, сначала все-таки квартира. В комнате старичка будет спальня. Голубые шторы. Нет, белые. Белые, шелковые, пышные, сборчатые. И кровать белая. Воскресное утро. Римма в белом пеньюаре, с распущенными волосами (волосы нужно начать отращивать, а пеньюар уже тайно куплен: не удержалась...) пройдет по квартире на кухню... Пахнет кофе... Новым знакомым она будет говорить: «А вот в этой комнате, где теперь спальня, раньше жил старичок... Такой милый... Совсем не мешал. А после его смерти мы заняли... Жалко: такой чудесный старичок!». («Огонь и пыль»)

这是《火与尘》中的片段。故事讲述了两个女性在面对同样的生活时产生的截然不同的感觉和情绪。上述两个片段是主人公莉玛的内心独白。第一个片段她想象在得到德维特老头的房子后的愉悦和满足。当这套房子不再是两家合用，而是属于自己的时候，她计划要装修改造一下。之后她又想到丈夫费佳的论文答辩，孩子们的学习和娱乐等。第二个片段她设想如何把屋子装饰一番，选用什么颜色的帘子，以及床单的颜色。在这两个片段中出现感叹句、疑问句、省略句等。例如"Федя защитит диссертацию, дети пойдут в школу, английский, музыка, фигурное катание... ну что бы еще представить?"这些句子类型具有强烈的感情色彩，富于表现力。女性作家之所以善于运用这类表达形式，是因为这类话语能够更加细腻地刻画出人物思想意识中微妙的变化，凸显出人物复杂的思想、心理、感情变化。这两个片段都是富于幻想的莉玛的内心独白，透过内心独白可以发现莉玛并无所求，只想拥有一套自己的房子，从莉玛在两个片段中的独白可以清晰地看到她的这一愿望。在这两段内心独白中介入了叙述者，人物的思想意识是通过叙述者这一媒介迂回地呈现在读者面前，人物的声音与叙述者的叙述互相交叉，这是间接的内心独白，这样的独白有利于从一个人物意识转向另一个人的意识，过渡巧妙自然。

例 12：

Сильвана вдруг почувствовала определенность, и эта определенность успокоила ее, все расставила по своим местам. Смятение осело. Душа стала прозрачной. Еще утром она недоумевала: зачем приехала сюда? А сейчас поняла: стоило ехать так далеко, чтобы узнать — больше ничего не будет. Только зима. И это, оказывается, хорошо. Можно успокоиться, оглядеться, оценить то, что есть. То что было. Не бежать постоянно куда-то, не устремляться на скорости, когда все предметы и лица сливаются в одну сплошную полосу. Можно остановиться, оглядеться по сторонам: вот дома, вот люди, вот я. («Не сотвори»)

这是托卡列娃的小说《不可制造偶像》中的片段。该片段是意大利女星西利瓦娜的内心独白，表现的是与一个普通的管道修理工维塔利简短交流之后的大彻大悟。这段内心独白的特点是：作者使用第三人称代词"她"，但作者笔下的"她"介于第三人称和第一人称之间，实质上是人物的内心独白。这一独白明显经过加工提炼，条理性和逻辑性比较强。语言表述接近作者叙述，句式工整，逻辑严谨，结构完整。这一段的最后一句人称代词由第三人称转为第一人称，完成了从叙述语向人物内心的过渡，通过这样的内心独白恰到好处地表现了人物当时的内心感受。西利瓦娜彻底清醒了，她懂得了生活是实实在在的，只需要简简单单、平平淡淡，不需要太多的浮华，只要做好自己就足矣。人物的意识直接呈现在读者面前，给人一种跃然纸上、惟妙惟肖的感觉。

"在现代俄语中，尤其是文学作品和政论语篇中经常使用分割结构。"① 分割结构的特点在于："它具有情感上影响读者的能力，具有传达人物或者作者（叙述人）对某人某事的情感态度的能力。"② 分割结构也是表达内心话语的手段。这种结构极富表现力，是增强语言表现力的有效形式，让语言表达显得更加活泼、自如，更能体现出人物的语言特色。分割结构不仅可以折射出人物思路的发展变化，而且可以补充与完善前面所述的内容。分割结构是作者或者讲述人为了突出或者强调所述信息，而增强言语表现力的手段。这种结构简化了句子结构，使表述更加简洁，表达更加细致。在文学作品中分割结构将叙述画面分解，突出局部细节，使人物形象生动、鲜明，富有感情色彩。"在许多当代作家的作品中，特别是那些语言简洁生动、口语特点浓重、具有现代风格的作品中，分割结构颇为常见。"③ 分割结构传达出作者（讲述人）或者人物的情感、态度。分割式内心话语的语调是不均匀的，甚至是不连贯的，它模仿了"鲜活言语"的自然特征和直接性特征。在当代俄罗斯女性文学作品中，分割式内心话语是比较典型的一类形式。女性作家通过对这个语言形式的运用力求达到自己所追求的语言风格和情感表达。

例 13：

Инна остановилась и внимательно посмотрела на Адама. Она тоже

---

① Виноградов, А. А.. К вопросу о дифференциации явлений парцелляции и динамического присоединения//Вопросы языкознания. 1981, No. 30. с. 98.

② 王娟：《维·托卡列娃作品中"对话"的语用分析》，博士学位论文，北京师范大学，2013 年。

③ 郭聿楷：《俄语句法中的分割结构》，《外语学刊》1981 年第 1 期。

ничего не хотела ждать. Она хотела быть счастливой сегодня. Сейчас. Сию минуту. («Старая собака»)

这是维·托卡列娃的小说《一条老狗》中的片段。在这个片段中，作者运用了简单句中带有同等状语的分割结构。这一分割结构是由主体部分和分割部分组成，主体部分和分割部分之间用句号隔开，分割部分是同等时间状语，且这个分割部分是双重的。主人公英娜一直追寻、等待幸福的到来，她多么希望得到幸福，是如此期盼、期待，但此时她不想再等待了，"就在今天，就在现在，就在此时此刻"。在此，主体部分是英娜想今天得到幸福，而分割部分是"就在现在，就在此时此刻"。主体部分是个独立的简单句，在结构上和语义上相对完整。分割部分在句法功能和语义上依赖于主体部分。在语义上这个分割结构具有补充、扩展的特征，同时具有强调的作用。作者通过分割结构的表述，让读者可以感受到人物情感变化。分割结构增强了语篇的节奏感，可以让读者深切地感受到人物内心那种追求幸福的紧迫感，让静止的叙述变得鲜活起来。通过这一分割结构，作者传递出人物的情感和态度。

例14：

Во время обеда она, однако, заметила, что сидят они врозь. Старушка в центре зала, а противный супермен — возле Инны. «Значит, не родственники», — подумала она и перестала думать о нем вообще. Он сидел таким образом, что не попадал в её поле зрения, и она его в это поле не включила. Смотрела перед собой в стену и скучала по работе, по своему любимому человеку, который хоть и слинял, но все-таки существовал. Он же не умер, его можно было бы позвать сюда, в санаторий. Но звать не хотелось, потому что не интересно было играть в проигранную игру. («Старая собака»)

这也是维·托卡列娃的小说《一条老狗》中的片段。这一片段中的分割结构是并列复合句中的分割结构。第一个分句与第二个分句之间用句号隔开，第二个分句用带对别—对别连接词 но 与第一句连接。英娜思念自己的工作和自己心爱的人，回想着自己唯一爱过的那个人。她曾经对他抱有很高的期望，期待着与他结婚成家、生儿育女，可是后来由于他的某些客观原因，他十分委婉地疏远了她。此时，虽然英娜内心掠过一丝对未婚夫的想念："她也可以把他请到疗养院来，但她却不愿意，因为在她看来，败局已定的牌再没有必要继续打下去。"在这个分割结构中 но 引导的第二个分句更易于引起读者的注意，便于读者揣测作者的叙述意图，正是这种表达，传递出人物的态度和情感趋向：过去仅仅是一种经历，她不想与过往产生任何关系，在她看来，以前的事情没有任何意义，重要的是继续寻找自己的幸福。分割结构的运用使"独白"变为"对话"。文本在人物与人物、作者与读者之间形成了一种对话，人物在回忆与期待中寻求生命的意义与价值，而读者的情绪则随着人物的情感变化而起伏流转。

当代俄罗斯女性作家善于运用分割结构，她们运用这一结构既是对上文的补充叙述，又在语义上强调被分割的部分，进而吸引读者的眼球。作者采用分割结构的表达方式，使语言的表达更为简练，更有利于传递人物的思想动态和内心活动。同时，分割结构也是作者"个性化"叙述方式的体现。

意识流、内心独白在一定程度上是对情节的解释，能够有效地推进情节的发展。"在进行文学创作或阅读文学作品时，意识流、内心独白是不能直接剪除的，因为缺失意识流、内心独白会造成因果链的断裂，也会影响人物性格的塑造，最终会影响到作品整体的表达效果。尽管不是所有作者都以这种形式来展开人物的内心世界，但只要出现了意识流、内心独白，它就会加深作品的心理深度，成为人物内心世界和外部世界联系的重要桥梁。"[①] 意识流、内心独白是文学篇章情感体现的表征方式，也是作家乐于选择的语言表达手段。这两种方式"体现了主体言语活动的情感——动机过程"[②]，体现了篇章的情感性。А. В. 金采利（А. В. Кинцель）将篇章的情感性与整体性和连贯性一起视作篇章的本质特征："篇章的情感性决定篇章的整体性和连贯性。"[③] 意识流、内心独白作为叙述主观化的言语手段，不仅让作者的叙述在主观叙述和客观叙述之间转换，进而表达叙述主体要反映的客观现实，同时，将作者（叙述人）或

[①] 邱鑫：《俄语科幻小说篇章的范畴研究》，博士学位论文，黑龙江大学，2014 年。

[②] Кинцель, А. В. Психолингвистическое исследование эмоционально-смысловой доминанты как текстообразующего фактора. М.：Издательство Алтайского государственного университета. 2000. с. 137.

[③] Кинцель, А. В. Психолингвистическое исследование эмоционально-смысловой доминанты как текстообразующего фактора. М.：Издательство Алтайского государственного университета. 2000. с. 137.

人物的情感间接或直接地表露出来。这样的表达手段使文学语篇的结构更加丰满,情感更加真挚。

第二节 结构手段

叙述主观化的实现需要借助一定的结构手段。В. В. 奥金佐夫将叙述主观化的表现手段分为言语形式和结构形式。А. И. 戈尔什科夫对奥金佐夫的分类方法进行了补充说明。他并不完全赞同"主观化形式"这一术语,认为应该将"主观化形式"这一术语改称为"主观化手段",只有"主观化手段"才能更贴切地表达这一现象的本质。А. И. 戈尔什科夫分别将"言语形式和结构形式"改称为"言语手段和结构手段"。因为言语手段定位在他人话语的表达,结构手段首先在结构上反映出视角的重要变换。[①] В. В. 奥金佐夫把叙述主观化的结构手段划分为三种:呈现手段、形象手段、蒙太奇手段。主观化的视角总是处于动态位移中,在这种情况下,呈现手段、形象手段和蒙太奇手段的使用使得话语在结构上更加突出了他人视角。А. И. 戈尔什科夫明确了主观化构建的手段体系,研究了言语手段与结构手段的相互关系,指出"言语手段的实现是为了作品结构,而结构不可避免地具有言语手段"[②]。因此,主观化的言语手段和结构手段之间应该是相互关联、相互依存的关系。结构手段有助于作家表达思想内涵,有助于情节的合理安排。每个作家都会仔细斟酌采用什么样的结构手段,因为这有助于更清晰地揭示他们所要表达的内容和思想,同时能够引起读者的阅读兴趣。通过结构手段这一途径可以对文学语篇进行更深入的美学分析,从而深入理解篇章的构建体系,明晰语篇的作者形象。

当代俄罗斯女性文学作为当代俄罗斯文学的组成部分,已经以一个文学整体的身份得到了普遍认同。俄罗斯女性文学以女性特有的视角和主体意识审视自身,她们不再单纯模仿男性作家的创作风格和思路,表现出了父权与夫权文化包围中女性特立独行的一面。她们对女性的意识、命运、爱情、亲情、友情、人际、生存、死亡等问题进行了广泛的关注。"女性作家的创作风格凸显了其对日常生活的高度关注,提出了俄罗斯文化史上

[①] Горшков, А. И. . Русская стилистика. М. : АСТ Астрель. 2006. c. 209.
[②] Горшков, А. И. . Русская стилистика. М. : АСТ Астрель. 2006. c. 210.

的一个新观念，即日常生活同存在之间的相互关系。"① 女性作家熟知实实在在的现实生活，在创作中善于叙述或描写现实生活。她们仔细观察日常生活，能够把现实世界鲜活地反映在读者面前，并不回避现实生活中阴暗、惨淡和苦楚的一面，并且特别能够通过对黯淡生活的描写，揭示出平日生活中大家疏于观察或无法触及的内容，借以突出现实生活的本真。

任何一种叙述方式都不可能保持持久的吸引力，随着时间的推移，无论是作者还是读者，都会对某一种特定的叙述方式失去兴趣。因此，当代俄罗斯女性作家也在不断地尝试与追求不同的叙述方式和叙述风格，以使其创作常变常新，尽可能吸引读者的关注。"任何一种文学流派都绝非一个封闭的体系，而是开放的，处于发展进程中的……所以在具体的文学流派与风格之间过渡。"② 一部分女性作家热衷于叙述技巧与叙述手段的运用，在语篇结构的建构、结构手段的筛选等方面有着实验的"先锋性"，她们通过各种结构手段来制造并达到所要追求的艺术效果。她们通过时空的跨越与延伸来充分展现女性个体的遭遇，常常借助讲述人与人物的高度契合或者两者的分离来表现思想的变化、心理的起伏和意识的嬗变，揭示生活与现实间的本质，进而思考所处的社会现状，叩问生命的真谛，思考人生的价值。"时空跨度与心理跨度的合成是当代小说叙事的一个重要特点。"③ 在当代俄罗斯女性文学作品中，作家通过叙述视角和人物视角的转换，人物话语的更迭，使作品产生了主观化的叙述，这在当代女性文学作品中屡屡可见，这种叙述在表现作品内涵、塑造人物、强化阅读效果等方面起到不可忽视的促进作用。下文将对当代俄罗斯女性小说中主观化结构手段的具体表现形式予以阐释。

一 呈现手段

呈现手段是叙述主观化的结构手段之一，是作者并未直接告诉读者故事的发生状况，而是转向了某个人物的意识层面，由这个人物的视角来审

---

① 孙超：《二十世纪八九十年代俄罗斯中短篇小说研究》，人民文学出版社2014年版，第20页。
② 张建华、王宗琥主编：《20世纪俄罗斯文学思潮与流派（理论篇）》，外语教学与研究出版社2012年版，第304页。
③ 张建华、王宗琥主编：《20世纪俄罗斯文学思潮与流派（理论篇）》，外语教学与研究出版社2012年版，第307页。

视故事。故事所叙述的事物、现象、事件是以人物的感知和印象呈现的，而不是以事物本来的面目展现的。呈现手段偏离"规范叙述"①，通过人物的理解描述事物或事件，当然，这种表达是局限在主体层面的。呈现手段的典型特点是从未知到已知、从不确定到确定。它的表达方式通常有以下三种：

1. 使用不定代词、不定副词以及不确定意义的词汇

在呈现手段中，作者通常使用不定代词如 кто-то、что-то、какой-то，不定副词如 где-то、куда-то、как-то，以及一些不确定意义的词如 предмет、фигура 等。它们表示说话人知道某人、某物、某处、某时等，但不确切知道究竟是何人、何物、何时、何地。在叙述中，作者采用这种表达方式，使叙述的视角从作者转向了人物，以人物的视角来观察人或物，使作者的客观叙述发生了主观化。这样的叙述给读者的感受似乎是人物自己看到或感受到的，给读者带来更加真实、鲜活的感觉。

例15：

Вот кто она была: незамужняя женщина тридцати с гаком лет, и она уговорила, умолила свою мать уехать на ночь куда угодно, и мать, как это ни странно, покорилась и куда-то делась, и она привела, что называется, домой мужика Он был уже старый, плешивый, полный, имел какие-то запутанные отношения с женой и мамой, то жил, то не жил, то там, то здесь, брюзжал и был недоволен своей ситуацией на службе, хотя иногда самоуверенно восклицал, что будет, как ты думаешь, завлабом. Как ты думаешь, буду я завлабом? («Тёмная судьба»)

这是柳·彼特鲁舍夫斯卡娅的小说《阴暗的命运》中的片段。故事讲述了一位大龄未婚女青年的一夜情。该片段介绍了女青年的居住环境和与她过夜的男人的现状。她的住宿条件实在是很紧张，这个男人的到来让女青年的母亲无立锥之地，让母亲去哪儿成了问题。作者在此使用了不定副词 куда-то。带-то 的不定副词表示说话者只知道在某处、某时、有某种原因、某种目的或某种方法，但是知道得不具体、不确切。带有不定副词 куда-то 的这句话具有不确定性和模糊性，表示发话者确知有落脚之地，

---

① 奥金佐夫认为规范叙述是属于非文学语篇，是对事物逻辑、有序的描述。（笔者注）

但不知究竟是在哪儿。这种所述事情的有所知又有所不知的模糊感"使读者有身临其境之感，作者在陈述事件……，描写的立足点往往放在某人物身上，此时使用的不定代词、不定副词反映该人物的感受"[1]。这个词的出现使作者的客观叙述急速地转向主观叙述，视角转向人物层面，反映了人物的自我感受与当时的想法，让读者形成了这样一种认识：女主人公的生活、恋爱竟是如此艰难，她只能让母亲"随便去什么地方"，有种爱莫能助的感觉。柳·彼特鲁舍夫斯卡娅关注的焦点是生活中的各种不如意，有意放大了晦暗的现实、个体的缺陷和生活的不幸。作家使用这样的结构手段改变了全知全能的叙述视角，将自己的生存体验与普通人的生活融为一体，这样能够更充分地体现女性的不幸与哀苦。

例16：

О, конечно, у неё всю жизнь были рома-а-аны, как же иначе? Женское сердце — оно такое! Да вот три года назад — у Александры Эрнестовны скрипач снимал закуток. Двадцать шесть лет, лауреат, глаза!... Конечно, чувства он таил в душе, но взгляд — он же всё выдаёт! Вечером Александра Эрнестовна, бывало, спросит его: «Чаю?...», а он вот так только посмотрит и ни-че-го не говорит! Ну, вы понимаете?...Ков-ва-арный! Так и молчал, пока жил у Александры Эрнестовны. Но видно было, что весь горит и в душе прямо-таки клокочет. По вечерам вдвоём в двух тесных комнатках... Знаете, что-то такое в воздухе было — обоим ясно... Он не выдерживал и уходил. На улицу. Бродил где-то допоздна. Александра Эрнестовна стойко держалась и надежд ему не подавала. Потом уж он — с горя — женился на какой-то — так, ничего особенного. Переехал. И раз после женитьбы встретил на улице Александру Эрнестовну и кинул такой взгляд-испепелил! Но опять ничего не сказал. Всё похоронил в душе. («Милая Шура»)

在塔·托尔斯泰娅的作品《亲爱的舒拉》中也可以看到这样的结构片段。在这个片段中，主人公回忆了自己的一段罗曼史。作者在此运用了不定代词 что-то、какой-то 和不定副词 где-то。"带-то 的不定代词和不定副词含有事物或者特征不确定的意义。带 то 的不定代词是一种有感受

---

[1] 张集全：《论俄语带-то 的不定代词的意义》，《外国语文教学》1986 年第 1 期。

意义的代词，一般反映了说话人的模糊感觉。"①主人公埃内斯托芙娜与小提琴手相处时"气氛总是有点那个"，"在什么地方徘徊到深夜"，"他痛苦地娶了另外一个女人"。这三句中的不定代词和不定副词将人物的不确定、模糊感表现出来，把叙述的视角落在了人物上。通过不定代词和不定副词，作者将人物的感受和感知表达了出来。不定代词和不定副词的出现使作者的客观叙述发生了主观化，这样的叙述增强了小说的感染力和真实性，使小说更具鲜活感。同时，这部小说是以第三人称叙述的，但在此插入了第二人称叙述，将读者称为您，让读者与叙述者直接交流经历与情感。叙述者把与人物相关的情景详细地描述出来，同时深入主人公的内心，把主人公的意识一览无余地展现出来。这在一定程度上让客观叙述发生了主观化。这样的叙述避免了呆板，获得了画面的效果，具有戏剧的生动性。

例17：

Таким образом, взаимоотношения с матерью, в результате чего двадцатитрехлетняя дочь решает уйти. Уйти. Уйти можно к кому-то или куда-то. Можно уйти ночью, рыдая на улице, и поехать к подруге, встать заплаканной на пороге, без слов лечь на раскладушку и переночевать. («Музыка ада»)

这是柳·彼特鲁舍夫斯卡娅的小说《地狱的音乐》中的片段。故事讲述的是女主人公妮娜即将大学毕业，却面临着事业、爱情、亲情的危机。在这段叙述中，作者运用了不定代词 кто-то 和不定副词 куда-то。这类词表示说话人确知存在的人、物以及动作或状态发生在何处、何时，但并不能确切地知道何人、何地。主人公妮娜马上大学毕业，尚未找到工作，暂无男友，母亲又要嫁人，并且她与母亲水火不容、难以相处，她在家里又无安身之处。在这样一种处境下，作者发出了这样一句"一走了之，总能投靠个人，总能找到个去处"。这句带有明显的主观情态语义，反映了人物内心的那种无望、飘忽不定的情感。然而，在这句话之前的"Уйти."也是一个典型的以词或词组形式构成的准直接引语，这一准直接引语形成了叙述的主观化。这一叙述主观化手段加强了叙述的情感，"走！一走了之！总能投靠个人，总能找到个去处"。这样的叙述手段将

---

① 张集全：《论俄语带-то 的不定代词的意义》，《外国语文教学》1986 年第 1 期。

人物的情感鲜活地展现在读者的面前，将人物的情绪上升到了极点。显然，作者把描写的立足点放在了人物身上，叙述视角从作者转向了人物，通过女主人公的视角，可以了解她万般无奈的处境，只能选择离开，至于去哪儿、找谁，她都一无所知、漫无目的。读者透过"кому-то"和"куда-то"可以了解她的状况，感知她的情绪，感受她的无助和无奈。主观情态语义是文学篇章内容结构的必然成分。"从心理层面来讲，篇章的情感特征是生成和理解篇章的主体意识的必然附属物。"[1] 在作者的叙述中，出现的不定代词和不定副词使叙述的视角发生了变化，使作者的客观叙述发生了主观化，这种手段可以自由地展示人物的观念和情感，体现作家的价值立场和情感态度，也会影响读者对人物的认识和评价。事实上，"人物层面的视角转换和交替能够反映出人物的各种情感与评价"。[2]

2. 使用概括意义的词汇

在呈现手段中，作者常常使用一些具有概括意义的词汇，这些词汇表达的意义比较笼统，不是指具体的、特指的某个人，而是用来表示某一类人的共性。这些词有мужчина、женщина、человек、мальчик等。在当代俄罗斯女性文学中，作家经常使用这样的词语表达，这样一类词语的出现代表着人物主体的出现。

例18：

Так восклицал он, наивный мальчик сорока двух лет, конченый человек, отягченный семьей, растущей дочерью, которая выросла ни с того ни с сего большой бабой в четырнадцать лет и довольна собой, в то время как уже девки во дворе ее собирались побить за одного парня, и так далее. («Тёмная судьба»)

这是柳·彼特鲁舍夫斯卡娅的小说《阴暗的命运》的片段。女主人公渴望着爱与被爱，而残酷的现实带给她的只有绝望。她把希望寄托在男人身上，以此来消除孤单和寂寞。这一片段是作者对男主人公的描述，作者使用了"мальчик""человек"两个词来描述和形容男主人公："一个幼稚的42岁男孩""一个无可救药的男人"。事实上，在这两个词的描述中都有形容词充当的修饰语："幼稚的"和"无可救药

---

[1] 陈勇：《篇章符号学：理论与方法》，黑龙江大学出版社2010年版，第190页。
[2] Горшков, А. И. . Русская стилистика. М. : АСТ. Астрель. 2006, с. 217.

的"。这样一来,这两组对男主人公的描述短语就具有了一定的评价色彩,而这种评价和判断是来自女主人公的。这两组短语让叙述的视角转向了女主人公。这种描述能够使读者感受到人物的意识和声音,一个来自女主人公的意识和声音。

例19:

Накануне ему исполнилось сорок семь лет. Он был человеком-легендой, но легенда эта благодаря внезапному и, как считали друзья, немотивированному возвращению на родину из Франции в начале тридцатых годов оказалась отрезанной от него и доживала свою устную жизнь в вымирающих галереях оккупированного Парижа вместе с его странными картинами, пережившими хулу, забвение, а впоследствии воскрешение и посмертную славу. Но ничего этого он не знал. («Сонечка»)

在柳·乌利茨卡娅的小说《索尼奇卡》中也有类似的表达。在这一片段中作者同样使用了具有概括意义的词语"человек",同时带有修饰语"传奇的"。他是一个了不起的传奇人物,是个曾经堪称奇才的海外归国画家,在肃反扩大化中被打成了"人民之敌"。由于具有非凡的才华,即使在他流放时期,索尼奇卡也毅然决定嫁给他。这种表达使作者的客观叙述逐渐变得主观化,这不仅是讲述人(作者)的视角,更主要的是索尼奇卡的视角,这是她眼中的罗伯特,是她眼里的"传奇"人物。事实上,概括意义词汇与修饰语的组合,能够更加清晰地展现出视角的转换,视角在多层面的转换增加了"作品的意义深度,能够深入到人物的潜意识"①。

3. 使用插入语和插入句

主体对客体的观察并不是一成不变的,而是动态变化的。在结构呈现手段中,作者常常使用一些表示怀疑、不确定意义的插入语,如 может быть、вероятно、видно 等,以及带有 казалось、представлялось 等词语的插入句。这些词通常具有"主观评价或情感色彩,有的表示深信不疑,有的表示真实的想法和坦诚的态度,可以表示说话人对话语内容的主观正负情感态度"等。②在这种情况下,叙述或许不能表达从未知到已知的变

---

① 杨义:《中国叙事学》,人民出版社2009年版,第247页。
② 杨衍春、杨丽丽:《俄语插入结构的语用功能分析》,《西北农林科技大学学报》2009年第1期。

化，但人物叙述的视角转变是清晰可见的。在俄罗斯女性文学作品中，这种表现手段异常鲜明。

例 20：

Не надо раскрывать карты. А может быть, все же СКАЗАТЬ… Он согласится частично. Она станет его любовницей, он будет поглядывать на часы. Мужчина, который спешит. Его чувство вины перед Руфиной станет еще глубже. Эта двойственность не прибавит ему счастья.

Артамонова лежала в постели, подложив под себя полотенце. Плакала. Из глаз текли слезы, а из тела кровь. Кровь и слезы были одной температуры: тридцать шесть и шесть. И ей казалось, что из глаз течет кровь, а оттуда слезы. И это в каком-то смысле была правда.

Первого апреля у Артамоновой — день рождения. Двадцать лет. Круглая дата. Пришел курс. И Киреев пришел и подарил глиняную статуэтку верблюда. Сказал, что искал козал, но не нашел. Артамонова удивилась: помнит. Ей казалось: всего, что связано с ней, не существует в его сознании.

Артамонова страдала, и ей казалось: мир вокруг наполнен страданием. Простучит ли электричка — звук тревожен. Это дорога от счастья — в никуда. Засмеялась ли Люся… Это смех боли. («Сказать-не сказать…»)

这是维·托卡列娃《表白与沉默》中的片段。在这部小说中，作者大量运用了插入词"может быть"和插入句"ей казалось"。"может быть"表达"推测、可能"意义，此处说话人对自己所述之事不完全确信，带有主观评价色彩。插入句"ей казалось"体现了说话人对客体的看法和态度，"是句子主观意义的呈现者"[1]，表达出人物的思考、情感等。人物始终在"表白与沉默"之间徘徊，纠结于"表白还是沉默"。女主人公犹豫，如果成为基列耶夫的情人，基列耶夫将会成为来去匆匆、不停看表的男人，而且女主人公对基列耶夫妻子的愧疚感会愈加强烈，这会让她不安。当与基列耶夫发生关系怀孕后，她纠结于是否告诉他。当她做了人流后，内心是如此痛苦，感觉眼睛里流出来的是血，身体里流出来的是泪。这样的表达手段让叙述迂回于客观和主观之间，在作者的客观叙述

---

[1] 张扬：《俄语插入语浅析》，《中国俄语教学》2016 年第 3 期。

中不时听到人物的声音，感受到人物的内心想法，体会到人物的内心世界。在此种情况下，这样的表达使读者真切地体会到人物的感受，让作者的叙述变得细腻、真切，同时让读者感同身受，使叙述变得跌宕起伏。"表白与沉默"无疑有助于故事的进一步发展，又给读者留下了悬念，在一定程度上起到了推动情节的作用。

插入语和插入句是作者言语策略的有效手段。"在文学篇章中作者常常将插入结构作为一种文学手段，其前提是作者倾向于反映深层的心理状态并将其言语化，试图体现言语思维的分析性风格，承担对于读者的责任，追求美学上的适宜性和可信性，其基本功能在于创建作者形象，反映作者的世界观。"[1] 在这一例子中，作者使用插入词 "может быть" 和插入句 "ей казалось"，"直接反映了作者对篇章信息可信度的认识，间接反映了作者的观念和看法"。同时，插入结构的使用将叙述者融入事件之中，成为事件的直接观察者和参与者，"并且展现了叙述者与读者的内在对话，在阐明作者意图的基础上反映了叙述者与人物的复杂关系"[2]。插入结构作为叙述主观化的手段，不仅让叙述的视角得以转变、叙述的话语得以交替，而且将作者的主观意图、价值观念和情感态度展现出来，进而也体现了作者的语言个性特点和语言风格。

二 形象手段

形象是文学作品中一个非常重要的概念。作者可以通过形象间接地表达自己或者讲述人的态度、看法等。为了详细地刻画出人物的思想动态和情感变化，作者会使用各种形象手段，以便于增强表现力。叙述主观化的实现需要借助各种形象手段。形象手段的主要表现形式是辞格。辞格可以"丰富言语体系的表现手段，这些手段在言语中的应用可以产生积极的修辞效果，从而避免平铺直叙，达到生动形象的效果"[3]。可以说，辞格赋予言语形象性，增强言语的表现力。在语篇的叙述中，"视角也是塑造语篇形象性的手段"[4]。事实上，在辞格的运用过程中存在视

---

[1] 陈勇：《篇章符号学：理论与方法》，黑龙江大学出版社2010年版，第256页。
[2] 参见陈勇《篇章符号学：理论与方法》，黑龙江大学出版社2010年版，第256页。
[3] 王辛夷：《俄语词汇修辞》，北京大学出版社2013年版，第186页。
[4] Иванова, А. В.. Субъективация повествования（на материале прозы Владимира Маканина）. Дис.... д-ра филол. наук. М.：2008. с. 55.

角的转换。

最早的辞格论述可追溯到古希腊伟大哲人亚里士多德的《演讲术》，该书涉及了语言表达，论述了一些辞格，如隐喻、明喻、拟人、修饰语等。后来，在昆特立安、朗吉奴斯、西塞罗等人的论述中，对辞格进行了深入的阐述。在亚里士多德时代，演讲占有极其重要的地位。无论在社会政治、经济、法律，还是社交活动中，为了达到更佳的演讲效果，实现言语的表现力和感染力，说服听众、影响听众，演讲者会使用一些生动、有说服力、吸引人的表达手法，即大量地运用辞格。后来，随着社会的发展，辞格的研究进一步兴盛，几乎成为演讲术的全部内容。

"语言反映人类的两种思维方式：形象（感性）思维和逻辑（理性）思维。一般来说，辞格（特别是语义辞格）是形象思维的产物。"[①] 通常所说的"形象思维"根植于最初的"神话思维"。虽然神话消失了，但神话的意义和功能仍然在发挥着功效，神话留给我们丰富的形象思维模式，促使语言形象性得以继续发展和完善。对于辞格的分类，修辞学传统中比较流行的做法是将其划分为两大类："一类是词语格，也叫语义辞格或转义辞格；另一类是思想辞格，言语辞格，即语义辞格之外的其他辞格，也叫句法辞格。"[②] 随着思维、语言的发展，以及对辞格本身研究的深入，辞格的种类和划分也在不断变化。

在当代俄罗斯女性文学作品中，作家们的视角基本上定位于普通人，尤其是处于社会底层的普通女性。作品通过作者或者人物的眼睛展现其所看到的一切，故事在作者的客观叙述中混合着人物的意识，这就使作者的客观叙述产生主观化的效果。在对她们的生活和情感描写中，作者运用各种主观化的叙述手段，形象手段是其中非常重要的手段之一。这些手段的运用使叙述鲜活而令人印象深刻，作品的语言也更具有表现力，能够强烈地感染读者。从而使得叙述在质朴中夹杂着深思，在幽默中蕴含着讽刺。下面笔者对当代俄罗斯女性文学作品中叙述主观化手段中的形象手段予以阐述。

1. 语义辞格

"语义辞格研究词汇—语义表情手段，着眼分析词语的转义用法、形

---

① 古力米热·阿不都热依木：《浅谈俄语语义辞格》，《文学教育》2011年第1期。
② 张会森：《修辞学通论》，上海外语教育出版社2002年版，第44页。

象意义和情感色彩。语义修辞格是增强语言感染力,提高言语表达效果和塑造语言形象的手段。"[1] 无论是叙述还是抒情,需要用词准确、表达简练,还需要注意用词生动形象,富有感染力。在进行创作时,语言大师们都有一种"语不惊人死不休"的追求。语义辞格的形成,是人们利用词语表现形象思维的结果。人们将自己的个人思想和主观感情附加到被描述的人物、动物、植物、事物和现象上,使动物、植物具有人的思想、理智、情感和感受,使无生命的事物获得有生命的动植物的特性;同时,用生动、形象的语言把被描写的事物或现象形象逼真地呈现在读者面前,从而让读者产生耳目一新、与众不同的感觉,具有如临其境、如见其人、如闻其声的效果,以此激发读者丰富的想象和联想。

(1) 比喻

比喻是"当描写一个事物或现象时,选择另一个具有相同或相似特点的事物或现象进行比较,让听众或读者通过联想,加深对被描写事物或现象的认识"[2]。比喻作为重要的形象表现手段,行使着形象表现力的功能,这是无可置疑的。Д. 罗森塔尔(Д. Розенталь)认为,"比喻的修辞功能在于艺术表现力"[3]。И. Б. 戈鲁布(И. Б. Голуб)认为,比喻是"形象言语最简单的形式,是表现言语形象性最广泛的形式之一"[4]。比喻是文学作品构建的必备手段,是人类思维的表象过程。在观察周围世界时,人们需要用一种具有相似特点的事物进行比较。当然,在现实生活中存在抽象的概念,不能简单地用眼睛来观察。运用比喻可以认识和描写这类抽象概念。人们可以利用熟悉的、熟知的现象来理解不熟悉的、不知道的现象。当主观意识反映周围世界、构建鲜活的形象时,比喻可以呈现人的情感和感觉,并具有评价特征。同时,比喻还肩负着美学功能,在文学作品中具有十分重要的作用。比喻不仅在构建篇章中起到了重要的作用,同时还增强了语篇的形象表现力。在当代俄罗斯女性文学作品中,作家广泛使用比喻,借助比喻塑造了各种鲜活、有意思的艺术形象,作品的言语也变得更有表现力、感染力等。

---

[1] 王福祥:《现代俄语辞格学概论》,外语教学与研究出版社2002年版,第86页。
[2] 王福祥:《现代俄语辞格学概论》,外语教学与研究出版社2002年版,第100页。
[3] Розенталь, Д. Э. . Справочник по русскому языку. М. : «ОНИКС 21 век», 《Мир и образование». 2001. с. 41.
[4] Голуб, И. Б. . Стилистика русского языка. М. : «АЙРИС-пресс». 2010. с. 141.

例 21：

Потекла совместная жизнь. День нанизывался на другой день, как шашлык на шампур. Набирались месяцы.

Она с удовольствием бы «побалдела» вместе с молодыми, послушала, о чем они говорят, что за поколение выросло. Но она была им неинтересна. Отработанный биологический материал. И Анна сама чувствовала разницу. Ее биополе — бурое, как переваренный бульон. А их биополе — лазоревое, легкое, ясное. Эти биополя не смешивались. Анна уходила в свой угол, как старая собака, и слышала облегченный вздох за спиной. («Я есть. Ты есть. Он есть»)

这是维·托卡列娃《我有，你有，他有》中的片段。第一段中主人公将自己的生活比喻成"像铁钎上的羊肉似的串起来"，第二段中主人公将自己比喻成"像一条年老的狗回到自己的角落"。这两个比喻夹杂在作者的客观叙述中，显然，在作者的叙述中掺杂了人物的意识、人物的声音，视角从作者转向了人物，话语也具有人物自身的特点。主人公把自己的生活与自己比喻成羊肉串和老狗，因为她与孩子们之间的生活有点格格不入，与孩子们之间没有共同的话题，她感觉到了自己的那份孤单和无奈，这是人物内心深处最真实的感受。这两个比喻既形象，又残酷。同时，这种比喻也激发了读者对主人公的同情，将人物的可悲性刻画得入木三分。

例 22：

Артемьев всю жизнь гулял на длинном поводке, как козел в чужом огороде. И как знать, может быть, эти похихишницы сохранили Розе семью.

В глубине души Роза не обвиняла мужа. Она обвиняла этих недальновидных глупых баб, которые лезут к чужому мужу вместо того, чтобы завести своего собственного. Пусть плохонького, но своего. Роза презирала каждую, как воровку, которая ворует вместо того, чтобы идти работать.

Врачиха задержалась в жизни Артемьева. Прошел год, другой, третий, а она все стояла на небосклоне и светила, как солнце в полдень. И все было ясно без слов. Роза ничего не спрашивала. Артемьев ничего не врал. Наступила негласная договоренность: «Я буду жить как хочу. А ты будешь жить как раньше...» Людмилочка называла врачиху «постоянка». Значит, постоянная. («За рекой, за лесом»)

这几个片段出自维·托卡列娃的短篇小说《在河畔，在林边》。故事讲述了主人公阿拉杰米耶夫是一名有家室、有一定社会地位的作家，但又好色成性，不停地周旋于女人之间的故事。这三个片段是作者的叙述，在叙述中连续出现了不同的比喻。

在第一段中，作者将阿拉杰米耶夫比喻成"一直生活在别人圈里的羊一样"。这一段明显是作者的叙述，但在作者的叙述中夹杂着人物的意识，间接地表达了人物的态度和看法。而这种叙述反映了视角的转变，从作者叙述转向了人物叙述。此处把他的生活比喻成动物的生活，其实这是主人公自己的感受，因为他时时处处受到妻子的监督和盘问，每天都要撒谎、糊弄才能蒙混过关，缺乏自由的空间。同时这也是作者的描述，带有讽刺和悲哀的感觉。

第二段是作者对阿拉杰米耶夫的妻子罗扎的叙述，在作者的叙述中我们突然听到了罗扎的声音。此处作者把勾引别人丈夫的女人比喻成了小偷，这是罗扎的认识与意识的体现。罗扎鄙视每一个像小偷一样的女人，把勾引别人的丈夫当成自己的工作。在她看来，丈夫纵有千般错，哪怕再不好，也是自己的。她责备那些目光短浅愚昧的女人们，把别人的丈夫当成自己的。

在第三段描写了阿拉杰米耶夫对叶卡琳娜的感受。在作者的叙述中，采用了比喻辞格，"她就像亮光一样，恰似正午的太阳"。从这个比喻可以判断出，这是阿拉杰米耶夫自己的感受和评价，这来自阿拉杰米耶夫的视角，是阿拉杰米耶夫发出的声音。从这个比喻可以看出叶卡琳娜在阿拉杰米耶夫的内心是多么重要。他觉得没有叶卡琳娜，生活将无法继续，觉得她已经融进他的生活里，这更加衬托出他对妻子罗扎的感情跌入深渊。罗扎失去了丈夫的爱，成为爱情的失败者。她成了小说中最具悲剧色彩的人物。

例23：

В середине дня жарили картошку. Киреев сам вызвался чистить и делал это так, будто всю жизнь только этим и занимался. Ровный, равномерный серпантин кожуры не прерывался. Картошка из-под его рук выходила гладкой, как яйцо. («Сказть-не сказать...»)

这是《表白与沉默》中的片段。作者描述了阿尔塔莫诺娃与基列耶夫一起准备午餐时的情景。在作者的叙述中，连续使用了比喻辞格。作者对基列耶夫削土豆是这样描述的，"似乎是一辈子在从事这一职业一样"，"削下的土豆皮宽窄一样、既平整又无断痕，似彩带一般"，经基列耶夫削过的土豆"光滑如鸡蛋"。事实上，在作者的客观叙述中，比喻辞格的使用使叙述从客观转向了主观，叙述视角转向了有限的人物视角，掺杂了人物的意识，包含了人物的情感，叙述具有了主观化的特征。在阿尔塔莫诺娃眼里，基列耶夫削土豆是如此专业，似一辈子从事的事业。从基列耶夫的这一举动，读者可以感受到阿尔塔莫诺娃的内心情感。

这种变换人物视角的手段可以表现人物复杂的内心体验，更加全面地展示人物间的复杂关系。

（2）修饰语

修饰语是"一种以形象的修饰词语对事物或行为的某一特征、特点进行描摹的修辞方式。这种修饰方式可以使事物的特征更加鲜明，使情感的表达更加生动"。[①] 修饰并不是对事物、现象和行为的客观描述，而是为了表达一定的情感，对形象做的补充说明，是表达感情表现力色彩的重要手段。К. С. 戈尔巴切维奇（К. С. Горбачевич）和 Е. П. 哈普洛（Е. П. Хабло）认为，修饰语是重要的修辞手段，具有独特的形象性和艺术表现力，不合逻辑的修饰语具有出人意料的修辞效果和心理效应，可以吸引读者的注意力，增强形象表现力和修辞色彩。[②]

修饰语在文学作品中具有评价的功能，作者运用修饰语不仅描述人物或事件，而且可以借此表达对人物或事件的看法，同时传递出一定的感情色彩。同时，修饰语具有感染功能，感染功能是表现力功能和情感功能的体现，是艺术形象性的具体体现。作者运用修饰语准确、形象地表达自己的观点、看法、态度、评价等，以引起读者的兴趣。在当代俄罗斯女性文学中，作者使用了大量的修饰语，塑造出栩栩如生、千姿百态的形象，刻画出形形色色的人物。

例24：

Анна уходила в кухню. Через какое-то время вся кодла перекатывалась

[①] 王福祥：《现代俄语辞格学概论》，外语教学与研究出版社2002年版，第89页。

[②] Горбачевич, К. С., Е. П. Хабло. Словарь эпитетов русского литературного языка. М.: Наука. 1979. с. 10.

в кухню: ели, курили, балдели. Анна отступала в свою комнату. Она с удовольствием бы «побалдела» вместе с молодыми, послушала, о чем они говорят, что за поколоение выросло. Но она была им неинтересна. Отработанный биологический материал. И Анна сама чувствовала разницу. Ее биополе — бурое, как переваренный бульон. А их биополе — лазоревое, легкое, ясное. Эти биополя не смешивались. («Я есть. Ты есть. Он есть»)

这是维·托卡列娃《我有，你有，他有》中的片段。作者在这段叙述中连续使用了四个修饰语，即"褐色的""天蓝色的、轻快的、明朗的"，这四个修饰语的使用使该片段的叙述发生了视角的转换，在作者的客观叙述中掺杂了人物的主观意识，使叙述发生了主观化。主人公想竭力融入年轻人的生活、介入他们的谈话、分享他们的乐趣、了解他们的兴趣，可是，似乎他们之间存在巨大的鸿沟，她进不去，体验不了，显得颇为无奈。在她看来，"她的生物磁场是褐色的（бурое），是反复熬过的鸡汤，而这些年轻人的生物磁场是天蓝色的、轻快的、明朗的（лазоревое, легкое, ясное）"。显然，这几个修饰语带有鲜明的色差。"褐色"令人感到难过、沮丧，而"天蓝色"代表欢笑和快乐，是被赋予希望的色彩，让人感到轻快明朗。这是人物内心的真实感受，传递出人物的鲜活情感。

例25：

Если Артемьев бросит Розу, ее жизнь погрузится во мрак и холод. Наступит вечная ночь, как на том свете. Это и будет смерть при жизни. («За рекой, за лесом»)

这是维·托卡列娃的短篇小说《在河畔，在林边》中的片段。作者在这段叙述中运用了修饰语，如"вечная"。这段是对阿拉杰米耶夫是否离开妻子罗扎的描述。在作者的叙述中，伴随着修饰语"вечная ночь"的出现，叙述的视角也发生了变化，在叙述中掺杂了人物的意识。在此不仅有两个人物的声音，即阿拉杰米耶夫和罗扎的声音，也存在作者的声音，似乎作者与人物的声音高度契合。"вечная ночь"这一修饰语具有评价的功能，这里的"黑夜"具有隐喻的特征。永恒的黑夜就会来临，那就意味着生的死。从这里可以看出阿拉杰米耶夫的内心是痛苦的，如果他们分开，罗扎将更加痛苦，那种痛苦将是永恒的，似孤灯一样，而这对他们俩来说都意味着生不如死，一个将背负着巨大的道德包袱，一个将品尝

第三章　当代俄罗斯女性文学叙述主观化的传统手段　　89

饱含生活艰辛的苦酒，这是谁都不愿意看到的。这里我们似乎听到了两位主人公发出的声音，感受到的是他们自己内心深处的那种真真切切的痛，作者似乎也很同情他们的处境。

例26：

Жизнь разделилась пополам: ДО и ПОСЛЕ. Эти две жизни отличались друг от друга, как здоровая собака от парализованной. Все то же самое: голова, тело, лапы — только ток не проходит. («За рекой, за лесом»)

这是维·托卡列娃《在河畔，在林边》中的片段。该片段讲述了主人公安娜与自己的儿子和儿媳不能融洽相处，当孩子们离她而去之后的情感变化。在这段作者叙述中，使用了两个修饰语："здоровая" 和 "парализованная"，这两个修饰语可以认为是上下文反义词，恰恰是这两个修饰语反映出了人物的意识，让作者的客观叙述中掺杂了主观叙述，叙述的视角转向了人物本身。在她看来，和孩子们一起生活时自己是条健康的狗，而孩子们离开后成了条瘫痪的狗，这两个词意表现了安娜的真实内心感受，孩子们的离去让她"瘫痪"了，这是非常痛苦的，是别人无法体会的。这样的叙述耐人寻味，给人以丰富的联想。这样的情感表达对故事情节的发展起到了很强烈的铺垫作用，起初她对伊拉的到来不接受，后来却无微不至地照顾她。这就鲜活地刻画出了安娜的人物性格：善良、富有同情心、具有高尚的人格魅力。

例27：

Возбужденные мнимой ночной свободой, рабы не спали, пили чай, угощали друг дружку консервами и пряниками, завезенными из Москвы (Нина ничего не взяла с собой), воровали с кухни толстые теплые огурцы, гуляли по черной степи под огромными звездами и дышали дивным ароматом ночных трав, и вот тут начались разнообразные тонкости каторги. («Музыка ада»)

这是柳·彼特鲁舍夫斯卡娅的小说《地狱的音乐》中的片段。作者客观叙述了大学生工作之外的业余生活。作者在这句话中使用了修饰语："разнообразные"。这一修饰语表达了所描述事物的特征，反映出人物对此事物的态度和情感。在读者看来苦役般的生活如何能够多姿多彩、奥妙无穷，这个修饰语具有反语的特征，辛辣地讽刺了工地生活的艰辛、酸楚，同时也反映出年轻人的朝气，和他们克服困难以及创造生活的勇气。相对于作者的叙述，这个修饰语折射出了人物的视角。这个视角表现的不是某个具体的个体，而是这类朝气蓬勃的年轻人。

(3) 比拟

比拟是"把物当作人或者把人当作物来描写的一种修辞手段。比拟通常分为拟人和拟物。拟人就是把事物或者现象当作人来描写，是为了把事物或现象描写得更生动、更活泼，把思想感情表现得更深切、更感人，把属于人的特征、特性加到事物或现象上，以此来抒发自己内心的感受，激发读者的想象力，增强作品的表现力和感染力；"[1] 拟物就是把人当作事物来描写，把事物的属性转移到人的身上，给予人以物的特征和特性，以此来表达作者对描写对象的态度、评价等。恰当地运用比拟不仅能使读者对所表达的事物获得深刻的印象，而且使读者受到感染，产生共鸣。在当代俄罗斯女性文学中，作家经常使用这一表现手段。在叙述中，人物主体常常把自己的感受融入情景中，有种托物言志的感觉。

例28：

Артемьев скупал картины и уже не мог жить без хорошей живописи. Он разбирался в художниках, умел увидеть настоящее там, где не видел никто. Умел предвидеть и предвосхищать. Войдя в свой дом, Артемьев сразу начинал отдыхать, как бы ни устал. Полотна на стенах как будто говорили ему: «Привет. Ты дома». И он мысленно отвечал им: «Привет. Я дома». («За рекой, за лесом»)

这是维·托卡列娃的短篇小说《在河畔，在林边》中的片段。在这段叙述中作者运用了拟人的手法，让他家墙上的油画发出了声音，跟他说："你好，回家了。"作者将这幅油画赋予了人的特性，似乎油画也成了他家的成员，是家里的一分子。作者在叙述中将视角转向了油画，让叙述视角多元化，并让油画发出了声音，使作者的客观叙述变得鲜活起来。拟人手法的运用，将油画赋予了人的特质，它的问候让阿拉杰米耶夫感到某种温馨和安宁，给他带来内心的宁静和踏实。同时拟人手法的运用也折射出阿拉杰米耶夫尽管贪婪却极具艺术品鉴能力，这是阿拉杰米耶夫对自己这种能力的肯定，似乎油画对此也是认可的。阿拉杰米耶夫的嗜好是收

---

[1] 王福祥：《现代俄语辞格学概论》，外语教学与研究出版社2002年版，第158页。

购画，以至于到了没有好画就活不下去的地步。但是他不只是贪婪，他也在研究艺术，能够发现别人看不到的、有价值的作品，而且能够预见未来。拟人修辞格对于人物形象多元化、个性化的塑造起到了非常重要的作用，让人物的性格塑造得更加丰满。

例29：

Побывала она замужем — все равно что отсидела долгий, скучный срок в кресле междугороднего поезда и вышла усталая, разбитая, одолеваемая зевотой в беззвездную ночь чужого города, где ни одной близкой души. («Поэт и муза»)

这是塔·托尔斯泰娅的短篇小说《诗人与缪斯》中的片段。这部小说讲述了一个平凡的女人厌倦平庸的生活，鄙视平淡的爱情，渴望疯狂的、失去理智的爱情。在这段叙述中，作者将主人公比作一辆火车，把物的特征赋予到人的身上。火车的轨迹意味着永远重复走过的道路，没有任何激情和热情。这一辞格的使用使作者的客观叙述浸入了人物的意识，在她看来婚姻似服刑，离婚意味着服完了乏味的刑期，而她自己就像是一列永不停歇的火车，从一个城市赶往另一个城市。可以看出，这是主人公对自己生活真实而深切的体会，她想与这样的生活决裂，去寻找那种"伴随着痛哭、鲜花，午夜时分等待着电话铃声响起，坐上出租车在夜色中追赶情人，要那种野兽般的激情，如同黑夜里狂风舞动的火焰"①的爱情生活。这是主人公的声音，也是主人公的想法。人物意识存在的同时，作者意识似乎也是非常明显的，这不仅仅是人物自己的宣言，更是作者立场的一种表白。这种叙述方式体现了作者意识和人物意识的高度一致，形成了一种复调。

例30：

Каторга с ее законами, с жесткой дисциплиной перебивала все мысли, всяческие печали, ревности и воспоминания. Нина быстро стала как вьючное животное и засыпала за секунду, завалившись рядом с носилками, когда другие девочки их загружали. Сна было полминуты. («Музыка ада»)

这是柳·彼特鲁舍夫斯卡娅的小说《地狱的音乐》中的片段，主人

---

① ［俄］塔吉扬娜·托尔斯泰娅：《诗人与缪斯》，周湘鲁译，《外国文学》2006年第4期。

公妮娜来到了位于哈萨克斯坦空旷的草原工地，那里的工作从清晨六点持续到晚上六点，纪律森严而毫无人情味。如此苦役般的生活使妮娜就像一头驮东西的牲口。作者在此使用了比拟辞格，把人比拟为动物。这不仅是作者的客观叙述，而且夹杂了人物的感受，体现了人物的意识。牲口是供人使用、给人干活的工具，不具备任何思想、情感，只是一味地顺从、承受。恰恰是这个拟物手法形象地表现出生活的不易与残酷，意在表达人们是在一种什么样的境遇下苟活。这不仅是人物意识的体现，也是作者所持立场的反映。

（4）隐喻

隐喻是"最常见的形象表现手段，是词语的一种转义用法。以本体和喻体相似的特征为基础，把一个事物的特征转义到另一个事物上去的比喻就是隐喻"[①]。隐喻是人们经常运用的一种思维方式和思维习惯。"莱考夫和约翰逊认为，隐喻普遍存在于我们的日常生活当中，不但存在于语言中，而且存在于我们的思想和行为中。我们赖以思维和行动的一般概念系统，从根本上讲是隐喻式的。"[②] "人们为了认识和揭示一个事物的特点没有采用指称的方法，而是选用一个与该事物具有相似特征的事物来比拟，以加强对该事物的了解"[③]，使印象更为深刻。隐喻是作家塑造人或事物形象的主要手段，以生动的形象说明深奥的道理。隐喻作为一种写作手法，常常受到作家的推崇，尤其是在现代和后现代文学作品中被广泛运用。当代俄罗斯女性文学中包含丰富的隐喻现象，甚至有些作品本身就是一个隐喻。

例31：

Азбуку учи！Азбуку！Сто раз повторял！Без азбуки не прочтешь！Прощай！Побереги-и-ись！（«Кысь»）

这是塔·托尔斯泰娅小说《野猫精》中的片段，作者运用了大量的隐喻修辞手法进行创作。通过塑造的各类人物，揭示出各种野蛮行径和丑恶面目，以此烘托出与其相对应的、文明的守护神和保护者尼基塔·伊万内奇。在小说的末尾，尼基塔·伊万内奇发出了"'要学好字母表''不

[①] 王福祥：《现代俄语辞格学概论》，外语教学与研究出版社2002年版，第129页。
[②] 束定芳：《隐喻学研究》，上海外语教育出版社2000年版，第29页。
[③] 王福祥：《现代俄语辞格学概论》，外语教学与研究出版社2002年版，第133页。

记得字母表就读不懂书'的感慨"①。纵观全书，"字母表"的意义蕴含着文字、书籍、文化与文明的不朽和最终的胜利，在此不仅表示字母表，而且表示人应该具备基本的知识和起码的道德素养。"'不记得字母表就读不懂书'这只是字面意义，它真正的含义是，如同不记得字母表就读不懂书一样，不懂得做人的基本道理就不可能成为真正的人。这不仅是对知识分子，也是对包括统治者在内的所有俄罗斯人的忠告。"② 这是整部小说里最大的隐喻，也是小说的真正寓意所在。而这一隐喻的发出者不仅是尼基塔·伊万内奇，也是作者本人。这不仅是人物自身想要阐明的观点，也是作者想要表达的主题。这是人物视角和作者视角的典型结合，这有助于"小说内容的复杂性，情节发展的变化性，小说的可读性③"。同时，整部小说按古俄语字母名称的顺序排列，造成一种假象，似乎有意强调俄语字母表超乎一切的意义。其实这也是隐喻的一种体现，托尔斯泰娅采用了这样的写作手法，使故事中的一切，包括外部环境、人物的外貌及人物的内心世界都发生了扭曲变形，令各种特征更加明显，使读者在阅读时会惊讶、诧异抑或是捧腹大笑，不经意间突然发现里面似乎也有读者自己的身影。同时，给读者带来一种晦暗的感觉，使小说的语言基调显得冷酷、黑暗。事实上，在托尔斯泰娅的众多作品中隐喻随处可见，"可以说，这些作品就是一系列隐喻的组合或某个隐喻的繁华"④。"托尔斯泰娅的隐喻就是将生活转移到童话里的魔棒，是摆脱现实生活漩涡的唯一方式，不相信生活是真正的生活。"⑤ 让生活在现实与童话之间转换，让现实与虚幻交替轮换。

例 32：

Настало белое, мутное утро казни. («Время ночь»)

这是柳·彼特鲁舍夫斯卡娅的小说《午夜时分》中的一句话。作者在这部小说中将日常生活的矛盾冲突演绎到了极致，她所描写的人物总是处于极端恶劣的困境或是濒临死亡的边缘，小说以"作者的死"作为结局，虽然安娜的死在作品中并未明确指出，但事实却是不言而喻的，文中

---

① [俄] 塔·托尔斯泰娅：《野猫精》，陈训明译，上海译文出版社 2005 年版，第 8 页。
② [俄] 塔·托尔斯泰娅：《野猫精》，陈训明译，上海译文出版社 2005 年版，第 8 页。
③ 李建军：《小说修辞研究》，中国人民大学出版社 2003 年版，第 129 页。
④ 马晓华：《塔·托尔斯泰娅及其短篇小说特色》，《时代文学》2010 年第 8 期。
⑤ 陈新宇：《当代俄罗斯文坛女性作家三剑客》，《译林》2006 年第 4 期。

出现了这样一句:"苍白、昏暗的死亡之晨终于来临了。"这就是一种隐喻,在这个隐喻中包含了作者与人物共同的意识与声音,是客观叙述与主观叙述的高度融合。作者用灰暗的笔调描绘日常生活的残酷与无奈,打破了人们对美好生活的幻想,隐含了对生活的绝望,"作者的死"反映了生存环境的残酷,所处生活空间的恶劣,但同时也反映出需直面生活困境的勇气。彼特鲁舍夫斯卡娅把对生活的独特理解建构于一个抽象的哲理性层面,在灰色、压抑、绝望中赤裸裸地感受活着的苦痛,这种生活让人痛苦到极致却又无可奈何,"因为一切皆有定数,那不是哪一种社会制度所能操纵的,那是人类亘古不变的命运"[①]。

同样,彼特鲁舍夫斯卡娅的作品《生活的阴影》、《阴暗的命运》、《地狱的音乐》、《幸福的晚年》和《灰姑娘之路》这些题目本身就是隐喻,蕴含着一种讽喻的意味。作者描写了处在悲凉与惶惑中那些善良而不幸的女人们,她们为了生存,与生活和命运抗争,竭力去适应险恶的生存环境,以各种不同的方式努力寻求内心的平衡,尽力维护着破碎不堪的灵魂。文本叙述的内容照应了题目,在一定环境下对生活中的丑陋和阴暗进行了展示,使生活中的蛮横、疯狂得到了淋漓尽致、毫不吝啬的凸显,丝毫没有掩饰与美化。生活是残酷的,每个人为了自己的生存都要付出巨大而艰辛的努力,每个人都在挣扎、委曲求全,但有时连这种挣扎都是艰难的,甚至只能走向死亡。对女性的价值与生命的意义的探寻是彼特鲁舍夫斯卡娅在作品中探索和思考的一个命题。通过这些女性形象的塑造来体现现代女性的生活、对人生的定位、对生命价值的思考,展示出普通女性的价值困惑,体现了作者的个人意识与对女性生命的人文关怀。

2. 句法辞格

句法辞格是通过句子结构及其词语组合排列的不同表达效果,来增强语言表现力的手段。文学作品中作者在描写人或事物的过程中,通常借助结构形式的变化,即句子结构的变化、句子成分的变化、句子手段的变化来增强语言的表现力和语言的节奏感。在俄罗斯,对辞格的研究是在西方修辞学理论的基础上发展起来的。俄罗斯修辞学之父 М. В. 罗蒙诺索夫(М. В. Ломоносов)在自己的著作《简明修辞学教程》中将辞格分为语

[①] 赵杨:《从〈午夜时分〉看彼特鲁舍夫斯卡娅小说中的"绝望意识"》,《外国文学研究》2012 年第 1 期。

义辞格和句法辞格。Н. Ф. 卡尚斯基（Н. Ф. Кошанский）认为，句法辞格是"一种激情澎湃的语言，是内心感情达到极致，内心渴望熊熊燃烧，心脏急剧加速的语言"①。Б. В. 托马舍夫斯基（Томашевский Б. В.）认为，句法辞格具有双重功能，一是可以"直接地表达情感"，二是使篇章文辞"具有明显的文学意蕴"②。А. К. 米哈利斯基卡娅（А. К. Михальская）认为："句法辞格是一种特殊的句法结构形式，通过这样的句法结构形式可以增强言语的形象性和表现力，增强文学作品的感染力功能。"③ 她看到了句法辞格的言语表现力和感染力，并对句法辞格功能表达了认可。И. В. 佩卡尔斯基（И. В. Пекарская）对辞格的功能进行了深化，他认为辞格具有"语用功能"，通过句法辞格可以使平淡的言语变得鲜活、感人，而且使言语表达达到最佳的效果，同时可以"传递作者或者人物的思想"。在当代俄罗斯女性文学作品中，作家使用句法辞格的频率是非常高的。在作者的叙述中，叙述主体常常将自己的情感通过不同的句法辞格表现出来。这不仅对于作品的言语表现力和感染力起到了举足轻重的作用，而且对于语篇叙述话语的更迭、叙述视角的转换也是至关重要的。

（1）排比

排比是"把两个或两个以上结构相同或相似，即所有词语相同、节奏相似的句子并列使用的一种修辞手段"④。使用排比的目的是增强文章气势，使语言表达的形式富有美感，语言具有节奏感，更重要的是，能够表达出强烈的思想和感情，使话语表达更有说服力。

例33：

А что будет видно? Либо единомоментное мощное унижение. Либо краденое счастье, что тоже унижение, протянутое во времени, — постепенно, по кусочкам. («Сказать- не сказать...»)

这是维·托卡列娃《说与不说》中的片段。在此，作者用了两个"Либо"引导的句子。这两个句子深入阿尔塔莫诺娃的内心，从她的视角

---

① Граудина, Л. К. . Русская риторика: хрестоматия. М. : Просвещение. 1996. с. 161.
② Томашевский, Б. В. . Теория литературы. Поэтика: учеб. пособие. М. : АспектПресс. 1999. с. 78.
③ 参见李美华《俄罗斯辞格研究历史和现状》，《中国俄语教学》2006 年第 2 期。
④ 王福祥：《现代俄语辞格学概论》，外语教学与研究出版社 2002 年版，第 233 页。

展示了人物的内心情感。阿尔塔莫诺娃考虑是否把自己的感情告诉基列耶夫，内心的那种踌躇、不安、忐忑通过"Либо"引导的两个句子展现了出来，她内心如此纠结、矛盾，如果告诉已婚的基列耶夫，那么或者自尊受到伤害，或者幸福突然降临，但是这种幸福也会随着时光的流逝逐渐变成伤害。在作者叙述中巧妙地浸入了人物的意识，视角在作者与人物之间游离，避免了叙述的呆板。作者的客观叙述中掺杂了主观叙述，叙述的视角转向了人物本身。在阿尔塔莫诺娃看来，他们的爱情不会有好的结局，这是从阿尔塔莫诺娃的视角感受到的，从而透视出女主人公对他们的未来根本没有任何期待，更加突出了这一情节的悲伤色彩，也塑造出了主人公性格里的自卑，由此也推动了情节的发展，印证了性格决定命运的思想。最终，她的自卑、不自信使她失去了做母亲的权利。这种特殊的重复句式，给读者带来一种特殊的节奏和强烈的感受。

例 34：

А Симеонов против воли прислушивался, как кряхтит и колышется в тесном ванном корыте грузное тело Веры Васильевны, как с хлюпом и чмоканьем отстает ее нежный, тучный, налитой бок от стенки влажной ванны, как с всасывающим звуком уходит в сток вода, как шлепают по полу босые ноги, и как, наконец, откинув крючок, выходит в халате красная, распаренная Вера Васильевна：" Фу-ух. Хорошо. "（«Река Оккервиль»）

这是塔·托尔斯泰娅的短篇小说《奥科尔维里河》中的片段。故事讲述了男主人公谢苗诺夫因为在唱片中听到了歌唱家维拉·瓦西里耶芙娜的声音而暗自喜欢上了她。这种独特的暗恋持续了好多年，从来没有因为岁月的流逝而一点点地消失。作者在这个片段中，透过谢苗诺夫的眼睛，描写了瓦西里耶芙娜洗澡的过程。作者使用 5 个"как"引导的从句，描绘出瓦西里耶芙娜邋遢、龌龊、丑陋的形象，进而传递出主人公看到这一幕时的情绪反映：紧张、怀疑，为后面的失落、难受做了重要的铺垫。他交往过一些女友，但都不是他心目中理想的样子，当听到歌唱家的歌声，感受了她唯美的嗓音后，他断定这就是他想要的那个人，于是这成为他心中唯一的理想。有一天，他找到了那个歌唱家，她的声线如此优美，歌声如此婉转，这个曾带给他多年精神抚慰、令他无限热爱的歌唱家，在他的心目中以极其美丽的形象出现的女人，在现实中却令他失望，因为这个歌

第三章　当代俄罗斯女性文学叙述主观化的传统手段　　97

唱家在现实中是一个既丑陋又粗俗的女人。通过叙述视角的转变，叙述的话语随之也更迭，透过人物的眼睛来描述自己看到的情景，让叙述顿时鲜活，使情节的转变更加得自然、流畅。

例 35：

Прощай, любимый город, прощай, любимый ОН, прощай, невеста мать-слесариха, прощай жених матери, взятый с улицы, прощай развал и позор, начинается новая жизнь без любви. («Музыка ада»)

在柳·彼特鲁舍夫斯卡娅的《地狱的音乐》中也有这样的片段。作者在这一片段中使用了 5 个"прощай"，在此讲述人和人物的距离非常贴近，已经无法分辨出是讲述人还是人物，读者更多感受到的是妮娜的声音。"离别这个城市、离别玩弄自己的男友、离别即将嫁人的母亲、离别母亲的钳工未婚夫、离别经历过的失败与羞辱，毅然开始自己新的生活。"这五个离别真有点痛彻心扉的感觉，仿佛再也没有任何值得留恋的地方，于是她义无反顾地离开了这个令她伤心、失落、失败的地方。离开或许是一种解脱，更是人物的一种无奈之举。五个离别的使用使人物的情感迸发到了最高点，作者借助人物的声音将这种情感淋漓尽致地表达出来，增强了作者叙述的真实感、可信感。

（2）重复

重复辞格就是有意识地重复使用同一个词、同一个句子或同义词，以增强感染力的修辞方式。一般情况下，无论是说话还是写文章，都要言简意赅、简洁明了，尽量避免不必要的重复，但在文学作品中，作者或者讲述人往往大量使用重复修辞格，以此来表达作者强烈的思想感情，强调或突出所要表达的意思，以收到不同凡响的修辞效果。

例 36：

И ничего не желая, ни о чём не жалея. Петере благородно улыбнулся жизни — бегущей мимо, равнодушной, неблагодарной, обманной, насмешливойюбессмысленной, чужой — прекрасной, прекрасной, прекрасной... («Петерс»)

这是塔·托尔斯泰娅的小说《彼得斯》中的片段。在这个片段中，作者呈现了两类重复。"И ничего не желал, ни о чём не жалел."重复的这两个成分在语义上是等值的，但二者之间的关系却是可逆的，即没什么期待，因此没什么惋惜，或者没什么惋惜，也就没什么期待。作者使用这种重复的必要性在于，重复手段最大化地表达了作者的意图。之后是更具表现力的重复形式：3个"прекрасной"的重叠。作者在此使用3个词的重复是为了强调"美好"这一概念。作者在此以巴沙叔叔的口吻告诉大家每个人的生活都应该是美好的，不要羡慕别人的生活，要做自己命运的主宰者。事实上，在此，作者叙述和人物话语是高度融合的，既有作者的意图，也有人物的意识。在作者的客观叙述中呈现出主观叙述的特征。这有助于人物意识的凸显，对人物形象的塑造起到推动作用。进而将作者的意图通过人物的视角有效地表达出来。

例37：

Семья же бренчит посудным шкафом, расставляет западнями чашки, да блюдца, ловит душу ножом и вилкой, — ухватывает под рёбра с двух сторон, — душит её колпаком для чайника, набрасывает скатерть на голову, но вольная одинокая душа выскальзывает из-под льняной бахромы, проходит ужом сквозь салфеточное кольцо и — хоп! лови-ка! — она уже там, в тёмном, огнями наполненном магическом круге, очерченном голосом Веры Васильевны, она выбегает за Верой Васильевной, вслед за её юбками и веером, из светлого танцующего зала на ночной летний балкон, на просторный полукруг над благоухающим хризантемами садом, впрочем, их запах, белый, сухой и горький — это осенний запах, он уже заранее предвещает осень, разлуку, забвение, но любовь всё живёт в моём сердце больном, — это больной запах, запах прели и грусти, где-то вы теперь, Вера Васильевна, может быть, в Париже или Шанхае, и какой дождь — голубой парижский или жёлтый китайский — моросит над вашей могилой, и чья земля студит ваши белые кости? («река оккерылб»)

这是塔·托尔斯泰娅的短篇小说《奥科尔维里河》中的片段。在这一片段中，作者使用了同义词的重复。可以注意到，在此存在几个视角，包含了几种观点，从三个插入结构可以看出："ухватывает под рёбра с двух сторон？""голубой парижский или жёлтый китайский？""хоп! лови-ка！"。上面片段中的重复似链条一样，将信息有机地连接在一起。这种重复表达了人物的某种观点，透视出了人物的视角，并且表达的情感是非常强烈的,将人物的喜好非常具体地表达出来。这是典型地在作者叙述中夹杂了人物话语,将人物所持的观点和态度表达出来。这种叙述方式改变了作者的纯客观叙述,使作者的叙述发生了主观化。

三 蒙太奇手段

"蒙太奇"一词产生并确立于电影艺术发展的初期,这一术语是由爱森斯坦首先提出来的,是指将发生在不同地点和不同时间的场面按一定的顺序剪辑成一个完整的作品。"蒙太奇"作为修辞手段,其运用也由来已久。但这一术语转用到语文学之后,含义发生了变化:"用来表示以描述的间歇性(离散型)和碎片性为显著特征的文学作品的建构方式。它还趋向于表示某些对比和对立的关系,这种关系不受描写对象的逻辑限制,直接表现作者的思想过程和联想。"[①] 蒙太奇在语篇中起着非常重要的作用:插入情节的手段、构建艺术形象的手段、控制语篇节奏的基础。"蒙太奇可以形象地表现出无法直接观察到的各种现象之间的本质联系,有助于深入把握世界的异质性和丰富性、矛盾性和统一性。"[②]

最早将蒙太奇作为叙述主观化的结构手段进行论述的是奥金佐夫。他认为,蒙太奇是叙述主观化建构的结构手段,它可以让语篇具有多层次、多视角的特性,可以更好地体现作者的个人风格。蒙太奇手段的运用可以呈现出人物视角和人物意识,通过叙述角度的转换,可以从作者的客观叙述转移到人物内心的主观呈现,也可以用人物的眼睛动态地呈现事物的发展过程,最终通过镜头的更迭,影响读者的心理。蒙太奇是建构语篇的手段,也是认知语篇的手段。

蒙太奇的本质在于对资料、素材进行整合、重构后产生新的效果或特质。简言之,便是剪辑和组合。"蒙太奇是常用的一种叙事方法,通常也被称为叙事蒙太奇。它的特征是以交代情节、展示事件为主旨,按照情节发展的时间流程、因果关系来分切组合。叙事蒙太奇包含以下几种形式:

---

① [俄] 瓦·叶·哈利泽夫:《文学学导论》,周启超等译,北京大学出版社2006年版,第341页。
② [俄] 瓦·叶·哈利泽夫:《文学学导论》,周启超等译,北京大学出版社2006年版,第341页。

平行蒙太奇、交叉蒙太奇、连续蒙太奇等。"① 奥金佐夫认为与叙述主观化紧密相关的蒙太奇手段有两种：连续蒙太奇和交叉蒙太奇。在当代俄罗斯女性文学中，作者常常使用具有表现力的蒙太奇手段，对情节进行剪辑与组合，让叙述突破时间和空间的限制，增强语篇的艺术审美效果。

1. 连续蒙太奇

连续蒙太奇是叙事蒙太奇中最常见、使用最广泛的叙述手段，这种蒙太奇是沿着一条单一的线索发展，按照事件的逻辑顺序，有节奏地连续叙事。这种叙事自然流畅，朴实平顺，给读者一种强烈的镜头感，而且这种镜头处于不断变换中。正如 А. И. 戈尔什科夫所言，连续蒙太奇建立在与人物视线完全重合的基础上，而且处于不断运动、变化之中。这种描述形式不仅能够反映所描绘场景的位移和变化，还能反映人物本身的运动和人物视角的变化。② 在柳·彼特鲁舍夫斯卡娅的小说《地狱的音乐》中，作者频繁地使用蒙太奇手段。

例 38：

Ночь переночевали в общежитии дальнего совхоза под дивной картиной с моряком и девушкой в лодке, на картине стоял уютный розовый закат, за рекой черной полосой лежал какой-то лесной массив, и весь глупый студенческий народ приходил смеяться над этой картиной, а Нине было так хорошо под ней, даже хотелось украсть ее. На картине был вечерний покой и царила гармония, а вокруг в голых окнах виднелась грязь до горизонта со вкраплениями проржавевшей техники и каких-то прошлогодних незапаханных кустов репейника. Жить в этом общежитии было нельзя, среди металлических кроватей и стен, выкрашенных серо-зеленой масляной краской, частично облупившейся как раз над картиной. Наивный пейзаж наивно прикрывал протечку на стене, в этом был первый след разумной деятельности человека по украшению безобразия. («Музыка ада»)

这一片段定格在两个画面，一个是国营农场宿舍墙上的一幅画，另一

---

① http://www.baike.com/wiki/%E5%8F%99%E4%BA%8B%E8%92%99%E5%A4%AA%E5%A5%87，2018 年 4 月 5 日。
② Горшков, А. И.. Русская стилистика. М.：АСТ：Астрель. 2006. c. 196.

个是国营农场的宿舍内景。在这个片段中清晰地再现了尼娜的视线和不断变化的视角。首先映入眼帘的是墙上一幅美妙绝伦的画面：在夕阳的照耀下，一个水兵正和心爱的姑娘在河面上划船。河岸上是一大片郁郁葱葱、整齐排列的树林。画面和谐、宁静。尼娜是如此喜欢，以至于想把它偷走。接着呈现出现实中破旧不堪的宿舍：一片肮脏——锈迹斑斑的机器，涂满了灰绿色油漆的铁床、铁墙，那幅画上方的漆皮也已经开始脱落，尼娜觉得在这样的宿舍里根本无法生活。"这种形式类似文学中的对比描写，即通过镜头和场面在内容（如贫与富、苦与乐、生与死、高尚与卑下、胜利与失败等）或形式（如景致大小、色彩冷暖，声音强弱、动静等）的强烈对比中，产生相互冲突的效果，以表达创作者的某种寓意或强化所表现的内容和思想。"① 通过连续蒙太奇手法，作者利用人物的视角位移和感知描绘出落差巨大的两幅画面，这些描绘的景物似乎没有直接的相关性，但都服务于作者的叙述目的。从侧面反映人物的情感、思想。小说表现出人生中的苦难、无意义，对现实生活状态的绝望，对生命存在意义的困惑、尴尬。在主人公看来，在这种美轮美奂的画面对比下，现实生活显得更加痛楚与无奈。在作者的客观叙述中，利用连续蒙太奇手段，让人物的视角在景物之间变化，使作者的客观叙述变得鲜活、灵动。"在俄罗斯文学作品中常常运用蒙太奇手段，蒙太奇手段拥有极好的表现力。"②

例 39：

Инну посадили за стол возле окна на шесть человек. Против неё сидела старушка с розовой лысинкой, в прошлом клоун, и замужняя пара: он — по виду завязавший алкоголик. У него были неровные зубы, поэтому неровный язык, как хребет звероящера, и привычка облизываться. Она постоянно улыбалась хотела понравиться Инне, чтобы та, не дай бог, не украла её счастье в виде завязавшего алкоголика с ребристым языком. Одета была как чучело, будто вышла не в столовую высокопоставленного санатория, а собралась в турпоход по болотистой местности. («Старая

---

① https://baike.baidu.com/item/%E5%AF%B9%E6%AF%94%E8%92%99%E5%A4%AA%E5%A5%87/6532623，2018 年 5 月 6 日。

② Горшков, А. И.. Русская стилистика. М.：АСТ. Астрель. 2006. с. 218.

собака»）

这是维·托卡列娃的小说《一条老狗》中的片段。这部小说讲述了主人公英娜托人花钱买了一张疗养证，来到疗养院，目的是给自己物色一个年龄不超过 82 岁的高薪丈夫。在这一片段中呈现了英娜的视线和不断变化的视角。首先她看到的是餐厅的内景：当她走进餐厅，环顾大厅四周，发现大厅看上去像一所养老院的分院，而且苍老以各种不同的形式表现出来，她估计 101 岁在这里还算是中年。她内心已经有点后悔，白白浪费了假期、路费和办理疗养证的钱。之后将视角切换到餐厅里一个靠窗的六人餐桌上，英娜的对面坐着一个已谢顶的老太太，头顶的粉色一览无余。还有一对夫妻，男的面色阴沉，态度冷淡，对生活毫无兴趣，丧失激情，可以看出其酗酒过度；女的打扮得怪里怪气，好像不是到餐厅来进餐，而是要去徒步旅行的感觉。这一片段采用了典型的蒙太奇手段，通过人物镜头的切换，形成了巨大的反差，造成了强烈的对比效果，她花如此大的代价来到此处，而此情此景又让她感到失落、无奈、无言。她想到此寻求未婚夫，可坐在旁边的人真是不堪入目，这样的情景没有希望可言。蒙太奇手段的运用强化了小说的悲情色彩，丰富了人物的内心活动，推动了小说情节的再发展。同时，蒙太奇手段的运用表现出了主人公生活的不易与无奈，以至于她开始叩问生命的价值和意义，思考人是否可以有追求，是否可以实现梦想，在凋零的画面中是否应该坚信活着的意义。这种镜头感会引导读者的注意力，激发读者的联想与思考。

2. 交叉蒙太奇

"交叉蒙太奇又称交替蒙太奇，它将同一个时间不同地域发生的两条或数条情节迅速而频繁地交替、剪接在一起，其中一条线索的发展往往影响另外几条线索，各条线索相互依存，最后汇合在一起。这种剪辑技巧极易制造悬念，形成紧张、激烈的气氛，加强矛盾冲突的尖锐性，是掌控读者情绪的有效手法。"[1]

例 40：

В ее однокомнатной квартирке он из своих вещей держал только зубную щетку — вещь, безусловно, интимную, но уж не настолько,

---

[1] https：//baike. baidu. com/item/%E4%BA%A4%E5%8F%89%E8%92%99%E5%A4%AA%E5%A5%87，2018 年 4 月 5 日。

чтобы накрепко привязать мужчину к домашнему очагу. Зое хотелось, чтобы Владимировы рубашки, кальсоны, носки, скажем, прижились у нее дома, сроднились с бельевым шкафом, валялись, может быть, на стуле; чтобы подхватить какой-нибудь там свитерок — и замочить.

Так ведь нет, следов не оставлял; всешеньки-все держал в своей коммуналке. Даже бритву, и ту!

…

Летом ей было охота съездить на Кавказ. Там шум и вино, и ночное, с визгом, купание, и масса интересных мужчин, и глядя на Зою, они говорили бы: «О»! — и сверкали зубами.

Вместо этого Владимир приволок в квартиру байдарку, привел двух товарищей, таких же, как он, — в пахучил клетчатых ковбойках, и они ползалц на четвереньках, складывая и раскладывая, ставя какие-то заплатки, и совали по частям гладкое противное байдаркино тело в таз с водой, вскрикивая: «Течет! Не течет!», а Зоя сидела на тахте, ревнуя, недовольная теснотой, и ей приходилось все время приподнимать ноги, чтобы Владимир мог переползти с места на место.

…

Утром пили кофе. Владимир читал журнал «Катера и яхты», жевал, крошки застревали в обеих бородах; Зоя враждебно молчала, глядела ему в лоб, посылая телепатические флюиды: женись, женись, женись, женись, женись! Вечером он опять чего-то читал, а Зоя глядела в окно и ждала, когда же спать. Владимир читал неспокойно, возбуждался, чесал в голове, дрыкал ногой, хохотал и вскрикивал: «Нет, ты послушай!» — и, перебивая себя смехом, тыкая в Зою пальцем, прочитывал то, что ему так понравилось. Зоя кисло улыбалась или глядела холодно и пристально, никак не отзываясь, и он смущенно крутил головой, сникал и бормотал: «Ну дает мужик…», из гордости нарочно удерживая на лице неуверенную улыбку. («Охота на мамонта»)

在塔·托尔斯泰娅的短篇小说《猎猛犸》中, 主人公卓娅想找一个理想的伴侣, 然而未婚夫弗拉基米尔在各个方面的表现不尽如人意。于是作者在作品中围绕卓娅和弗拉基米尔的各种不和谐进行交叉叙述, 比如她希望未婚夫的生活用品，包括牙刷、剃须刀、衣服等都"服服帖帖地放在她家里"，但事与愿违，"他什么痕迹都没留下"。她希望弗拉基米尔是一名外科医生，而自己在医院工作，可以"轻松地融入神奇的医学世界"，期盼"落入外科医生鲜血淋漓的怀抱"。她想夏天时去高加索旅行，享受阳光、美酒，可弗拉基米尔把一个皮划艇拖回家，还带来两个同事，使她在拥挤的房间里不得不总是抬起腿。卓娅不得不跟着未婚夫和他的朋友去远足。她要忍受风浪颠簸和严寒，以及弗拉基米尔身上散发出的狗毛般的气味等，这些让她极其难受，无法适应；而弗拉基米尔却非常享受这种生活，高兴地"吃着豌豆罐头做成的午饭"，每天兴高采烈地起得很早，等等。通篇都是卓娅和弗拉基米尔镜头的交叉定格，通过两个镜头的不断撞击折射出不同的生活理念，而这种生活理念的碰撞事实上是一种情感的碰撞，将人物、读者的情感激发出来，读者得以对作者表达的思想情感产生共鸣。这样，读者不由自主地浸入这个过程，心甘情愿地去附和这一思想。在作者的叙述中，描述的这些事物是客观的，仅仅是简单的列举，但在事物的交叉中潜在着人物主体的选择，暗示着人物的情感变化，展现了人物的内心世界。交叉式蒙太奇手段破坏了叙述的客观性，使叙述具有了主观化的特征。正是这种蒙太奇叙事手段的使用，使托尔斯泰娅的追求打破传统的爱情婚姻模式，"扭转女性在两性关系中的角色，女性由'猎物'变为'猎人'，由温柔可人的伴侣变为操控男性的强权者，而男性则变为女性的狩猎目标和驯服对象"[①]。

例 41：

… Осень. Дожди. Александра Эрнестовна, вы меня узнаете? Это же я! Помните… ну, неважно, я к вам в гости. Гости—ах, какое счастье! Сюда, сюда, сейчас я уберу… Так и живу одна. Всех пережила. Три мужа, знаете? И Иван Николаевич, он звал, но… Может быть, надо было решиться? Какая долгая жизнь. Вот это—я. Это—тоже я. А это—мой второй муж. У меня было три мужа, знаете? Правда, третий не очень…

…

Александра Эрнестовна достает чудное варенье, ей подарили, вы

[①] 陈方：《当代俄罗斯女性小说研究》，中国人民大学出版社 2007 年版，第 97 页。

только попробуйте, нет, нет, вы попробуйте, ах, ах, ах, нет слов, да, это что-то необыкновенное, правда же, удивительное? Правда, правда, сколько на свете живу, никогда такого… ну, как я рада, я знала, что вам понравится, возьмите еще, берите, берите, я вас умоляю!

Вы мне нравитесь, Александра Эрнестовна, вы мне очень нравитесь, особенно вон на той фотографии, где у вас такой овал лица, и на этой, где вы откинули голову и смеетесь изумительными зубами, и на этой, где вы притворяетесь капризной, а руку забросили куда-то на затылок, чтобы резные фестончики нарочно сползли с локтя.
(«Милая Шура»)

在塔·托尔斯泰娅的短篇小说《亲爱的舒拉》中，主人公亚历山德拉·埃内斯托芙娜就自己的一生与讲述人进行了交流。她一生经历了三次婚姻和一次艳遇，在讲述这一传奇人生时，文本一直穿插着两个行为：翻看照片及喝茶、吃点心。对于每一段人生，主人公会展示不同阶段的照片，接着讲述自己经历的故事，进而伴之以回忆、感叹、遗憾等，并且在回忆时不时地发出叹息声，而在讲述每段历史时，主人公又会督促讲述人喝茶、吃点心，还翻出自己的果酱让讲述人品尝，使其对自己的茶、点心、果酱大加赞赏。这种叙述就是典型的交叉蒙太奇，在聊天、喝茶的过程中，通过翻看照片讲述主人公的人生经历、人生体验，以及人生感悟，在历史和现实中不断地穿越，时而感叹曾经，时而赞誉当下的茶点。由此，作者将一个个镜头组成了整个文本，而这种方式使故事的叙述更加生动，更加流畅，更富有表现力和感染力，这样有利于调动读者的主观能动性，发挥读者的想象力，激发读者的兴趣，使读者能更加清晰地感知文本的每一个细节，领悟文本的思想意念。语篇通常承载着信息，除了字面的信息，作者还要告诉读者她对所讲述的事件、人物或现象的观点、态度和看法等，进而折射出作者对社会、生活的理解和感悟，这些信息不是浮在文字表面的，而是需要读者领悟的，这恰恰也是作者的创作意图，是作者的理念和世界观的体现。读者的知识体系越丰富，语篇分析能力越强，对于隐含信息的把握也将越具体。蒙太奇手段的运用便于叙述角度的转换，作者的客观叙述可以自如地切换到人物主观表现。这样的交替叙述避免了叙述文本的单调和叙述技巧的笨拙。蒙太奇手段通过镜头的更迭决定叙述的速度，进而影响读者的心理节奏和接受频率，呈现出特殊的思维方式——蒙太奇思维方式。

小　结

本章对叙述主观化的传统言语手段和结构手段在当代俄罗斯女性文学作品中的表现形式进行了论述。叙述主观化的传统言语手段包括准直接引语和内部言语。准直接引语是一种重要的人物话语方式，是混合了作者、叙述者、人物主观意识的话语叙述方式，具有双声性和模糊性，它作为一种修辞兼句法手段被广泛地运用在文学作品中。准直接引语在读者面前展示了人物的内心世界，准确、自如地传递他人话语。内部言语（意识流、内心独白）是一种文学创作手法，是对人物进行心理描写和心理分析的重要手段，是描写人的心智和情感世界的途径。

叙述主观化的结构手段分别是呈现手段、形象手段、蒙太奇手段。呈现手段通常描述从未知到已知的变化，从不同的视角对事物进行描述，这样的描述不仅具有概括性、模糊性，而且具有陌生化的特性。形象手段的使用使作者叙述变得鲜活而富有生机，使作品的语言更具有表现力。蒙太奇不仅是叙述主观化的手段，也是认知语篇的手段，通过叙述镜头的更迭，实现语篇多层次、多视角的转换。

第四章

当代俄罗斯女性文学叙述
主观化的新型手段

在作品的叙述中,有时作者与讲述人高度分离,有时与讲述人极其接近,作者叙述和人物言语相互交叉,叙述视角不断交替。"这就造成了不同主观言语层级的相互交叉、叙述视角的相互交融,语篇的内部建构和外部联系的复杂化。"[1] 叙述主观化是篇章建构的重要手段。在篇章内,各种主观化的手段相互关联、相互作用,交替使用。"各种手段相互渗透,相互交替。言语手段中夹杂着结构手段,结构手段中渗透着言语手段。"[2] 伴随着语言手段之间的变化、发展与融合,叙述主观化的传统手段也随之发生着变化。

当代俄罗斯文学滥觞于20世纪80年代中期,经历了近30年的发展,已然发生了较大的变化,进入了一个全新的历史时期。"文学表达的自由使得文学创作呈现多元格局。"[3] 后现实主义、现代主义、后现代主义等几乎同时登上了历史舞台。各种文学流派、风格和体裁相互借鉴、融合。"在作家的作品中占统治地位的是多维度的叙事,这种叙事既浸透了厚重的'文学性',又建立在玩味旧有文本、消解一系列文学传统的基础上。"[4] 同时,当代俄罗斯文学又具有后现代性的特征,对存在的荒诞感受、对现实深深的危机意识、对复杂社会生活的绝望和对语言的游戏态度

---

[1] 刘娟:《当代俄罗斯女性文学作品中的叙述主观化问题》,《俄罗斯文艺》2014年第4期。
[2] Горшков, А. И. . Русская стилистика. М. : АСТ Астрель. 2006. с. 219 – 220.
[3] 孙超:《二十世纪八、九十年代俄罗斯中短篇小说研究》,人民文学出版社2014年版,第2页。
[4] 孙超:《二十世纪八、九十年代俄罗斯中短篇小说研究》,人民文学出版社2014年版,第4页。

等都是后现代文化语境下文学的典型特征。当代俄罗斯女性文学同样受到俄罗斯文学整体发展趋势的影响,女性作家以其独特的叙事视角、多元的叙事风格、多样的叙事话语向读者展示了女性人物的命运、性格、言语、行为、遭遇等。她们以区别于男性的独特视角,提供了另外一种审视自身的角度。

第三章论述了当代俄罗斯女性文学中叙述主观化传统的言语手段和结构手段,言语手段和结构手段的运用并非互无关联、彼此孤立,而是相互交融、相互作用并有机组合。在运用传统手段之外,这些作家或运用变化的手段,或将已有的传统手段重新排列组合。这些手段对于塑造人物形象,或者建构语篇都起到了全新的表达效果。这对于彰显女性意识,解构女性主义,强调女性身份起到了不容忽视的作用。本章将对当代俄罗斯女性文学作品中的叙述主观化的新型手段予以分析。

第一节 新型言语手段

叙述主观化传统的言语手段表现为准直接引语、内部言语。这些手段在当代俄罗斯女性文学中仍然存在,但随着文学叙述技巧与叙述视角的变化,出现了一些新型的手段,如隐性直接引语(невыделенная прямая речь)、线性对话(линейный диалог)、颠覆性对话(свернутый диалог)[①] 等。这些手段反映出人物视角的转换、叙述话语的更迭,这些手段使作者的客观叙述产生主观化。下面笔者将对当代俄罗斯女性文学中叙述主观化的新型言语手段进行具体论述。

一 隐性直接引语

直接引语在文学语篇中起到非常重要的作用,它不仅可以显示出主人公与其他人物之间的关系,而且可以使叙述中的人物充分表现自己,自如地传达出人物的个人风格。直接引语是语篇结构的重要组成部分,能够充分揭示人物的内心世界,使语篇更加贴近现实生活,从而保证作品结构的完整性。"作者在自己的叙述中原封不动的、保留原话内容和形式的引

---

① 在此采用刘娟教授的译法。

第四章　当代俄罗斯女性文学叙述主观化的新型手段

语，叫做直接引语。"① 书写时，直接引语是由引号、冒号、破折号等区分的。直接引语保留了人物言语的词汇、语法、语调等特征。"在当代文学作品中，传统的直接引语已经发生了变化。在这些变体中，最流行的是隐性直接引语。"② 隐性直接引语的典型特点就是缺失了引号和冒号。"隐性直接引语也是叙述主观化的变化手段。"③ 在当代俄罗斯女性文学作品中，我们常常可以见到这种手段的运用。这一手段促使作者叙述和人物叙述不断交替，人物视角不断转换，作者叙述在隐性与显性之间过渡。

例 42：

…Осень. Дожди. Александра Эрнестовна, вы меня узнаете? Это же я! Помните… ну, неважно, я к вам в гости. Гости—ах, какое счастье! Сюда, сюда, сейчас я уберу… Так и живу одна. Всех пережила. Три мужа, знаете? И Иван Николаевич, он звал, но… Может быть, надо было решиться? Какая долгая жизнь. Вот это — я. Это — тоже я. А это — мой второй муж. У меня было три мужа, знаете? Правда, третий не очень… А первый был адвокат. Знаменитый. Очень хорошо жили. Весной — в Финляндию. Летом-в Крым. Белые кексы, черный кофе. Шляпы с кружевами. Устрицы — очень дорого… Вечером в театр. Сколько поклонников! Он погиб в девятнадцатом году-зарезали в подворотне. («Милая Шура»)

这是塔·托尔斯泰娅《亲爱的舒拉》中的片段，整个段落中虽然夹杂了作者的叙述和人物间的对话，却看不到带有引号和冒号的直接引语，这是因为作者采用了隐性直接引语。隐性直接引语可以判断讲述人是否存在。在这一片段中，存在讲述人。讲述人言语与隐性直接引语融合，这就会出现讲述人是显性的效果。"Александра Эрнестовна, вы меня узнаете? Помните… ну, неважно, я к вам в гости. Гости-ах, какое счастье! Сюда, сюда, сейчас я уберу…" 在这几句中，我们可以看到的是讲述人和人物之间的对话，作者采用了隐性直接引语。隐性直接引语包含在对话中，但表现形式并不是带有引号、冒号标记的显性对话。在此

---

① 周春祥、孙夏南、黄鹏飞编著：《俄语实用语法》，上海译文出版社 2003 年版，第 430 页。
② Попова, Г. Б.. Приемы субъективации в современной русской прозе: явления модификации. Дис.… д-ра филол. наук. М.：2012. с. 75.
③ http：//www.proza.ru/2007/05/08-257, 2018 年 4 月 6 日。

"Это же я!"和"сейчас я уберу…"中的"я"并不是一个人，第一个"я"是讲述人，第二个"я"是主人公亚历山德拉·埃内斯托芙娜。在这种情况下，"'我'的讲述人功能和人物功能有可能重合，从而导致'故事'与'话语难以区分"。① 隐性直接引语是表达人物思想的特殊方式。这一方式可以促使读者直接进入人物的意识，有助于读者发掘人物的内心世界。隐性直接引语表现了讲述人"я"和亚历山德拉·埃内斯托芙娜两个人的视角，通过这种对话将故事引向深入。"Так и живу одна. Всех пережила. Три мужа, знаете? И Иван Николаевич, он звал, но… Может быть, надо было решиться? Какая долгая жизнь. Вот это-я. Это-тоже я. А это-мой второй муж. У меня было три мужа, знаете? Правда, третий не очень… А первый был адвокат. Знаменитый. Очень хорошо жили. Весной-в Финляндию. Летом-в Крым. Белые кексы, черный кофе. Шляпы с кружевами. Устрицы-очень дорого… Вечером в театр. Сколько поклонников! Он погиб в девятнадцатом году-зарезали в подворотне."这些隐性直接引语体现了人物亚历山德拉·埃内斯托芙娜的视角。这种向有限人物视角的转换可以让故事产生悬念，读者只能跟随主人公亚历山德拉·埃内斯托芙娜的感知与言行静观故事的发展。亚历山德拉·埃内斯托芙娜的"感知有时代替了讲述人的感知，成为观察故事的叙述工具和技巧"②。"在现代小说中，隐性直接引语是典型的，具有他人视角的修辞色彩。"③ 这些隐性直接引语的运用打破了小说传统的语言规范。隐性直接引语的运用直接展示人物的言语或内心世界，表现出人物复杂的思想和瞬间潜意识的感受。这些隐性直接引语形成了一种晦涩的、朦胧的、变幻莫测的语境。

例 43：

… Аде было даже неудобно, что у нее столько поклонников, а у Сони — ни одного. (Ой, умора! У Сони — поклонники?!) И она предложила придумать для бедняжки загадочного воздыхателя, безумно влюбленного, но по каким-то причинам никак немогущего с ней

---

① 申丹、王丽亚：《西方叙事学：经典与后经典》，北京大学出版社 2010 年版，第 29 页。
② 申丹、王丽亚：《西方叙事学：经典与后经典》，北京大学出版社 2010 年版，第 29 页。
③ Ахметова, Г. Д. Языковая композиция художественного текста（На материале русской прозы 80-90-х годов XX в.）: Дис…. д-ра филол. наук. М. : 2003. с. 187.

第四章 当代俄罗斯女性文学叙述主观化的新型手段

встрститься лично. Отличная идея! Фантом был не медленно создан, наречен Николаем, обременен женой и тремя детьми, поселен для переписки в квартире Адиного отца — тут раздались было голоса протеста: а если Соня узнает, если сунется по этому адресу? — но аргумент был отвергнут как несостоятельный: во-первых, Соня дура, в том-то вся и штука; ну а во-вторых, должна же у нее быть совесть — у Николая семья, неужели она ее возьмется разрушить? Вот, он же ей ясно пишет — Николай то есть, — дорогая, ваш незабываемый облик навеки отпечатался в моем израненном сердце (не надо «израненном», а то она поймет буквально, что инвалид), но никогда, никогда нам не суждено быть рядом, так как долг перед детьми... ну и так далее, но чувство, — пишет далее Николай, — нет, лучше: истинное чувство — оно согреет его холодные члены («То есть как это, Адочка?» — «Не мешайте, дураки!») путеводной звездой и всякой там пышной розой. Такое вот письмо. Пусть он видел ее, допустим, в филармонии, любовался ее тонким профилем (тут Валериан просто свалился с дивана от хохота) и вот хочет, чтобы возникла такая возвышенная переписка. Он с трудом узнал ее адрес. Умоляет прислать фотографию. А почему он не может явиться на свидание, тут-то дети не помешают? А у него чувство долга. Но оно ему почему-то ничуть не мешает переписываться? Ну тогда пусть он парализован. До пояса. Отсюда и хладные члены. Слушайте, не дурите! Надо будет — парализуем его попозже. Ада брызгала на почтовую бумагу «Шипором», Котик извлек из детского гербария засушенную незабудку, розовую от старости, совал в конверт. Жить было весело! («Сония»）

这是塔·托尔斯泰娅的小说《索尼娅》中的片段。在这个第三人称叙述的片段中，作者采用了多重式人物的有限视角，即采用几个不同人物的眼光观察同一事件。读者很难区分出其中包含了几个人物的视角，因此，多视角加强了主观化的程度。这一片段是典型的"多声语"，运用了嵌入结构，表明人物视角之间的交叉、混合，如"Ой, умора! У Сони — поклонники?!", "не надо «израненном», а то она поймет буквально, что инвалид"等。在这些嵌入结构中存在隐性的直接引语："Ой, умора! У Сони —

поклонники?!", "То есть как это, Адочка？, Не мешайте, дураки！"。而这些引语的主体是不确定的，可以明显地感觉到是几个人物的声音。当朋友们戏弄索尼娅时，每个人的意见是不一致的："Отличная идея！, Не мешайте, дураки！", "Слушайте, не дурите！"。作者通过不同的叙述视角，向读者展示不同的人对索尼娅所持的不同态度。"隐性直接引语的运用可以产生视角的相对性和叙述的相对性。"① 这种叙述反映的不是单个人的视角，而是多人视角，这让主观化在语篇中具有另一种结构——几个视角相关联的主观化。传统的引语习惯上便于读者理解，而隐性直接引语迫使读者同时关注几个叙述视角。② 在这一有限视角叙述中，叙述者放弃了自己的感知，专采用人物的感知来观察。"运用隐性直接引语可以轻松地、不知不觉地将各种视角汇合起来。"③

例44：

Весело жилось и легко, посмеивались над Петюней, над его страстью к галстукам, прочили ему большое журналистское будущее, заранее просили не зазнаваться, если поедет за границу; Петюня смущался, морщил мышиное личико: да что вы, ребята, дай бог институт кончить！ Славный был Петюня, но жеваный какой-то, а ещё пытался за Риммой ухаживать, правда, косвенно: резал для нее на кухне лук и намекал, что у него, честно говоря, планы на жизнь——ого-го！ Рима смеялась: какие планы, ее саму ждет такое！ Поухаживай лучше за Элей, она все равно Алешу бросит. Или вон за Светкой-Пипеткой. Пипетка замуж собралась, говорил Петюня. За кого же, интересно знать？ («Огонь и пыль»)

这是塔·托尔斯泰娅的小说《火与尘》中的片段。在整个段落中作者采用了多视角的叙述方式——隐性直接引语。这些引语并不是带有引号和冒号的直接引语，而是缺失了引号和冒号的隐性直接引语。而此处的引

---

① Ахметова, Г. Д. . Языковая композиция художественного текста（на материале русской прозы 80-90-х годов XX в.）. Дис.... д-ра филол. наук. М. : 2003. c. 163.

② Ахметова, Г. Д. . Языковая композиция художественного текста（на материале русской прозы 80-90-х годов XX в.）. Дис.... д-ра филол. наук. М. : 2003. c. 164 – 165.

③ Ахметова, Г. Д. . Языковая композиция художественного текста（на материале русской прозы 80-90-х годов XX в.）. Дис.... д-ра филол. наук. М. : 2003. c. 304.

语是隐性直接引语的变体,没有冒号,只有引号。例如"да что вы, ребята, дай бог институт кончить! Рима смеялась: какие планы, ее саму ждет такое! Поухаживай лучше за Элей, она все равно Алешу бросит. Или вон за Светкой-Пипеткой. Пипетка замуж собралась, говорил Петюня. За кого же, интересно знать?"这些引语的主体是不确定的,作者的叙述和人物的话语混杂在一起。尽管这部短篇小说的中心人物是丽玛和斯维特兰娜,但作者通过隐性直接引语手段向读者提供了多于全知全能视角所要求的代码提供的信息,这样便于间接地展现出丽玛的生活侧面。

小说在能指层面上的总体形态特征表现为一种叙述话语。叙述话语既包含叙述者话语,也包含人物话语。在《亲爱的舒拉》《索尼娅》《火与尘》的片段中,作者采用叙述主观化的新型手段——隐性直接引语。在隐性直接引语中存在多视角的叙述。隐性直接引语在热奈特看来就是"信息超量笔法"[1]。这种叙述方式向读者提供视角聚焦过程中盈余的信息。这将有助于读者建构正在阅读的故事,参与小说的意义生成。

二 线性对话

对话的发展是线性的,要么是内容的直接相互补充,要么形成一个封闭的提问—回答统一体。线性对话没有冒号和引号,话轮之间用破折号分开,话语末尾没有限制性符号,如句号、感叹号或者问号。线性对话是一个结构性对话,是参与者在主题上相互关联的连续性对话。在线性对话中,对话的参与者似乎是被挑选的,并断断续续地表达思想和感觉。线性对话形成了一种特殊的叙述节奏,这增强了读者的阅读期待。线性对话的优点在于,叙述过程中对话形式简洁,其缺点在于,它对话语的归属划分产生了影响,使读者无法明确地指出话语的发出者。因此,读者在阅读文章时,必须从整体上理解和把握上下文的叙述逻辑。

例 45:

Андрей снова начинает бегать по комнате, садится в кресло, нахохлившись, поджав ноги, что-то напевая — как-то мне холодно,

---

[1] [美]罗伯特·司格勒斯:《符号学与文学》,谭大立等译,春风文艺出版社 1988 年版,第 156 页。

тебе не холодно? А мне вот холодно, Индия, значит, это хорошо, есть в этом какая-то сермяга, чай хочешь? Там сыр есть в холодильнике — вытаскивает сигарету — значит, тебя не будет на мой день рождения? Очень жаль — ищет зажигалку, ее нигде нет, он снова вскакивает, громыхает на кухне, раскидывает все на столе в комнате, в другой комнате, на шкафу, на полках среди книг, по карманам, в моем рюкзаке — у тебя же наверняка есть — у меня нет — ну посмотри получше у меня правда нет, что ты такой дерганый — я не могу с тобой общаться, ты какая-то очень спокойная, я тебя никак не зафиксирую, тебя здесь нет — не надо меня фиксировать — я протягиваю руку к подставке для ароматических палочек, возле которой Андрей все перерыл минуту назад, беру черную зажигалку и протягиваю ему — все хорошо. («Travel агнец»)

这是戈斯捷娃的小说《羊羔的旅行》中的片段。这个片段中运用了线性对话："в моем рюкзаке — у тебя же наверняка есть — у меня нет — ну посмотри получше у меня правда нет, что ты такой дерганый — я не могу с тобой общаться, ты какая-то очень спокойная, я тебя никак не зафиксирую, тебя здесь нет — не надо меня фиксировать — я протягиваю руку к подставке для ароматических палочек, возле которой Андрей все перерыл минуту назад, беру черную зажигалку и протягиваю ему — все хорошо。"这段对话在讲述人和人物安德烈之间展开，在讲述人的叙述中，安德烈不时闯入其中。他们之间的对话以线性对话的形式呈现。线性对话体现了简洁的特征。运用线性对话，增强了人物话语的感染力、形象性与表现力。安德烈的思想、意识、行为非常逼真地展现在读者眼前。以叙述者的口吻来叙述，讲述人的思想、观点会影响读者，进而细腻地表现人物的情感，甚至折射出人物的某种讥讽或幽默的情感。小说以线性对话的方式行文取得了意想不到的文体效果，体现了戈斯捷娃独特的叙述风格。

例 46：

Она это очень хорошо сознабала. К тридцати пяти годам после длительного периода невеселых проб и ошибок — не стоит о них говорить — она ясно поняла, что ей нужно: нужно ей безумную, сумасшедшую

第四章　当代俄罗斯女性文学叙述主观化的新型手段　　115

любовь, с рыданиями, букетами, с полуночными ожиданиями телефонного звонка, с ночными погонями на такси, с роковыми препятствиями, изменами и прощениями, нужна такая звериная, знаете ли, страсть — черная ветреная ночь с огнями, чтобы пустяком показался классический женский подвиг — стоптать семь пар железных сапог, изломать семь железных посохов, изгрызть семь железных хлебов — и получить в награду как высший дар не золотую какую-нибудь розу, не белый пьедестал, а обгорелую спичку или автобусный, в шарик скатанный билетик — крошку с пиршественного стола, где поел светлый король, избранник сердца. («Поэт и муза»)

　　这是托尔斯泰娅的小说《诗人与缪斯》中的片段。在这一片段中隐含着内在的对话，这种对话没有冒号和引号为标记，话轮之间用破折号分开，话语末尾没有限制性符号（句号、问号、感叹号），这是典型的线性对话。例如"— не стоит о них говорить"和"К тридцати пяти годам после длительного периода невеселых проб и ошибок"之间就是一个典型的新型对话，它们之间用破折号连接，并未用冒号和引号。在这段叙述中，讲述人和人物之间是穿插交替的，讲述人在叙述主人公"经历了许多令人不快的尝试和错误"，突然插入了"这些事不值一提"，这既可以认为是人物的话语，也可以看作讲述人的评价。在此，人物或者讲述人的思想和感受是一致的，似乎就是一个人。同样，在接下来的对话中也是一样的：讲述人叙述主人公"需要野兽般的激情"，之后又补充了一句"如同黑夜里狂风舞动的火焰"，在此很难判断是讲述人的话语还是人物的话语，讲述人视角和人物视角在此几乎重合。小说是以第三人称全知全能的视角叙述的，但作者并非只选用了一个人物的眼睛来看世界，而是别有用意地变换人物和视角。在这一线性对话中不仅存在讲述人、人物，而且有读者，例如"знаете ли"。作者将第二人称引入了文本，读者与作者、人物共同建构话语体系，叙述视角在三者之间交替。在这段对话中，话语的归属似乎是一个问题，读者很难辨认话语到底源于谁。这是以"客观的态度"对"现实世界本来面目的反映"，[1] 这种"客观的态度"是真实地反映作者的态度，这种反映方式必然带上个人的情感、观念色彩。这种情

---

[1] 刘剑艺：《小说符号诗学》，浙江大学出版社1991年版，第84页。

感的表达易于表现作品的主题性。托尔斯泰娅在《诗人与缪斯》中将主人公妮娜从男性抑制的弱者变为实现自我意志的强者，充分展现了女性的自强意识。

三　颠覆性对话

颠覆性对话是同一个人的问话与答语。在大多数情况下，颠覆性对话的呈现方式为"提问—回答"模式，问题的提出表明了人物的情感意向，而回答具有解释性、安抚性、引导性、理智性、逻辑性的特点。人物在表达意愿时，内心中充满了矛盾与冲突，甚至是情感与理智的斗争。颠覆性对话是构建艺术形象的手段之一。这种手段构建出来的形象在读者面前是忙乱的、孤独的、渴望寻求交流的。在当代俄罗斯女性文学作品中，维·托卡列娃擅长运用颠覆性对话这一语言手段。这种手段表现了人物的无奈、孤寂、失落等，给读者一种猛烈的冲击。这种手段将鲜活的人物形象跃然纸上，人物的内心世界与其所思所想一览无余地呈现在了读者面前。

例47：

Месяцев не понимал в поэзии и не мог определить: что это? Бред сумасшедшего? Или выплеск таланта? Алик трудно рос, трудно становился. Надо было ему помочь. Удержать. Жена этого не умела. Она умела только любить. А Месяцев хотел только играть. Алик наркоманил. А Месяцев в это время сотрясался в оргазмах. И ничего не хотел видеть. Он только хотел, чтобы ему не мешали. И Алик шагнул в сторону. Он шагнул слишком широко и выломился из жизни.

Когда? Где? В какую секунду? На каком трижды проклятом месте была совершена роковая ошибка? Если бы можно было туда вернуться...（«Лавина»）

这个片段是维·托卡列娃《雪崩》中的片段。在这一片段中作者采用了"提问—回答"的模式。通过这一模式将人物内心的矛盾和冲突展现出来。在这段对话中读者能够感知两种声音的存在，作者（叙述者）的声音与人物的声音混杂在一起，读者听不到作者（叙述者）的声音，都是人物的自问自答。为了更加清晰地展现这段自我对话，笔者将这段对话予以分解：

А：что это？

第四章 当代俄罗斯女性文学叙述主观化的新型手段

В：Бред сумасшедшего? Или выплеск таланта?

А：Алик трудно рос, трудно становился. Надо было ему помочь. Удержать. Жена этого не умела. Она умела только любить. А Месяцев хотел только играть. Алик наркоманил.

В：А Месяцев в это время сотрясался в оргазмах. И ничего не хотел видеть. Он только хотел, чтобы ему не мешали. И Алик шагнул в сторону. Он шагнул слишком широко и выломился из жизни.

А：Когда? Где? В какую секунду? На каком трижды проклятом месте была совершена роковая ошибка? Если бы можно было туда вернуться.

В：…

这个片段是梅夏采夫的儿子因吸毒去世后，他发现了儿子写的一句诗，由此引发的内心对话。在这段颠覆性自我对话中，读者可以看到两个梅夏采夫的影子，A 是现实中的主人公梅夏采夫，B 是内心深处的一个带有自责、忏悔的梅夏采夫。这段对话基本由疑问句、修辞性问句和陈述句构成。疑问句和修辞性问句的使用可以引出下文的答语，或者引起读者的注意。这类问句除了表示惊讶、失望，有时还带有责问的口吻。"可是这个时候我又干什么呢？只知道弹琴，只知道追求自己的幸福，对家里的一切不管不问。恰是这个时期，埃里克染上毒瘾，导致失去了生命。"这句是典型的自责，梅夏采夫觉得儿子患病（精神疾病）、性格怪异、缺失父爱、迷途吸毒等一系列问题都由他引起。他缺乏对家庭和儿子的关照，只追求自己的事业发展，最终酿成悲剧。"假如时光可以倒流，那该多好呀！"这句假定式将主人公那种后悔、追悔莫及、自责的情感淋漓尽致地表现了出来。

在词语的选择上重复运用"только"。"妻子只知道溺爱，我只知道弹琴，他只是不想打扰他"，这三个"只是"带有明显的主观评价色彩，反映出人物的态度：责备、愤怒、痛苦。在这段的最后运用了省略号，显示出对话双方的"未尽之言"及潜话语。这段颠覆性对话展现了主人公的内心思想矛盾，蕴含着非常深刻的伦理和道德意义。上面的颠覆性自我对话是人物的"自问自答"，是人物自己与自己的对话。人物的声音占据了叙述的主导，读者似乎听不到作者（叙述者）的声音，通过人物的自言自语将人物的内心情感鲜活地表现出来，将作者的客观叙述变得生动，叙述的视角巧妙地发生了转变。

例48：

Маша орала на втором этаже. Надька поднялась с дивана и пошла по лестнице. Подвернулся каблук, прожгла боль. Надька осела и поняла, что не может двинуться с места. Нога опухала на глазах, синела, боль пронзала до мозгов. Ребенок орал. Жан-Мари отсутствовал. До телефона не доползти — ни туда ни сюда.

Вот это и есть ее жизнь, сломанная, как щиколотка. Ни туда ни сюда…

Но Почему? Потому что она в самом начале заложила в свой компьютер ошибку. Использовала Гюнтера как колеса, практически обманула. А что может родиться изо лжи? Другая ложь. И так без конца.

Что же делать? Стереть старую программу и заложить в нее новые исходные данные：любовь, благородство, самопожертвование… Но для кого? Кого любить? Для кого жертвовать?（«Птица счастья»）

这是维·托卡列娃《幸福鸟》中的片段。作者采用了一个人自问自答的颠覆性对话形式。读者能明显感觉到主人公A和主人公B之间的对话，A是现实生活中的主人公，B是臆造的主人公。为了更加清晰地展现对话的实质，笔者将这段对话予以分解：

A：Но Почему?

B：Потому что она в самом начале заложила в свой компьютер ошибку. Использовала Гюнтера как колеса, практически обманула.

A：А что может родиться изо лжи?

B：Другая ложь. И так без конца.

A：Что же делать?

B：Стереть старую программу и заложить в нее новые исходные данные：любовь, благородство, самопожертвование…

A：Но для кого? Кого любить? Для кого жертвовать?

这一故事讲述了娜佳的婚姻状况。她嫁给了自己并不喜欢的德国人，但为了金钱，她不惜出卖自己，背叛家庭和丈夫。这一片段是娜佳内心深处对自己所作所为的反思。在这段颠覆性自我对话中，读者可以看到两个娜佳的形象，A是现实中的娜佳，B是一个内心深处力求上进而忏悔、自责的娜佳。这段自我对话由几个修辞性问句组成。"为什么我的生活如此糟糕？谎言又能诞生什么呢？我现在应该怎么办呢？我为谁这样做呢？爱谁呢？为谁自我牺牲呢？"这种修辞性问句比一般的肯定句或否定句更有力量，语气更重，个人的情感色彩更强。这几个问句不仅包含了疑问的特点，而且带有失望、责问的语气。"因为你从一开始就设定了错误的程序。一开始，你就不该利用、欺骗你的前夫恩杰尔。抹去旧的程序，把新的原始资料放进去……"这是娜佳的答语。这些答语带有责备和建议的口吻，与现实中娜佳的口吻完全不同。这些答语反映了人物的态度，而这种态度似乎与作者的态度相一致，是作者立场的反映。作者采用颠覆性对话表现了强烈的人物情感。她虽然不满意现实的生活，但这种不满又处于可控状态，还没有发展到无法收拾、歇斯底里的地步，在对现实的不满与懈怠中她又流露出积极向上的情愫。上面的自我对话是人物的"自问自答"，是人物自己与自己的对话。在对话中，作者（叙述者）的声音与人物的声音完全混合在一起，读者听不到作者（叙述者）的声音，通过人物的自问自答将人物的主观情感表现出来。在作者的客观叙述中将叙述的视角巧妙地发生了转变。这种人物心声与叙述者声音相混合形成的音响效果大大增强了小说的感染力，引发了读者对主人公深深的同情，牢牢抓住了读者的心。

颠覆性"自我对话是人物与自身的对话，即把自己的感受、看法和判断说给自己听"[1]，是人物对自身行为的审视，他们既不是向别人，也不是向读者讲话，而是在沉思默想、自言自语。这种对话虽不乏主观意向，但由于叙述人的暗中操纵，仍是一种有条理、思维清晰、结构严谨的话语。自我对话这种方式常常在于表现人物自身的对立，人物将另一个自我当作"你"来欣赏、嘲弄、批判、反思等，显示出人物"我"与另一个"我"之间的分裂。"当今'我是谁'的追问已成为小说的常见主题。"[2]

人物的颠覆性对话充满了睿智的思考和理性的表白，进而构成了人物与读者的对话。虽然对话主体是虚拟的，但读者可以真切地感受到对话关系。这种对话形式其实是作者采用的一种独特的叙述方式，使文本的叙述

---

[1] 胡亚敏：《叙事学》，华中师范大学出版社2001年版，第92页。
[2] 胡亚敏：《叙事学》，华中师范大学出版社2001年版，第92页。

视角多样化。这种对话促进了情节的发展，使人物的语言更加鲜活、随性，更加贴近人物的性格，对于人物形象的塑造起到了非常重要的强化作用，拉近了人物与读者之间的距离，有利于读者与人物之间产生共鸣，便于读者领会人物的内涵。

四 言语手段与结构手段的融合

一个文学语篇中，不仅有主观化的言语手段和结构手段，还有两种手段的相互融合与相互作用。主观化手段在语篇建构中具有结构性意义，该手段的运用有助于作者更加深入地浸入人物世界，能够以全景画面的方式从人物的不同视角呈现人物的意识与感觉，反映周围环境的运动变化。人物的言语思维特征能够反映其对周围现实的看法和理解。在当代俄罗斯女性文学中，言语手段与结构手段融合运用的频率也是比较高的。作者常常运用叙述主观化的言语手段和结构手段相融合的方式。

例49：

Над умирающим заламывала руки омерзительно красивая женщина с трагически распущенными волосами (потом, правда, оказалось, что ничего особенного, всего лишь Агния, школьная подруга Гришуни, неудавшаяся актриса, немножко поет под гитару, ерунда, не с той стороны грозила опасность) — да, да, она вызывала врача, спасите! Она, знаете ли, зашла случайно, ведь дверей он не запирает и никогда не зовет на помощь, Гриша, дворник, поэт, гений, святой! И вот... Нина отклеила взгляд от демонически прекрасного дворника, осмотрела комнату — большая зала, пивные бутылки под столом, пыльная лепнина на потолке, синеватый свет сугробов из окошек, праздный камин, забитый хламом и ветошью.

Нина выгнала Агнию, сняла сумку, повесила на гвоздь, бережно взяла из Гришуниных рук свое сердце и прибила его гвоздями к изголовью постели. Гришуня бредил в рифму. Аркадий Борисыч растаял, как сахар в горячем чае. Тернистый путь был открыт. («Поэт и муза»)

这是塔·托尔斯泰娅的小说《诗人与缪斯》中的片段。故事讲述了主人公妮娜想寻找自己的幸福，期待着有人赞美她，最后她找到了自己的心上人。本片段是以第三人称叙述的。第三人称叙述本质上是客观的，但

第四章　当代俄罗斯女性文学叙述主观化的新型手段　　121

叙述中介入了人物的视角，叙述具有主观化的特征。本片段中存在较为明显的叙述主观化。在第一段段首就出现了主人公的评价话语："заламывала руки омерзительно красивая женщина."紧接着片段括号中"потом, правда, оказалось, что ничего особенного, всего лишь Агния, школьная подруга Гришуни, неудавшаяся актриса, немножко поет под гитару, ерунда, не с той стороны грозила опасность"的叙述属于作者或者讲述人，但又具有主人公妮娜的视角。从"потом、оказалось"可以看出是妮娜的视角，而"всего лишь школьная подруга Гришуни"则表现得更加明显，即"所谓的爱人"，这就是妮娜的意识。括号中的叙述是典型的准直接引语。在这个准直接引语中有序地反映了人物的思想和感受，读者可以从"ерунда, не с той стороны грозила опасность"等句子中体会人物的思想感受。紧接着作者运用了蒙太奇手段，语气词"вот"非常明显地指明了要描述的对象。视觉意识始于完成体动词"отклеила"，这个动词具有隐喻的功能，再现了一个艰难的行为："осмотрела комнату"，随着视线在房间里的移动，爱干净的主人公极其不满"большая зала, пивные бутылки под столом, пыльная лепнина на потолке, синеватый свет сугробов из окошек, праздный камин, забитый хламом и ветошью"。之后作者又运用了表现力手段——隐喻，作为形象表现力手段表达了人物的感受："сняла сумку, повесила на гвоздь, бережно взяла из Гришуниных рук свое сердце и прибила его гвоздями к изголовью постели"（妮娜赶走了阿格尼娅，取下包，挂在一个钉子上，小心地从格里沙手中捧起自己的心，然后用钉子将它钉在床头）。在这部作品中主观化手段的相互作用表现出人类最深的情感——"爱"。作者对语篇的这种建构可以让读者更加深入地领会人物的思想、感受和行为，深化对"人"的理解，反映出人与周围世界的关系。

例50：

Артамонова родилась раньше времени, неполных семи месяцев. Еле выходили. Потом к ней стали липнуть все болезни. Еле отбили. Наконец выросла, поступила в училище, скоро начнет сама зарабатывать, помогать маме. Вот тут бы Оле расслабиться, отдохнуть от уколов и ночных дежурств, может, даже выйти замуж, пожить для себя. Так нет—опять все сначала. Маленький Киреев не получит даже фамилии. Он будет Артамонов. Оля не откажется от внучка, да еще безотцовщины. Будет любить еще острее, и страдать за дочь, и стесняться перед соседями. Сейчас, конечно, другое время. Никто заборы дегтем не мажет, но... Что за семейная традиция: маму бросили в законном браке, дочку бросили, не успев приобрести... Зачем Оле такие разъедающие страдания? Она вообще ничего не должна знать. («Сказать-не сказать...»)

这是维·托卡列娃的作品《表白与沉默》中的一段表述，作者采用言语手段和结构手段的融合，使多种形式的主观化手段同时发挥作用。本片段运用了认知结构手段，采用了具用感情色彩的插入语："может" "конечно"，惯用词语："Вот тут бы" "Так нет" "да еще"等。同时作者运用了言语手段——准直接引语："Что за семейная традиция：маму бросили в законном браке，дочку бросили，не успев приобрести... Зачем Оле такие разъедающие страдания? Она вообще ничего не должна знать."作者还运用了带有口语色彩的词汇："выходили" "липнуть" "отбили"，成语："Никто заборы дегтем не мажет。"在本片段中，主观化手段的相互融合表现出主人公阿尔塔莫诺娃内心的矛盾与纠结，感叹命运的不公。言语手段和结构手段的相互融合，让叙述的视角不断变换，视角在讲述人和人物间自如地切换，使读者更加全面、立体地认识作品。言语手段和结构手段的融合使读者能够直接进入阿尔塔莫诺娃的内心，增强了读者对人物的同情感。这必然会使读者受到感染，从而增强读者的共鸣。言语手段和结构手段的融合意味着叙述者的声音在此弱化，人物——阿尔塔莫诺娃的声音不断增强。叙述者声音的弱化并不代表叙述者观点的消失，反而使人物的主体意识增强，并巧妙地表达了叙述者的立场。

例51：

Инна вдруг почувствовала замечательное спокойствие. Она поняла, что Адам и тот человек, которого она любила, были каким-то странным образом связаны между собой, как сообщающиеся сосуды. И присутствие в ее жизни одного требовало присутствия другого. Когда один ее унижал, то другой возвышал. Когда один ее уничтожал, то другой спасал. А сейсас, когда один проехал мимо ее жизни, исчезла необходимость спасаться и самоутверждаться. Значит, исчезла необходимость и в Адаме. Адам мог сочетаться только в паре, а самостоятельного значения он не имел. Не потому, что был плох. Он, безусловно, представлял какую-то человеческую ценность. Просто они с Инной — из разных стай, как, например, птица и ящерица. Не важно — кто птица, а кто — ящерица. Важно, что одна летает, а другая ползает. Одной интересно в небе, а другой — поближе к камням. («Старая собака»)

这是托卡列娃的小说《一条老狗》中的片段。在这段叙述中混杂了讲述人和人物的话语，叙述的视角不断交替转换。在这段叙述话语中，作者采用了言语手段和结构手段相融合的方式。作者运用了结构手段中的呈现手段和形象手段。即运用了具有情感色彩的插入语："безусловно, важно, значит"；运用形象手段中的比喻："как, например, птица и ящерица"和"как сообщающиеся сосуды"；排比："Когда один ее унижал, то другой возвышал. Когда один ее уничтожал, то другой спасал. А сейсас, когда один проехал мимо ее жизни, исчезла необходимость спасаться и самоутверждаться"言语手段中运用了准直接引语："Не важно — кто птица, а кто — ящерица. Важно, что одна летает, а другая ползает. Одной интересно в небе, а другой — поближе к камням."在本片段中主观化手段的相互融合表现出主人英娜的感受和感悟，不再一味地感叹命运的不公。言语手段和结构手段的相互融合，让叙述的视角在讲述人和人物之间游离，读者从叙述话语与人物话语中能够品味到英娜的那份坚强与对自我和生活的再认识。这种认识不仅反映了英娜的认知，同时也是讲述人（作者）的认识与感悟。这样的叙述方式也容易使读者领悟与接受人物或者讲述人（作者）的观点和态度，从而产生共鸣。言语手段和结构手段的融合使读者能够以旁观者的眼光来充分品味人物话语中的意蕴。主观化的言语手段与结构手段不断融合，相互作用，这对洞察人物的思想和揭示人物的情感起到了重要的作用。"这些手段的相互融合和相互作用既表现为不同类型主观化手段间的相互影响，也表现为同一类型的手段在内部的平稳过渡。这就使得语篇的思想空间变得复杂化。"[①]

言语手段与结构手段的相互融合已成为叙事小说的必然，这些手段的

[①] 刘娟：《当代俄罗斯女性文学作品中的叙述主观化问题》，《俄罗斯文艺》2014年第4期。

融合是随机的、多变的，会依据作者不同的意图而表现出来。言语手段与结构手段的融合也表现出不同的组合与排列，不同的作家所使用的组合与排列也是不同的。现代作家运用叙述主观化言语手段和结构手段的融合不仅多角度地展示了人物的视角，而且吸引读者参与到作品的某些行为活动中。作者展现出的多视角图景不仅包含讲述人的意识，而且包含人物的意识乃至读者的意识。

第二节　叙述主观化的符号手段

叙述主观化需要借助一定的语言表达形式才能够实现。但在一些特殊情况下，视角的转变、叙述话语的更迭等主观化手段的呈现是通过符号标记的形式实现的。因此，符号标记形式也是构成叙述主观化的手段之一。在篇章的语言结构中，存在符号的语言序列，一些语言片段采用特别的字体形式，如大写、黑体、斜体等，或者采用专门的标记，如星号、方括号等。"依据标点符号拓展变化的可能性，现代文学语篇符号结构加强了现代文学的形象化与直观化。"[1] 对于混合语篇章（图形、颜色、字体、标注、不规范的书写、对标点符号不规范的使用）来说，语篇的符号标记特征研究是非常重要的，依据 Е. Е. 阿尼西莫夫的观点"在复杂的篇章结构中符号标记成分构成一个可视的、结构的、意义的和功能的整体"[2]。混合语篇章构成的语言结构常常伴有变异的发生。"在现代文学作品中语言的变化是从错误走向规范，或是破坏规范。"[3] 当然，文学语篇中语言的变化也包括符号标记手段。符号标记手段不仅具有形象功能、表现力功能，而且有变换叙述视角、更迭叙述话语的功能，使作者的客观叙述具有主观化的特征。

叙述主观化手段作为小说语符，在传统的使用交际语言观来看，只是由不同物质形式承担的语言之间的相通性。但同一信息在转换成不同的物

---

[1] Рабданова, Л. Р.. Субъективированное повествование как компонент языковой композиции текста. Ученые записки Забайкальского государственного гуманитарно-педагогического университета им. Н. Г. Чернышевского. 2011. No. 2. с. 50 – 53.

[2] Анисимов, Е. Е.. Лингвистика текста и межкультурная коммуникация（на материале креолизованных текстов）. ? М. : Академия, 2003. 128с. .

[3] Ахметова, Г. Д.. Живая графика. Ученые записки Забайкальского государственного гуманитарно-педагогического университета им. Н. Г. Чернышевского. 2011. No. 2. с. 18 – 23.

质形式后就成了不同的两种语言事实。文学的书写不是作家口语的对等记录和印刷。当以口语方式出现的语言在被写成书面文字后，印刷文字具有视觉性。小说作者为了创造一个多内涵、多意义的文本能指形式，有意识地违反一般语言交际的语符排列，甚至违反传统的小说语符排列习惯，进行超语言的语符排列。

当代俄罗斯女性文学作品中，作者经常使用符号标记的语符排列形式，在印刷上采用不同字体或黑体等形式。这样的语符形式形成了视觉上的冲击，显示出小说文本符号的结构特征，使语篇结构成为"鲜活的过程"。作者经常运用图解变化的方式，使作者的叙述视角多元化，叙述的语言更富有表现力，情感的表达更细腻、更鲜活。符号标记语符在意义表达上起到更重要的作用，它为小说符号的超语言意义的生成提供了最基本的前提，进而保证了语篇的完整性与连贯性，促进了交际效果的实现，引起读者的注意。

一　大写字母

"现代小说是'看的小说'，是视觉的书面文字形态。"[①]"书面形式的语言的文学作品除了发布有关它们所指内容的信息外，还借助于印刷的视觉手段发布关于他们本身的具象化的信息。"[②] 因此，作家充分发挥手中的语言方式的表达潜力，在文字符号的组合和排列上发掘最佳表达形式。大写字母是作者叙事风格的体现，也是作者叙事策略的展示。大写字母这种书写方式有助于强调讲述人（作者）或者人物对待某人、某事的态度。这种书写形式能够引起读者的注意，能够让读者深入思考所蕴含的意义。

在维·托卡列娃的作品中，符号标记形式的主观化现象非常普遍。在《表白与沉默》中，叙述主观化的特征是通过讲述人传递的，对现实的理解和评价是透过具体人物——阿尔塔莫诺娃的视角实现的。在叙述的过程中，作者不断地运用大写字母形式。

例52：

Сказать — не сказать... Артамонова размышляла весь апрель и май.
СКАЗАТЬ. А если ему это не понадобится? Он отшутится, типа:

[①] 徐剑艺：《小说符号诗学》，浙江大学出版社1991年版，第29页。
[②] 徐剑艺：《小说符号诗学》，浙江大学出版社1991年版，第27页。

«Напрасны ваши совершенства: их вовсе недостоин я». И еще добавит: «Учитесь властвовать собою; не всякий вас, как я, поймет».

НЕ НАДО ГОВОРИТЬ. Не надо раскрывать карты. А может быть, все же СКАЗАТЬ… Он согласится частично. Она станет его любовницей, он будет поглядывать на часы. Мужчина, который спешит. Его чувство вины перед Руфиной станет еще глубже. Эта двойственность не прибавит ему счастья.

Лучше НЕ ГОВОРИТЬ. Все оставить как есть. Точка. Артамонова загнала любовь в сундук своей души, заперла на ключ. А ключ отдала подруге Усмановой. Усманова умела хранить чужие тайны. Так и стоял под ложечкой сундук, загромождая душу и тело, корябая тяжелыми углами. Больше ничего в Артамонову не вмещалось. Она ходила и качалась от тяжести.

Районный врач спросила, будет ли она рожать.

— Не знаю, — потерянно сказала Артамонова.

— Думайте, но не долго, — посоветовала врач. — Самое лучшее время для прерывания-восемь-девять недель.

У Артамоновой было две недели на раздумье.

СКАЗАТЬ — НЕ СКАЗАТЬ…

Киреев может не вспомнить, ведь он был пьяный. И тогда он решит, что она врет, шантажирует, или как там это называется… («Сказать — не сказать…»）

在上面的片段中，紧紧围绕"说"与"不说"（Сказать — не сказать. СКАЗАТЬ. НЕ НАДО ГОВОРИТЬ. А может быть, все же СКАЗАТЬ… Лучше НЕ ГОВОРИТЬ. СКАЗАТЬ-НЕ СКАЗАТЬ…）展开叙述。"作家、诗人常把字的形体作为修辞手段，表达作者或作品中的人物对人或事的认识、情感；利用词的第一个字母大写或词的全部字母大写的方式，赋予词语特殊的涵义。"[①] 维·托卡列娃在自己的作品（СКАЗАТЬ-НЕ СКАЗАТЬ…）中频繁使用全部字母大写的方式，这种方式有助于表达作者（讲述人）或者人物对某人、某事的态度、立场和情感。大写字母

[①] 王福祥：《现代俄语辞格学概论》，外语教学与研究出版社 2002 年版，第 72 页。

"СКАЗАТЬ-НЕ СКАЗАТЬ"表明了主人公阿尔塔莫诺娃的一种态度与情绪，她一直处于矛盾与纠结中，这正是她典型性格特征的表现：优柔寡断。大写字母"СКАЗАТЬ-НЕ СКАЗАТЬ"给读者视觉上一种冲击感，同时加强了读者的好奇心和阅读欲望。与此同时，大写字母"СКАЗАТЬ-НЕ СКАЗАТЬ"使作者的客观叙述在不知不觉中发生了变化，叙述的视角由作者（讲述人）转移到了主人公阿尔塔莫诺娃身上，以人物的思绪、情感来表现所要表达的内涵，透过人物的视角表达对现实的理解和评价，表现了作者（讲述人）或者人物所持有的态度或立场。通过采用大写字母的形式，语篇从作者叙述转换到人物视角，使作者的客观叙述发生了主观化。事实上，两种不同型号的印刷体交叉使用，把"独白"变成了"对话"，讲述人和人物交替展现在叙述话语中。作者刻意安排了两种不同大小的印刷符号传达出人物"说—不说"的纠结，这正是大写符号带给读者的信息。这是作者把思想意图通过诉诸视觉的文字印刷符号进行的形式化结果，并且，印刷符号具有强烈的视觉效果，带有强制性的效果。

例53：

　　Принцип Тишкина-режиссера состоял в том, чтобы ИНТЕРЕСНО рассказать ИНТЕРЕСНУЮ историю. У него именно так и получилось. Монтажницы и звукооператоры смотрели затаив дыхание. Фильм затягивал, держал и не отпускал. («А из нашего окна...»)

这是托卡列娃的短篇小说《透过我们的窗户……》中的片段。讲述人不断地给读者讲述主人公季什金的生活。在讲述人的叙述中时而出现人物的意识，将讲述人的视角转换到人物视角。但作者在印刷编排时，小说的语符在形态上有意识地做了变更，以大写的黑体形式出现。这个文字语符的排列是对主人公季什金所面临世界存在形态的模拟。而正是这种形态模拟具有反讽的效果，并不是一般的文字游戏。因为主人公季什金想在平淡无奇的生活中找到生活的价值，妻子比他优秀，他只能在别的女人之间周旋，寻求仅有的尊严。此处采用大写的黑体形式是人物欲望的表达，他希望在别的女人面前能够让生活或者生命更有意义。语言文字的一维性与世界存在的多维性产生了作者与人物之间的矛盾，因此，作者采用大写的黑体表达人物的隐含意义。

二 括号

为了让读者对语篇所讲的内容有一个更加透彻的了解,作者通常运用括号,加以注释。括号的使用使语篇在意义层面上更加清晰。括号中的信息是对语篇信息的补充和说明,是篇章意义不可缺失的组成部分,也是篇章结构的组成部分。从叙事学的视角来看,括号形成的文本属于超文本,"超文本是介于文本与文本外的一个地带,一个对大众施以影响的地带,这种影响可以帮助读者更好地理解文本,以达到一种更为中肯的阅读"。[①]括号成为作者(讲述人)表达态度、立场和情感的载体,成为补充、说明语篇信息的形式。除此之外,括号还会改变语篇叙述的方式,使作者的客观叙述具有主观化的特征。括号已由一个简单的标点符号上升为一种文学手段。

括号形式的主观化现象同样也存在于柳·彼特鲁舍夫斯卡娅的作品中,作者叙述的主观化反映在讲述人形象的语言结构中。

例 54:

Андрюша играл в футбол и хоккей, к девятому классу у него было шрамов на голове и на лице, как у боевого кота. Его приводили со двора ребята, бледные от страха, а он ковылял то окровавленный, то с пробитой ступней, то его поднимали от проволоки без сознания (наши активистки во дворе, взбодрившись на почве политических свобод, вскопали газоны, сволочи, посадили что-то и застолбили свои раскопки натянутой невидимой проволокой на высоте детского горла). Другой раз деточки играли в ножички отточенной ножкой от кровати, стальной, разумеется. Один толстый Вася промахнулся и воткнул Андрею в ногу. В это время (дело было в молодости, но после краснодарского случая) у меня в гостях был мой знакомый, интересный, но женатый мужчина, однако запойный, что не мешало ему быть очень интересным. («Время ночь»)

这是彼特鲁舍夫斯卡娅在《午夜时分》中的片段。从一个中老年妇

[①] 王增红:《多元文化语境下中美文化的冲突与和谐——〈女勇士〉文本中括号的意义》,《集美大学学报》2007 年第 4 期。

女角度，讲述了当时莫斯科普通民众"水深火热"的生活状态。在这个篇章中，作者使用括号形式。这一形式带有作者个人的特征，使篇章的修辞特征更加明显。括号的运用给读者一种新奇感，增强了读者的好奇心。括号的运用使叙述在不知不觉中发生了视角转变，从讲述人（作者）视角不断地转换到人物视角，使作者的客观叙述发生了主观化。正文中是典型的第三人称客观叙述，而在括号中出现了"我们"这样的字眼，让叙述的距离拉近了，从客观叙述转向了主观化叙述。作为创作主体的作家在运用符号的时候遵循作品的情节结构，不可避免地表现出自己对所描绘对象的理解和认识，甚至遮蔽了言语手段所刻画的形象，从而深刻地影响着读者对文本的理解。讲述人在讲述男孩是多么顽皮，而括号中的话语使读者能够感觉到人物并没有觉得孩子调皮，与院子里的孩子相比还有差距。这个男孩长大后打架斗殴、入狱服刑，出狱后诈骗、酗酒、不务正业，这使母亲的经济压力和思想压力非常大。作者以人物的思绪、情感来表现所要表达的内涵，揭示出作者（讲述人）或者人物的情感变化和对事态的评价。相对于言语成分而言，文学篇章中的图解符号具有独立性。图解符号构成篇章重要的布局成分，与篇章内容紧密相关。片段中采用括号形式揭示了人物意识的变化，让读者随之紧跟篇章情节的发展，从而进入人物意识的推进和变化中。

例55：

И вот надо же—жизнь устраивает такие штуки!—счастьем этим она была обязана всецело этой змее Аде Адольфовне.（Жаль, что вы ее не знали в молодости. Интересная женщина.）（«Сония»）

这是塔·托尔斯泰娅的小说《索尼娅》中的片段。括号中的言语是讲述人的意识，在此采用这种形式区分了讲述人和人物之间的叙述。作者以画外音的形式揭示了讲述人的真实态度和意识。这是对文本语篇信息的补充与解释，对文本情节的发展奠定了基础。这体现了括号所具有的篇际伴随语义。括号不仅实现了篇章中具体文学任务的篇际联系，而且是篇章整体内容的构成部分。同时，括号形式能够引起读者的注意，参与语篇的建构，让读者由被动变为主动，从而可以积极评价、判断人物与故事等。福克纳认为小说作为审美形式在本质上是感性的，小说的目的是向读者提供生活的片段和潜意识的本质。因而，作家在直观地展现鲜活的社会生活时，会采用个性化的表达方式，在语言的表达和组织选择上偏离语言规范，这是对常规语言表达的一种超越。而这种艺术化的超越使语言具有了个性，使作者的叙述具有了不同的风格。

三 斜体

斜体不仅是加强主观化的手段，而且是篇章建构的方式。斜体的符号标记形式经常出现在混合语篇中，如报刊政论、科学技术、广告、海报、标语等，甚至会出现在文学语篇中。不同类型的篇章具有不同的规范，使用不同的符号标记手段。例如，科技篇章经常使用图表、表格，广告中经常使用图片等。文学语篇中使用符号标记的手段，会促成结构的完整性和统一性。很多情况下，作者的意图是凭借符号标记手段得以实现的。А. И. 伊万诺娃研究了篇章中具有表现力的符号标记手段，认为符号标记手段具有加强主观化的功能，"斜体同样具有叙述主观化的结构功能，视角在叙述人和人物之间转换……"[1] 因此，在语篇中，斜体可以展现人物的视角，反映人物的内心意识。

例 56：

Все-таки, знаете, когда смотришь на красивое, шумное, веселое, — и умирать легче, правда? Настоящих цыган раздобыть не удалось. Но Александра Эрнестовна-выдумщица — не растерялась, наняла ребят каких-то чумазых, девиц, вырядила их в шумящее, блестящее, развевающееся, распахнула двери в спальню умирающего-и забренчали, завопили, загундосили, пошли кругами, и колесом, и вприсядку: розовое, золотое, золотое, розовое! Муж не ожидал, он уже обратил взгляд *туда*, а тут вдруг врываются, шалями крутят, визжат; он приподнялся, руками замахал, захрипел: уйдите! — а они веселей, веселей, да с притопом! Так и умер, царствие ему небесное. А третий муж был не очень…

Александра Эрнестовна достает *чудное* варенье, ей подарили, вы только попробуйте, нет, нет, вы попробуйте, ах, ах, ах, нет слов, да, это что-то необыкновенное, правда же, удивительное? Правда,

---

[1] Иванова, А. В. . Субъективация повествования (на материале прозы Владимира Маканина). Дис. ... д-ра филол. наук. М. ; 2008. с. 144 – 146.

правда, сколько на свете живу, никогда такого... ну, как я рада, я знала, что вам понравится, возьмите еще, берите, берите, я вас умоляю!（О черт, опять у меня будут болеть зубы!）（«Милая Шура»）

在塔·托尔斯泰娅的作品《亲爱的舒拉》中，作者选择了讲述芸芸众生中的小人物——一个普通女性的生活状况。在这个篇章中，作者运用了斜体的形式，通过字体的变化体现主人公的判断和评价，即便这种评价并非合理。在现实生活中，主人公面临种种不如意，虽然她也梦想着一种新的生活方式，试图冲破庸俗的现实，改变自身的命运，但最终遭到毁灭，直到死亡。尽管作者使用第一人称的"我"，表明她是故事的参与者，将看到的、听到的传递给读者，同时也直接或间接地表达自己对事件的认识与评价，但这些认识与评价并不代表作者本人的观点。

例 57：

Некрасивое лицо было как бы перечеркнуто ненавистью. В общем-то многовато для одного лица. Алказамерла, испытав сразу и горе, и полное отчаяние. На секунду забылось все и существовало только это *плохое лицо Лицо, которое нельзя полюбить* .

为了呈现作者叙述的内部言语，一些文学语篇也往往使用斜体的形式突出篇章结构。这在马卡宁的作品《惊恐》中是非常明显的，而且 Л. Р. 拉布达诺娃（Л. Р. Рабданова）在其研究中也证实了这一观点。下面的这一片段中，我们能明显地感受到作者在用斜体的形式来表达内部言语，给读者一种强烈的信号。

例 58：

«Ничуть он меня не достал-он мне понравился, этот их Башалаев. *Гений с пронзительным взглядом* , так они его меж собой называли. Ярлычок, как водится льстив. Но что-то настоящее, похоже, там есть. И показалось（поверилось）, что этот *с взглядом* не станет лгать или вредить старику（мне）за просто так»（«Испуг»）

语篇的符号标记是篇章表现力建构的手段，属于文学美学范畴，反映了现代语言发展的趋势和倾向。主观化现象的符号标记反映了文学语篇语言图景的表现力，它促使读者更加深入地理解和领会语篇，也在很大程度上改变了传统的叙述方式，表明了言语交际的新发展。同时，主观化现象的符号标记也拓展了文学语篇的语言空间，表明了语言结构的新变化。在现代文学语篇中，受新的体裁的影响，符号标记手段成为一种新型的叙述手段，是一种开放的话语表达形式，这也成为作家个人写作风格的体现。符号标记形式成为叙述主观化的补充手段，使叙述的视角灵活地转换，叙述话语巧妙地更迭，作者意识得以完美表达。作品的符号标记使作者的思想更具表现力，在心理上和情感上形成真实可信、有说服力的经验与体验。符号标记会吸引读者的注意力，给读者形成一种期待视野。

第三节　叙述主观化手段变化的原因

"现代叙事语篇语言结构的变化是与多变的历史现象，以及与此相应带来的语言变化相关联的，甚至与语篇内部结构的变化相联系。"[①] 当代俄罗斯女性文学作品中，作家运用多视角的叙事策略，在叙述中作者（讲述人）和人物之间不断变换叙述主体，以便于实现作者、作品、读者之间的对话与交流。这些新型手段的出现和运用有较为复杂的原因，概括而言，主要有以下几个方面。

一　叙事策略的变化

20世纪，俄罗斯文学叙事明显的变化就是从客观叙述向主观叙述过渡，从而使叙述主观化在现代语言文学中具有了特别重要的意义。Н. А. 科热夫尼科娃（Н. А. Кожевникова）研究了19—20世纪俄罗斯文学的叙述类型，对各类叙述类型的变化进行了研究，尤其对讲述体、风格及准直接引语予以了关注。她认为，讲述体流行于20世纪20年代，在20世纪30—40年代转向了作者客观叙述，到20世纪50年代又回归为讲述体。在文学讲述体中，客观、抽象的作者视角被人物的视角代替，或者变为两种视角的结合。"在20世纪50年代以后叙述主观化的趋势增强。"[②] 受这一趋势的影响，当代俄罗斯女性文学在叙述的手段与技巧方面也发生了相应的变化。在叙述时，女性作家尽量减弱隐含作者的干扰，通过人物的行为表达作者的意图和观点。同时，作为女性作家，表达自我、展现自我，

---

① Попова, Г. Б.. Приемы субъективации в современной русской прозе : явления модификации.. Дис. ... д-ра филол. наук. М. ; 2012. с. 67 – 68.

② Кожевникова, Н. А.. Типы повествования в русской литературе XIX - XX вв. Дис. ... д-ра филол. наук. М. ; 1973. с. 27.

发出女性的声音是女性作家不断努力的目标。

例59：

Единственным выходом было только замужество, и единственным кандидатом был Шурик, уже занятый, хотя и фиктивно. («Искренне Ваш Шурик»)

例60：

Не надо раскрывать карты. А может быть, все же СКАЗАТЬ… Он согласится частично. Она станет его любовницей, он будет поглядывать на часы. Мужчина, который спешит. Его чувство вины перед Руфиной станет еще глубже. Эта двойственность не прибавит ему счастья. («Сказать — не сказать…»)

例61：

И вот надо же — жизнь устраивает такие штуки! — счастьем этим она была обязана всецело этой змее Аде Адольфовне. (Жаль, что вы ее не знали в молодости. Интересная женщина.) («Сония»)

例59的叙述中，作者（讲述人）与人物的思想保持一致。表面上看叙述是客观的，但叙述者介入人物的意识，对人物的情绪、思考进行了解读，甚至对人物的行为做了评价性的干预。

例60的叙述中，作者的叙述是客观的，但在客观叙述中插入了主观推测，作者的客观叙述变得主观化了。作者的叙述介入了人物意识，人物的情感或状态得以展现。

例61的括号中，叙述者以一个过来人的口吻评价人物的行为。这个评价有叙述者明显介入的痕迹，"叙述者可以进行介入来影响我们的情感"。[①] 作者以介入的形式揭示了叙述者的真实态度和看法。

作者通过主观与客观、个人化与非个人化的叙事方式，表达女性作家所倡导的女性意识的一种叙事策略。这种叙事策略的表达形式也是多元化的。

例62：

Может быть, если узнать волшебное слово… если догадаться… если сесть и хорошенько подумать… или где-то поискать… должна же быть

---

① ［美］韦恩·布斯：《小说修辞学》，华明等译，北京大学出版社1987年版，第228页。

дверь, щелочка, незамеченный кривой проход туда, в тот день; все закрыли, ну а хоть щелочку-то-зазевались и оставили; может быть, в каком-нибудь старом доме, что ли; на чердаке, если отогнуть доски... или в глухом переулке, в кирпичной стене — пролом, небрежно заложенный кирпичами, торопливо замазанный, крест-накрест забитый на скорую руку... Может быть, не здесь, а в другом городе... Может быть, где-то в путанице рельсов, в стороне, стоит вагон, старый, заржавевший, с провалившимся полом, вагон, в который так и не села милая Шура? («Милая Шура»)

例 63：

Азбуку учи! Азбуку! Сто раз повторял! Без азбуки не прочтешь! Прощай! Побереги-и-ись! («Кысь»)

例 62 的叙述中，作者以讲述人的身份向读者叙述主人公埃内斯托芙娜的故事。在叙述的过程中，充满了主人公的回忆，且回忆是断断续续的，具有无意识性。主人公以回忆的方式不时地插入讲述人的叙述，这些回忆以意识流的方式展现在读者眼前。作者既表达了自己的观点，又描写了人物内心的意识，通过人物的心理意识反映外在的世界。小说的情节描写淡化，突出了人物的性格。

例 63 的叙述中，作者运用了隐喻。作者的人物是塑造典型环境中的典型个性人物，人物的身上交织着个性和共性，这群猫身上不仅具有猫的特征，还有人的特性。托尔斯泰娅以隐喻式的语言描绘了现代社会，表达自己对这个时代、社会的看法与愿望。

例 64：

Потекла совместная жизнь. День нанизывался на другой день, как шашлык на шампур. Набирались месяцы. («Я есть. Ты есть. Он есть»)

例 65：

сказать.

надо говорить.

лучше не говорить.

сказать-не сказать... («Сказать-не сказать... »)

例 64 中，作者运用比喻的形式刻意隐藏叙述者的行踪，让叙述者的意识和人物的意识相互融合，同时又保持相互独立，产生一种独特的艺术效果。

例65中，作者运用大写字母形式。在作者的客观叙述中，大写字母的出现打破了叙述的客观性，人物的视角和人物的意识此时占据了主导。

当代俄罗斯女性文学叙事受到俄罗斯文学叙事轨迹变化的影响，从客观叙述向主观叙述过渡。当代俄罗斯女性作家在叙事技巧和叙事手段上不断拓展。女性作家通过作者（讲述人）和人物的视角转变、话语交替，表达作者的意图和观念。作者通过讲述人和人物之口发出女性的、时代的声音。女性作家创建了"个人化"与"非个人化"的女性叙事策略。

二　文学流派的嬗变与影响

苏联解体后，俄罗斯政治、经济、文化等诸多领域发生了深刻的变化，俄罗斯文学也相应地经历了一个动荡的转型期。俄罗斯文学的创作内容、叙事类型、作家角色、读者类型以及美学特征等都发生了根本性的变化，正如С. И. 季明娜（С. И. Тимина）所言："文学密码发生了完全的转换。"[①] 在这二十多年间，俄罗斯文学受到了各种主义、思潮、流派的影响，呈现出多元化、多样化、多变性的特色。在俄罗斯文学创作中涌现出多样的创作流派、创作方法和美学思潮，诸如"后现实主义""后现代主义"等，文学所承担的社会重任也发生了显著的变化，文学作品中所塑造的人物不再是高大全式的标兵人物，而是现实生活中鲜活的个体乃至生活在社会底层的弱势群体，如离异的女人、酗酒的流浪汉等。俄罗斯文学作品无论在内容上还是形式上，都体现出多样性，不仅有现实主义的代表作，也有后现代主义的力作；不仅有经典的精英文学，也有兴起的大众文学。"它们真实地反映出苏联解体后俄罗斯文学的发展史，折射出解体之后俄罗斯社会和俄罗斯文学空前多元、多样与多变的特点，表现了解体之后俄罗斯人的痛苦与焦虑、困惑与反思。"[②]

从苏联解体前后到20世纪90年代上半期，"后现代主义"这个词语正式登上俄罗斯文坛。苏联解体之初，社会主义现实主义理论体系遭到遗

[①] Тимина, С. И. . Русская литература XX века. М.：Издательство «Logos». 2002. с. 238.
[②] 周露：《论布克奖对俄罗斯20年新文学的影响》，《同济大学学报》2013年第2期。

弃，新的文学理论体系还没有建立起来，后现代主义借机发力，迅速升温，掌握了20世纪末至21世纪初俄罗斯文坛的话语权，构成了20世纪90年代"俄罗斯文坛一道最亮丽的风景线"[①]。"苏联解体前后，当时的俄罗斯社会可能是世界上最适宜后现代主义思潮发展的土壤。后现代主义倡导颠覆传统、解构秩序、重估价值等理论主张，在解体前后的俄罗斯政治、经济和文化领域都有了令人瞠目结舌的具体'实践'。"[②] 后现代主义在俄罗斯的合法化丰富了文学的创作倾向和叙述策略，拓展了俄罗斯文学的叙述方式和表现手法。

20世纪80年代末，一些文学批评家预言了现实主义的灭亡，但是，让人意想不到的是，现实主义文学在保留原有创作特点的同时，也获得了丰富与发展。时代的变迁为现实主义的发展提供了自由而广阔的舞台，当代俄罗斯现实主义文学在创作风格、表现形态等方面呈现出丰富、多样的姿态。在批判现实主义获得新生的同时，还出现了一种重要的美学现象——新现实主义。新现实主义是"后现代主义因素有机而深入地渗透到现实主义诗学传统中，两种好像完全对立的艺术体系相得益彰"[③]。"新现实主义坚持和重振19、20世纪以来俄罗斯批判现实主义文学强烈关注现实、对社会阴暗面进行无情揭露和批判的传统，并将其深化和发展，加大了批判力度，扩展了表现范围。"[④] "新现实主义如实描写新的现实，几乎完全摒弃虚构。这样的现实往往是残酷、阴暗的。"[⑤] 在新现实主义的作品中，酗酒、吸毒、卖淫等社会丑恶现象比比皆是，看不到一点光芒和力量。新现实主义被认为是现实主义与后现代主义的交叉。"大量的后现代主义艺术手法被新现实主义者采纳。"[⑥] 这表现为作者立场的改变："从一个训诫者、人类灵魂的工程师变成普通人，作者通常是自己作品中的一个人物。"[⑦]

---

① 周露：《论布克奖对俄罗斯20年新文学的影响》，《同济大学学报》2013年第2期。
② 刘文飞、陈方：《俄国文学大花园》，湖北教育出版社2007年版，第261页。
③ К. А. Степанян. Реализм как заключительная стадия постмодернизм//Знамя. 1992. No. 9. c. 231–238.
④ 侯玮红：《当代俄罗斯小说研究》，中国社会科学出版社2013年版，第61页。
⑤ 侯玮红：《当代俄罗斯小说研究》，中国社会科学出版社2013年版，第65页。
⑥ Казначеев, С. М.. Новый реализм и речь современной русской словести//Русская речь. 2001. No. 6. c. 20–26.
⑦ 侯玮红：《当代俄罗斯小说研究》，中国社会科学出版社2013年版，第65页。

第四章　当代俄罗斯女性文学叙述主观化的新型手段

"女性文学的崛起也是当代俄罗斯文学的一道景观。"[1] 通常以男性作家为主导的俄罗斯文学，在二十多年的发展中呈现出了新的变化，众多特色鲜明的女性作家出现在当代俄罗斯文坛，成为当代俄罗斯文坛的主流作家，如柳·乌利茨卡娅、柳·彼特鲁舍夫斯卡娅、塔·托尔斯泰娅、维·托卡列娃等。"她们用通俗易懂的语言表达了人类传统的价值观念，以及对人性存在的关怀与拷问。"[2] 童年、爱情、家庭、女性生存、人际关系、日常生活、底层人士等这些主题已经成为作家们关注的焦点。通过对不同流派、不同性别作家的发掘，学者们把"女性文学"作为一门独特的文学现象归入当代俄罗斯文学史中，这在一定程度上改写了当代俄罗斯文学史。正如斯拉夫尼科娃所说："那些五彩缤纷的女性杂志都不得不关注彼特鲁舍夫斯卡娅、乌利茨卡娅、瓦西连科、格尔拉诺瓦等作家，这表明，从事小说创作的女性作家源源不断地涌现，一种新的现象正在形成。"[3] 众多女性作家踏上俄罗斯文坛，众多女性形象成为女性作家创作的源泉。俄罗斯当代女性书写从无意识走向有意识，从边缘走向了中心，具有鲜明性别差异的女性文学潮流已经形成。

市场化的社会经济转型使得包括文学在内的文化多样性受到商品经济的取舍，遵从市场原则。迎合读者兴趣成为一些作家不得不选择的生存之道。伴随着苏联的解体，社会主义现实主义创作理论方法被彻底颠覆，各种文学思潮、文学流派不断涌现，各种文学观点、文学风格并存。伴随着国际化进程的加剧，俄罗斯对西方文化的接受空前高涨，国外的文化思潮纷纷涌入，西方的话语、理论冲击着俄罗斯的传统观念，使俄罗斯的文学创作也受到冲击和影响。严肃文学的审美疲劳和读者对文学的娱乐消费功能的渴求，促使大众文学在一个多元理论并存、多种流派共生的环境下成长繁荣。"大众文学是俄罗斯社会必然存在的一种文学形式。它的创作引起了越来越多的人的关注，它的发展成为当代文学进程不可分割的组成部分。"[4] 社会转型期的俄罗斯大众文学空前繁荣，它反映快速变化的现实

---

[1] 刘文飞、陈方：《俄国文学大花园》，湖北教育出版社2007年版，第264页。

[2] 孙超：《二十世纪八、九十年代俄罗斯中短篇小说研究》，人民文学出版社2014年版，第20页。

[3] Славникова, О. А. Та, что пишет, или Таблетка от головы //Октябрь. 2000. No. 3. c. 172–177.

[4] 孙超：《二十世纪八、九十年代俄罗斯中短篇小说研究》，人民文学出版社2014年版，第37页。

生活，描写现代人在生活中的境遇、波折及困惑等。这一特点在当代女性文学中得到了充分体现。爱情、婚姻、家庭是女性成人后幸福与不幸的起点，也是女性生命中最重要的构成，女性小说实际上是女性作家在为女性人生写下的一个个不同的注脚。"大众文学在借鉴西方文学的同时，也继承和发展了本国经典文学的优良传统"[①]，不少作家以经典文学为参照，模拟经典作家的写作风格、题材、体裁等。"这些作家在玩味旧有文本、消解一系列文学传统的基础上，又浸透着厚重的'文学性'，使得当代大众文学与精英文学之间的鸿沟不断缩小。"[②]

自 20 世纪 80 年代中期以来，戈尔巴乔夫推行了以"自由化"和"公开化"为主要特征的新思维改革，苏联文学也随之发生了变化，"文学整体上趋于去意识形态化和创造自由化"[③]。社会体制的变革和社会走向的变更影响了语言文学艺术的发展。传统的语言艺术和表达习惯受到冲击。到 20 世纪 90 年代，俄罗斯各大文学流派相互影响、相互融合，一度产生了"混合风格"，这使得叙述风格多样化、体裁多元化、价值追求异化，诸多变化造成了文学叙述策略的多样性。时代生活的急剧变革使小说的书写风格也变得更加迅速和奇葩。"不同体裁和不同题材的杂糅、不同写作方法的融合、雅俗层级书写方式的交融、不同艺术审美形式的结合成为小说发展的整体趋势。"[④] 作家们没有受任何传统的束缚，将各种流派和创作手段糅合在一起。"与以往任何时期的文学相比，新俄罗斯文学在美学思想和叙述策略上发生着亘古未有的变化。"[⑤] 正是由于当代文学流派的嬗变，当代俄罗斯文学在叙述内容、叙述手段、叙述主体的不确定性等方面呈现出多元、多样、多变的特征，形成了俄罗斯文学多元共存的"复调"局面。在这个解构与重构的时代，作家竭力寻求与众不同、独具特色的创作手法和描述对象，在传统叙述手段的基础上，推陈出新，不断

---

① 孙超：《二十世纪八、九十年代俄罗斯中短篇小说研究》，人民文学出版社 2014 年版，第 31 页。

② 孙超：《二十世纪八、九十年代俄罗斯中短篇小说研究》，人民文学出版社 2014 年版，第 31 页。

③ 王树福：《从流派更迭与思潮变迁看小说嬗变——评俄文版〈20 世纪末期的俄罗斯小说〉》，《中国俄语教学》2007 年第 3 期。

④ 张建华：《新时期俄罗斯小说研究（1985—2015）》，高等教育出版社 2016 年版，第 18 页。

⑤ 王树福：《从流派更迭与思潮变迁看小说嬗变——评俄文版〈20 世纪末期的俄罗斯小说〉》，《中国俄语教学》2007 年第 3 期。

突破，使叙述的主观化手段和表现形式发生了显著的变化。

三　当代俄语言语时尚的发展与变化

时尚作为一个社会学术语，涉及日常生活的方方面面。同样，时尚也存在于人类的语言中。言语时尚就是"一定时期内社会大众语言行为的风尚"①，"是一种不断通过制造新的语言表达手段来替换既有语言表达习惯的语言创新活动"②。"这种时尚是自由化与大众化时尚。"③ 一方面，已出现的大众化趋势继续加强；另一方面，体现出语言使用上的自由化。言语时尚与社会的急剧变革紧密相关，同时，与相应的社会文化氛围和普通的文化接受心理相联系。

语言是文化的载体，它随着文化的变化而变化。语言变化的快慢取决于一定时期内社会生活与文化嬗变的快慢。这不仅是因为"语言是现实生活的镜子"和"晴雨表"，还因为语言具有与文化"共变"的哲学特征④。"从1985年苏联当局推行社会制度的全面改革，特别是到1991年苏联解体后，俄语赖以存在和运行的社会空间、社会政治制度、经济体系、人们的思想意识、价值取向发生了天翻地覆的变革，这种巨大变革相应地引起俄语的重大变化。"⑤ 苏联解体后，语言的发展并不是因为政治制度的改朝换代和国家机构的分解而中断。语言会跟着社会的前进而发展。语言是文化的一个载体，也和文化一样，是整个历史文化的有机延续。新的政治和经济形势必然不可避免地会引起语言的变化。从这个角度而言，俄罗斯社会的急剧变革是引起现代俄语语言变化的根源所在。俄语中的言语时尚是这种文化氛围和文化心理在语言运用中的具体体现。"导致产生新的言语时尚的因素无疑是社会文化生活的自由化和社会文化领域的自由化浪潮。"⑥ 当代俄罗斯文学中叙述主观化的变化也与上述过程高度契合。为了适应深刻变化的社会现实，尽可能完整、及时、准确地反映变化了的社会现实，充分挖掘现实社会的意义，作家们不约而同地寻求新

---

① 曾毅平：《语言时尚与语用建设》，《青海民族学院学报》2002年第1期。
② 陈欢：《当代俄语言语时尚初探》，《中国俄语教学》2017年第1期。
③ 张会森：《九十年代俄语的变化和发展》，商务印书馆1999年版，第198页。
④ 赵爱国、王仰正：《当代俄语语言时尚略评》，《外语学刊》2000年第3期。
⑤ 张会森：《苏联解体后的俄语（1）》，《中国俄语教学》1996年第3期。
⑥ 王仰正主编：《社会变迁与俄语语言的变化》，黑龙江人民出版社2008年版，第8页。

的语言手段和与众不同的表达形式。

文学语言的口语化发展是20世纪以来语言变化的全球性趋势,俄语亦如此。口语范围扩大的原因主要在于社会生活的变化。苏联的解体、原有体制的崩溃、思想观念的转变,这些都极大地推动了语言的变化。政府不再严格监管言论,使语言得到了解放。"对自由与个性的崇尚更使言语卸下镣铐,获得了无拘无束的特征。"① 在这种条件下,言语行为发生了很大的变化。社会变革使俄罗斯人越来越意识到个人在社会中的重要地位。人摆脱了意识形态的桎梏,追求自由和个性。各种言语形式呈现出越来越简化的趋势。在口语化的浪潮中,原属于语言边缘范围的词语成分,如行话、口语词、俗语进入中心地带,包括方言在内的大量俗语作为大众言语进入标准语中,出现了标准语口语化的趋势。生动活泼、富有个性化的口语表达方式成为交流的有效方式。口语化成为现代纸质媒体和网络媒体的典型特征,并表现在词语、句式、语法、篇章、修辞等各个方面。"口语化同样在俄罗斯现代文学中渗透"②,这一观点在李英男的论述中也得到了论述。口语化在文学作品中的典型体现就是口语、俗语、行话、俚语、语气词、插入语、省略结构、插入结构、分割结构等语言手段的大量运用。在当代俄罗斯女性文学作品中,作者运用了大量的口语表现形式。这些表现形式也是叙述主观化手段的典型表现手段。这些手段的运用使叙述视角不断转换,叙述视角不仅是一种叙述策略,也是叙述加工的方式。叙述视角不仅增强人物表现的逼真性,而且再现了人物的精神状态。

俄语言语时尚变化的另一个趋势是大量外语进入俄语标准语。外来词的借用是各种语言发展中的一种正常的、健康的、合理的必然现象。合理、适度地引用外来词是丰富民族语言、增强语言表现力的有效手段。"外语借词是任何一种有生命力的语言的正常现象。它对丰富本民族语言的词汇,扩大对外交流与合作,都具有意义。可以说,现代俄语的发展史,就是一部不断从非俄语语言中借入外来词的历史。"③ 外来词热的兴起,有其深刻的社会、经济、思想、文化等诸方面的外部根源,而且还有俄语语言本身的诸多因素。20世纪80年代起,苏联和西方相抗衡的局面

---

① 王仰正主编:《社会变迁与俄语语言的变化》,黑龙江人民出版社2008年版,第291页。
② 李英男:《苏联解体后的俄语新变化》,《俄罗斯研究》2005年第3期。
③ 赵爱国、王仰正:《当代俄语语言时尚略评》,《外语学刊》2000年第3期。

被一体化趋势代替。无论是国家的政治结构和社会生活,还是经济、文化、体育、贸易、时尚等领域,都向西方敞开大门。这一切都毫无疑问地成为推动外来词进程的重要动力。苏联解体后,同西方国家的交往更加频繁。英语等语言的外来词大量涌入俄语,外来词数量急剧增多,形成了一种势不可当的趋势,甚至黑话和行话也逐渐地渗透到标准俄语中,虽然黑话和行话在俄罗斯具有很长的历史,但没有像20世纪90年代那么汹涌,这是生活的混乱导致了语体的混乱。语言是社会生活的反映。在俄罗斯社会中,生活方式存在颇为明显的西方化,在语言方面典型的表现就是对英语的过度热衷。外来词大量涌入俄罗斯生活的方方面面。在俄罗斯的文学作品中,外来词同样也受到了作家的喜爱和崇尚。一些作家为追求与众不同、标新立异的效果,在作品中大量使用外来语,以此来吸引读者的眼球,这加速了外语进入俄语的进程。为了追求特有的审美效果,作家将外来词引入文学创作领域。

语言规范化建立在语言的体系之上,并在语言发展的客观过程中形成。语言规范的渐进式发展中存在规范的更新与发展。在俄罗斯社会剧变条件下,在普遍自由化思潮的影响下,人们的思想观念、价值标准、审美、伦理、心理等因素发生变化,这在语言领域打破原有的认知和定式,对语言规范形成冲击。俄罗斯社会自由化形成的成因是复杂的,其原因之一就是西方的后现代主义。后现代主义反对所谓一切的标准和传统,强调个性的绝对自由,追求标新立异。"后现代主义打破旧传统,冲击旧文化,同时也冲击着旧语言。俄罗斯社会的一些人把现代俄语标准语视为'极权主义语言',对规范语言采取蔑视态度,对非规范语言采取容忍、赞许和身体力行的态度。"[1] 与此同时,并行存在的是语言的个性化创造。作家、诗人在创作时往往根据需要会创造出独一无二、具有个性的表达形式。适时的和具有新意的有意识的言语错误使言语表达引人入胜。刻意地遵守语言规范则会使人感到言语平淡无味,毫无情趣。正如普希金所言:"我是不喜欢没有语法错误的言语,就像红润的嘴唇没有微笑一样。"[2] 在文学作品中偏离语言规范是言语的一种特征。这种手段并非无意识随心所欲地运用,而是由说话者或写作者用来完成一定的文学功能。这是一种文

---

[1] 程家钧:《现代俄语与现代俄罗斯文化》,上海外语教育出版社1999年版,第214页。
[2] 王仰正主编:《社会变迁与俄语语言的变化》,黑龙江人民出版社2008年版,第53页。

学艺术手段，是用来修饰言语，使其更加鲜明、睿智，常常具有讽刺色彩。

后现代主义文化思潮也影响了俄罗斯文学语言。后现代主义是一种世界性的文化思潮，它以颠覆传统、解构秩序、重估价值、超越现代性为特征。"在后现代主义影响下，在语言的运用中追求一种张狂和挑衅，表现为对传统规范的蔑视和公认准则的叛离。"[①] 在后现代社会语境下，"文化的高度发展和个性自由的无限追求，使社会正当化不得不采取语言游戏的基本模式"[②]。善于运用外来词、追求时尚已成为趋势。这种趋势与尚异的文化心理和俄罗斯固有的文化个性，在语言运用中表现得非常明显。在语言的作品中，注重的不是情节，而是风格，追求个性的、主观性的表达。话语组织刻意追求一种外在的混乱性、无逻辑性。这就使后现代主义作家过分注重文字游戏，认为以前的艺术语言不适用了，不能再用以前的语言去创作，要在语言风格上进行转换，使语言进入一种新的语境。此外，"后现代作家通常追求所谓颠覆、解构，往往忽视文本的情节性、逻辑性、连贯性，因而语言晦涩难懂"[③]。所以，20世纪90年代以来，一些俄罗斯文学语言变得复杂、艰涩。

人类社会和语言始终处于动态变化中，尽管二者变化的速度与频率并不一致，但社会的变化始终是促进语言变化的主要因素。首先，20世纪90年代苏联的解体对俄罗斯的社会结构、生活环境、价值取向、思想意识等方面都产生了影响，对俄语也产生了巨大影响。这些影响不仅涉及俄语词语、句式、语言品位、修辞风格等，也使当代俄语表现出了"口语化、形象化和情感化的特点"[④]。这些语言的变化必然影响到文学的发展。其次，作家们为了追求与众不同、标新立异的效果，大量使用插入结构、分割结构等语言手段，并运用外来语。女性作家也同样受到这些因素的影响，在文学创作中既继承传统又不断创新。作品的叙述语言向口语化和非规范化发展，这促使了女性文学叙述语言的变化，这些变化在当代俄罗斯女性文学中得到了充分的体现。

---

① 王晓光：《20世纪末—21世纪初俄语中英语外来词的研究》，硕士学位论文，吉林大学，2010年。

② 温玉霞：《解构与重构——俄罗斯后现代小说的文化对抗策略》，中国社会科学出版社2010年版，第197页。

③ 任光宣：《苏联解体后俄罗斯文学的发展特征》，《外国文学动态》2001年第6期。

④ 刘娟：《当代俄罗斯女性文学作品中的叙述主观化问题》，《俄罗斯文艺》2014年第3期。

小 结

本章对叙述主观化的新型手段进行了分类与总结,并对叙述主观化手段变化的原因进行了论述。在当代俄罗斯女性文学作品中,作者除了运用传统的主观化手段,还运用了一些新型的手段:隐性直接引语、线性对话、颠覆性对话及符号标记手段等。这些手段的使用改变了传统的叙述方式,增强了语篇的表现力,促使读者更加深入地理解作者的意图。叙述主观化手段的变化受到经济社会、意识形态、社会思潮以及人们生活方式等多重因素的影响,即文学叙事类型与叙事策略的变化、文学流派的嬗变与影响、俄语言语时尚的发展与变化等。

第五章

当代俄罗斯女性文学叙述主观化的功能

叙述主观化是作者运用叙述方式呈现自我意识的结构手段。叙述视角既可以在一个人物层面，也可以在多个人物之间转换。作者只有多面孔、多视角地叙述，才能更加细致地贴近人物现实，更好地塑造人物形象；读者也才能更加深入地理解作者的意图。叙述主观化手段的运用不但使人物塑造得栩栩如生，而且使作品的表现形式与众不同，从而使作品具有奇特化、陌生化的效果。叙述主观化手段可以呈现出人物内心世界的多样性，将人物的内心活动的细微变化动态地揭示出来；可以将人物的情感变化表现得淋漓尽致，使塑造的人物有血有肉。

"作者与读者之间的对话性关系是文学作品中真正的对话性关系"[1]，作品是作者与读者进行对话的渠道，而叙述主观化是实现这一渠道的具体表现形式。"作者不仅要激发读者的想象，让读者领会创作意图或文本意图，而且要交给读者一个复杂的矛盾体，给读者一个极大的未定点或空白，任凭读者自己去思考、去填补。"[2] "作者与读者或作品中的人物之间会产生思想与情感的共鸣，会引导读者借助文本符号进入一个自由、广阔的想象空间，使情感得以净化，让读者对文本的感悟和理解进入一个哲学境界，领悟到人生的真谛和宇宙的奥妙，从而使读者得到自我的超越和人格的升华，促使读者达到文学接受的高潮阶段。"[3] 本章将对叙述主观化的功能进行论述。

---

[1] 王娟：《维·托卡列娃作品中"对话"的语用分析》，博士学位论文，北京师范大学，2013年。

[2] 张杰：《复调小说的作者意识与对话关系——也谈巴赫金的对话理论》，《外国文学评论》1989年第4期。

[3] 童庆炳主编：《文学理论教程》，高等教育出版社2002年版，第302页。

第一节 体现作者意识

语篇作为言语思维活动，不是独立的，还包括作者、读者以及文本（作品）。作者可以选择语言手段来体现其创作意图。叙述主观化是作者构建并实现自身意图的方式，是文学语篇建构的组成部分。

只有在作者形象的统摄下，作者、作品、读者三者才能构成一个统一体，读者才能更好地理解和接收作者的思想，构建作者提出的艺术现实。因此，文学篇章的作者形象是语篇建构的基础。文学创作主体的作者问题是文学理论的核心问题之一。В. В. 维诺格拉多夫在其重要著作《关于文学作品语言的理论》中，认为作者形象是一部作品真谛的集中体现，它囊括了人物语言的整个体系，以及人物同作品中叙事者、讲述人（一人或多人）的相互关系，它通过叙事者或讲述人而成为整个作品思想和修辞的焦点，成为作品整体的核心。作者的态度决定着内容的取舍，也决定着形式的选择。任何个性鲜明的作家都有与众不同的作者形象。笔者认为，作者形象应该包括内容和形式两个方面，反映在文学活动上，应包括创作、文学产品和鉴赏三个环节，也就是作者—文本—读者。通过对作品语言结构的分析，包括对具体的语言手段、各种语体、不同的社会语言类型等的分析，可以对作品的结构有一个整体的把握，可以自然地感觉到作者的存在。

每一种叙事都涉及交流。韦恩·布斯在《小说修辞学》的序言中提到："小说是与读者进行交流的一门艺术。"[①] 20世纪50年代，Р. О. 雅各布森在《语言学的元语言问题》一文中指出，言语行为的目的在于交际。交际的目的在于向读者叙述故事及其意义。在文本的叙述中这种交际只能体现在：作者—文本—读者。当然，这只是一个简略的概括，还包含隐含作者（作者意识和作者形象）。

布斯认为，"'隐含作者'就是处于某种创作状态、以某种立场来写作的作者，同时是文本隐含的供读者推导的写作者的形象"[②]。一个人在写作不同作品时往往会以不同的面貌出现，这些以不同面貌出现的作者就是不同作品的不同隐含作者。不同作品会隐含不同的作者形象，这些不同

---

① [美]韦恩·布斯：《小说修辞学》，华明等译，北京大学出版社1987年版，第1页。
② 申丹：《再论隐含作者》，《江西社会科学》2009年第2期。

的作者形象实际上源于"隐含作者"在创作不同作品时所采取的不同立场。"与隐含作者相对应的是真实作者,这个隐含作者与真实作者是有很大区别的,他实际上是作者创造出来的自我形象,一个'第二自我'":"这个隐含作家总与'现实的人'不同,现实的人在他们创造作品时创造了他自己的化身,一个'第二自我'。""而一个作家不会只有一个化身,因此,在不同的作品中,就会有不同的化身,因为每部作品的需要不同,所以作家在每一部作品中的化身也不同。"①

小说是作者写出来的,它不可避免地包含了作者的观点、立场和价值观。"亚里士多德在《修辞学》中把这种表现个人特点的因素,称作理念。'声音'在现代小说理论中近似于亚里士多德的'理念'的范畴,就是指作者的意识、思想和态度的流露。"② 20 世纪 50 年代,Б. О. 卡尔曼(Б. О. Корман)将作者视为作品的意识进行了研究。这一研究是对作者形象理论的发展和补充。Б. О. 卡尔曼强调了作者对创作的指导意义和作者意识在作品中的重要性。

作者意识是与作者紧密相关的概念。与作者、作者意识相关的术语还包括隐含作者、抽象作者等。О. А. 梅利尼丘科(О. А. Мельничук)认为,"作者意识"这一概念比"隐含作者"和"抽象作者"两个概念更能说明问题的本质。因为作者意识是"作者世界观的表现,这种世界观是人对客观世界以及他在这个世界中的位置及其概括的观点体系,也是受这些观点决定的人的基本生活立场、信念和价值定位"③。在作者的意识中包含了作者的写作策略、言语选择、结构构想以及作者自己具有的世界观、价值观等。"作者在小说中的介入是必然的,这不仅为了让读者更好地理解和接受小说,也为了更好地表现自己的形象。"④

文学语篇是由作家创作出来的,作家通过对客观现实的描述和认识表达自己的思想,体现自己的创作意图,反映人与世界的复杂关系。它不可避免地渗透了作者的生活经历、道德情感、政治观念、宗教意识

---

① [美] 韦恩·布斯:《小说修辞学》,华明等译,北京大学出版社 1987 年版,第 81、58、78 页。
② 李建军:《小说修辞研究》,中国人民大学出版社 2003 年版,第 31 页。
③ 王燕:《"作者形象复合结构"假说及其表征形态——以彼特鲁舍夫斯卡娅小说为例》,博士学位论文,北京师范大学,2013 年。
④ 李建军:《小说修辞研究》,中国人民大学出版社 2003 年版,第 31 页。

等。从某种程度上讲,作者写小说并不只是为了迎合读者的口味,让读者喜欢他所讲述的故事,接受他所描述的人物,也是为了让读者接受他所持的观念和看法。文学篇章是读者与作者之间的一种特殊交流方式。这种交流的特殊性在于:作者很久前创作了自己的作品,而读者是在后来看到的,读者有时候会惊叹,作者之前的作品中描写的情节与现实高度契合。这是完全可以理解的——文本中直接反映出的世界观和美学风格得到了读者的认同。B. B. 维诺格拉多夫认为,在每一部作品中每个作家所反映的政治倾向和审美观点都不尽相同。作家尽可能地展现所能企及的外在世界,进而将自己的感受、思想、感觉、情感等与读者分享。作者不仅再现现实世界,而且解构乃至建构一个新世界,这种建构是以作家塑造的人物的名义进行的,在此人物身上具有道德、心理、生理、教育等不同的特点。作者通过对复杂、多层次的抽象现实的描述,来建构一个具有审美的、立体的、多变的世界。作家在创作文学作品时会考虑作品的受众,要求作品有一定的针对性。文本不仅要吸引读者,而且要有自己的叙述风格。作家还会考虑影响小说被接受的各种因素,在他们看来,"作者认为自己是更接近读者的人,更珍视读者的观点"[1]。因此,作家不仅注重修辞手段的运用,而且重视修辞技巧的把握,因为技巧的把握有助于故事的叙述、人物的刻画、主题的彰显,从而实现作者追求的美学感染效果。

在当代俄罗斯女性文学中,作者的印记是非常明显的。现实中,小说与作者的人生体验等因素密切相关。因为"唯有把真实作者弄清楚了,解读文本所得到的文化密码才能落到实处"[2]。柳·乌利茨卡娅出身于犹太家庭,深受犹太文化的熏陶,同时接受了东正教的洗礼。在她的小说《索尼奇卡》中的索尼娅、《美狄亚和她的孩子们》中的美狄亚都具有典型的犹太情结。柳·乌利茨卡娅一直对阅读和写作有浓厚的兴趣,正是这一浓厚的兴趣为她失业后的生活带来了新的转机。她进入大学后学习遗传学和生物化学专业,这一专业的训练在她的文学创作中增添了闪光点。在小说《库科茨基医生的病案》中,乌利茨卡娅利用自己的学业专长,以自己丰富的生理和医学知识精彩地描绘了一些生理场景,如人在母体中的

---

[1] 李建军:《小说修辞研究》,中国人民大学出版社 2003 年版,第 31 页。
[2] 杨义:《中国叙事学》,人民出版社 1997 年版,第 200 页。

形成、精子和卵子的相遇等。作者的存在深深地影响着作品的基调，不仅把小说内部的各种因素整合为内在的、统一的、和谐的整体，而且通过各种方式显现自己的气质、性格以及价值观等，从而使自己成为小说整体形象中的有机组成部分。在当代俄罗斯女性文学作品中，作家对叙述主观化手段的使用，可以塑造人物形象、推动情节发展，让叙述陌生化，使读者与作者、作品之间产生对话性，表达作者的意图，在这一语言手段的背后读者可以感受到作者的存在和作者的意识。

任何作品都是由作者创作完成的，在这一过程中，作者在叙述者与叙述视角的选择上，具有决定性的意义。在这一选择中，包含着作者希望传达给读者所叙述故事的含义，希望读者能更好地理解自己的作品所传达的信息、意义、观念等。不可否认的是，在一定程度上，作品往往是作者自身意识形态自觉或不自觉的表露。小说是作者写出来的，它不可避免地包含了作者关于政治、宗教、情感、道德等方面的认识，尤其是当他笔下的人物与这些观念纠缠到一起时。在叙述过程中，作者会尽可能地采取客观的立场，试图淡化或隐藏自己的立场倾向，但读者会在作品中判断出作者的思想情感倾向，觉察到作者意识的存在。

例 66：

Зоя ставила западни: выроет яму, прикрет ветвями и подталкивает, подталкивает... Вдруг, уже одетая и накрашенная, отказывалась идти в гости, ложилась на диван и скорбно смотрела в потолок. Что такое? Она не может... Почему? Потому... Нет, в чем дело? Заболела? Что случилось? А то, что она не может, не пойдет, ей стыдно выставлять себя на всеобщее посмешище, все будут пальцами показывать: в каком это, интересно, качестве она приперлась? Все с женами... Глупости, говорил Владимир, там жен в лучшем случае одна треть, да и те — чужие. И ведь до сих пор Зоя ходила — и ничего? До сих пор ходила, а теперь вот не может, у нее тонкая душевная организация, она, как роза, вянет от плохого обращения. («Охота на мамонта»)

这是托尔斯泰娅的小说《猎猛犸》中的片段。作者运用了叙述主观化的图解手段——省略形式。在本片段叙述中，讲述人和人物的话语和视角不断地交替。作者采用这样的叙述手段，其目的就在于向读者传递故事及其意义。作者运用省略形式，将作者的意识通过人物的视角、人物的意识充分展现出来。作者运用这一手段来塑造主人公卓娅与众不同的性格，她不想成为男人的"猎物"，而想将自己变为"猎人"。这就是作者意识的体现。这也是作者想要表达的深意所在。作者关注作品中的女性作为从属客体的存在、女性的愤怒与反抗、女性的身份认同等。作者希望在男权社会中扭转女性在两性关系中的位置。事实上，读者在阅读的过程中也能感受到作品强烈的反抗意识。作者借助讲述人和人物这两个元素来表达作者意识，向读者传递了作者的思想和价值观。

在当代俄罗斯女性文学作品中，作者采用叙述主观化，使作品的作者意识更全面、更彻底地得以实现，使作者叙述更加真实、自然、客观。"一方面，作者深入人物意识，揭示他们的世界及她们对周围发生的事物的态度；另一方面，作者使用各种各样的语言手段，通过语言序列的动态发展建构完整的服从于作者意识且由作者组织的体现人物情感的语言体系。"① 作者意识是通过讲述人和人物间视角的不断转换得以实现的。文本的叙述在主观与客观之间交替，通过主、客观两个层面来实现作者意识。在当代俄罗斯女性文学作品中，俄罗斯评论家 Н. Л. 列伊德尔曼（Н. Л. Лейдерман）说："在柳·彼特鲁舍夫斯卡娅的作品中，作者将涉及生活实质的那种无休止的心颤的感受、那种企图将所有社会公认的理想的生活和个人观念从头到尾颠倒性的反抗式心理完美地结合起来，无论这种生活变得多么粗俗和不被人接受的作者意识淋漓尽致地展现了出来。"② 事实上，这些思想在她的小说《不朽的爱情》《午夜时分》等语篇中都得到了体现。在《午夜时分》中，彼特鲁舍夫斯卡娅极力营造出一种生存困境，一个本该是优越的知识分子家庭，但却处于赤贫状态，七卢布对她们而言已是一笔不小的数目。在令人感到无奈甚至绝望的氛围中，家庭成员之间也常常充满着无端的争吵和无休止的争斗。对现实生活的冷峻审视折射出作家的绝望意识，"即对现实生活的本质性的悲剧体悟，这种体悟因女性作家所特有的细腻眼光和视角而更具感染力"。③

---

① 刘娟：《当代俄罗斯女性文学作品叙述主观化问题》，《俄罗斯文艺》2014 年第 4 期。
② Лейдерман, Н. Л. . М. Липовецкий. Между хаосом и космосом: Рассказ в контексте времь. //Новый мир. 1991. No. 7. с. 247.
③ 赵杨：《从〈午夜时分〉看彼特鲁舍夫斯卡娅小说中的"绝望意识"》，《外国文学研究》2012 年第 1 期。

第二节 塑造人物形象

如同言语组织一样，作品的世界是艺术内容的体现和载体，是将艺术内容传递给读者必不可少的"手段"。这是"借助于言语并融进虚构而塑造出来的形象。作品的世界是被艺术地开发并被改观变形的现实。人物形象是语言艺术世界最大的单位"①。有文学作品，就必然会有人物形象。通常，读者关注的中心也是人物形象。作品中的形象有各种不同的在场形式，既可以是作者、讲述人，也可以是人物。"人物形象是作为作家的观念、思想，也就是某种整体之体现而展示出来的，主人公依赖于这一整体性，可以说，按照作者的意志服务于这个整体性。"可是那种整体却存在于另一种更为开阔的、艺术本有的整体性的框架之中。②

人物有双重本性。首先，人物是所描绘行为的主体，是构成情节发展的推动力。其次，人物在作品中可以不依赖情节，人物具有稳固、牢靠的特性。人物的刻画借助于他们所完成的行为、举止等。无论是现实中的人物，还是作家杜撰出来的人物，他们都具有不同的思想意识、价值立场和人生取向等。人物形象是作为作家的观念、思想，也就是某种整体之体现而展现出来的。按照作者的意志，主人公依赖，并服务于这一整体性。正如 Г. А. 古科夫斯基所说："在把主人公作为人来接受时，我们也就会同时将他们作为某种思想本质来领悟：读者中的每一位都要去感受去反思的不仅是我对这一出场人物的态度，还有作者对这一出场人物的态度，而且，也许是最重要的，乃是我对于作者态度的态度。"③作家在小说叙述中采用叙述主观化的手段，通过作者（讲述人）与人物之间的视角移动与转换，甚至是借用人物的眼睛、耳朵等来"看"或"听"发生的事情，让故事情节得以推进，同时使人物塑造得形象、逼真，不仅让人物得以栩栩如生、真实可信，而且让人物"具有某种或某些实质性的重大的社会

---

① ［俄］瓦·叶·哈利泽夫：《文学学导论》，周启超等译，北京大学出版社2008年版，第212—213页。

② ［俄］瓦·叶·哈利泽夫：《文学学导论》，周启超等译，北京大学出版社2008年版，第224页。

③ ［俄］瓦·叶·哈利泽夫：《文学学导论》，周启超等译，北京大学出版社2008年版，第224页。

意义，具有了普遍性、可读性、耐读性，能够超越时空而存在于文学形象的殿堂里"①。因此，叙述主观化对人物形象的塑造起到了重要的作用。

叙述主观化手段的使用有利于促进人物形象的塑造。B. B. 奥金佐夫认为："叙述主观化能够呈现人物内心世界情感的复杂性、多样性，以及情感的变化，不仅能够反映人物和人物内心的变化，而且能够反映出社会现实。"② 在当代俄罗斯女性文学中，例如，塔·托尔斯泰娅、柳·乌利茨卡娅、柳·彼特鲁舍夫斯卡娅和维·托卡列娃的作品都对现实生活中的女性所面临的各种问题进行了揭露，塑造了各种不同类型的女性形象。托卡列娃通常塑造的是一种乐观、积极的女性形象；彼特鲁舍夫斯卡娅塑造的通常是生活阴暗、生存艰难、希望渺茫的女性；托尔斯泰娅描写的女性通常难以获得完美的爱情，并因此产生对生死意义的思考；乌利茨卡娅塑造了坚强、善良的一类女性形象。在这些形象的塑造中，作者自觉或不自觉地运用叙述主观化的手段，让人物形象鲜活、生动。这些人物作为文本的组成部分，在读者的意识中具有不受作者意志制约的独立生命。主人公在保持自己独特性的同时，成为特定世界观和行为的一种符号或象征。

例 67：

Елена Георгиевна сидела на узкье деревянной скамье позади церковного ящика и ожидала знакомого священника. Служба уже окончилась. Прихожане разошлись. Уборщица позвякивала ведром. Гулкой тишине храма шли эти мелкие металлические позвякивания… В трапезной обедали священники, церковный староста и регент, и до Елены доносился запах жареного лука. Освещение в храме было самое что ни на есть театральное — полумрак разрубали толстые столбы солнечного света, падающие от довольно высоко расположенных окон, и попадающие в эти световые потоки иконы сияли отчищенными окладами, горели медные подсвечники, а куда свет не доставал, оттуда шло только загадочное мерцание, блики, колыхание догорающих свечных огней… На душе у Елены был мир и тишина. Ради этих минут приходила она сюда: беспокойства ее казались сейчас суетными,

---

① 白志坚：《鲁迅小说中人物形象的塑造》，《集宁师专学报》2006 年第 3 期。
② Одинцов, В. В. . Стилистика текста. М. ; Наука. 2004. с. 206.

проблемы — несущественными и ожидаемый давно разговор неловким и фальшивым... Может, напрасно просила она отца Владимира о встрече? Может, и не надо никому ни о чем рассказывать. И как рассказывать? Да, мир распадается на куски. Но ведь она и сама прекрасно понимает, что распадается не мир, а ее сознание, и отбиваются драгоценные осколки со знаниями, воспоминаниями, навыками жизни... Она бы пошла к невропатологу, к психиатру, а не к священнику, если бы в трещины расколотого сознания не проникало нечто постороннее, точнее, потустороннее, голоса и лица, все нездешнее, тревожное, но иногда и невыразимо прекрасное... Прелесть? Обман? Как сказать это?
(«Казус Кукоцкого»)

　　这是柳·乌利茨卡娅的小说《库科茨基医生的病案》中的片段。作者的视角在不断地转换，先是以叙述者的视角描写了教堂及周围的环境，让读者产生一种宁静、祥和的气氛。主人公叶莲娜来到教堂，想与神父交流自己的困惑。接着视角转到了叶莲娜身上，作者采用了大量的准直接引语，以疑问句、感叹句、省略句的形式展现人物复杂、焦虑、矛盾的内心世界。这里，既有对主人公所感受、所体验的总括性勾勒，也有展开性的叙述。有时是由作者对人物内心所发生的一切进行的分析性描述，有时是准直接引语等，在这些言语中主人公的声音与叙述者的声音融为一体，有内心独白，也有人物之间的倾心交谈。在这段叙述中，前半部分是叙述者的描述，后半部分叙述者偏离了叙述角色，很难分辨后面的声音是叙述人的还是人物的。这样的叙述会形成多变、意犹未尽的审美效果。作者采用叙述主观化的手段让人物的内心世界细腻、丰富地展现，让人物的思想、情感得到淋漓尽致的体现，从而使人物的形象更加饱满、丰富、鲜活、生动，读者可以更加深入地理解人物的意识。叙述主观化手段的使用不仅使人物形象丰盈，而且使故事情节跌宕起伏，还增强了故事的可读性，同时给读者留下悬念。

　　例 68：

　　Не надо раскрывать карты. А может быть, все же СКАЗАТЬ...

　　... И ей казалось, что из глаза течет кровь, а оттуда слезы. И этом в каком-то смысле была правда.

　　Первого апреля у Артамоновой — день рождения. Двадцать лет.

Круглая дата. Пришел курс. И Киреев пришел и подарил глиняную статуэтку верблюда. Сказал, что искал козал, но не нашел. Артамонова удивилась: помнит. Ей казалось: всего, что связано с ней, — не существует в его сознании.

Сказать — не сказать... Артамонова размышляла весь апрель и май. СКАЗАТЬ. А если ему это не понадобится? Он отшутится, типа: «Напрасны ваши совершенства: их вовсе недостоин я». И еще добавит: «Учитесь властвовать собою; не всякий вас, как я, поймет».

НАДО ГОВОРИТЬ. Не надо раскрывать карты. А может быть, все же СКАЗАТЬ... Он согласится частично. Она станет его любовницей, он будет поглядывать на часы. Мужчина, который спешит. Его чувство вины перед Руфиной станет еще глубже. Эта двойственность не прибавит ему счастья.

Лучше НЕ ГОВОРИТЬ. Все оставить как есть. Точка. Артамонова загнала любовь в сундук своей души, заперла на ключ. А ключ отдала подруге Усмановой. Усманова умела хранить чужие тайны. Так и стоял под ложечкой сундук, загромождая душу и тело, корябая тяжелыми углами. Больше ничего в Артамонову не вмещалось. Она ходила и качалась от тяжести. («Сказать-не сказать...»)

这是维·托卡列娃《表白与沉默》中的片段。在这部短篇小说中，表白与沉默（Сказать-не сказать...）成为这篇小说中所再现的事件链，是这篇小说组织建构的基础。"表白与沉默"这一情节在本篇小说中履行着重要的使命。事件"表白或是沉默"具有构架的结构性意义，它将整部小说的所有东西凝结在一起。"表白与沉默"这一情节对于塑造人物、揭示人物的性格是不可或缺的。这一情节为人物创造出活动的区域，使人物得以在读者面前从各种不同的侧面丰满地展开，对于正在发生的事件在情绪上或理智上做出相应的回应。读者可以在作者的叙述中不时地听到阿尔塔莫诺娃的声音，感受到阿尔塔莫诺娃优柔寡断的性格。表白、怀孕、堕胎等一系列事件都呈现出其犹豫的心态。正是这犹豫不决的行为鲜明、细致地再现了人物的心理、性格等。同时，"表白与沉默"这一情节直接再现了生活的矛盾。如果主人公们在生活中没有任何矛盾冲突，那么故事的发展以及故事的可读性就很难想象。正是因为纠结于是否表白，才错失良机，导致双方分道扬镳。这种结果构成了小说的高潮。人物为此经历着莫名的煎熬、体味着失去爱情和孩子的苦楚。正是沉默将矛盾激化并达到了顶点，让事件得以继续发展。这会在读者心目中激起对事件下一步的发展，而与此同时也会激发起对阅读过程本身之异常浓厚的兴趣。读者迫切地想要了解主人公接下来的命运。作者给读者留下了无限想象的悬念。在构建情节的过程中，叙述在主观和客观之间转换。作者运用叙述主观化手段："может быть，И ей казалось，Ей казалось，Сказать-не сказать…，сказать.，надо говорить.，лучше не говорить"这些叙述主观化手段的运用淋漓尽致地展现了阿尔塔莫诺娃性格特征。这些手段将阿尔塔莫诺娃表现的迟疑、徘徊、踌躇、犹豫等性格特征完完全全地展现了出来。如果阿尔塔莫诺娃不具有这样的性格特征，那么故事情节也就不会向前发展，也没有更多的悬念可言。作者运用叙述主观化手段让人物的性格具有可感性。

例 69：

И за эти десять минут, что она шла к дому, она осознала, что семнадцать лет ее счастливого замужества окончились, что ей ничего не принадлежит, ни Роберт Викторович — а когда, кому он принадлежал? — ни Таня, которая вся насквозь другая, отцова ли, дедова, но не ее робкой породы, ни дом, вздохи и кряхтенье которого она чувствовала ночами так, как старики ощущают свое отчуждающееся с годами тело…
«Как это справедливо, что рядом с ним будет эта молодая красотка, нежная и тонкая, и равная ему по всей исключительности и незаурядности, и как мудро устроила жизнь, что привела ему под старость такое чудо, которое заставило его снова обернуться к тому, что в нем есть самое главное, к его художеству…» — думала Соня. («Сонечка»)

这是柳·乌利茨卡娅的小说《索尼奇卡》中的片段。故事讲述了一个普通的俄罗斯犹太妇女索尼奇卡的一生。索尼奇卡发现丈夫与年轻女子有染，在回家的路上她的思绪不停地翻转，内心充满了矛盾与痛苦。作者有意将主人公的意识穿插在作者客观的叙述中。"17 年美满的婚姻走到了尽头，罗伯特不属于她了。女儿和房子也都不属于她了，她变得一无所有。"这些内部言语都是主人公索尼奇卡被丈夫的婚外情刺激后的所思所想，是她的意识对此时此刻所见所闻的反映，这种反映转瞬即逝。这些内部言语是以叙述主观化的形式表现出来的。叙述主观化手段将人物的意识简洁、概要地表达了出来。作者巧妙地抓住了这一瞬间人物的情绪波动和思绪混乱、无序的特点，采用内部言语的形式，将人物内心的痛苦、无助与无奈表现得淋漓尽致、活灵活现。在作者的客观叙述中插入人物的内部言语改变了叙述的客观性，让叙述具有主观化的特征，作者全知全能的叙述视角巧妙地转向了人物的视角，在叙述的话语中保留了人物话语的叙述特点。叙述主观化手段的运用将人物形象塑造的真实、可信，将人物的内心展现得淋漓尽致。

例70：

Ради этих минут и приходила она сюда: беспокойства ее казались сейчас суетными, проблемы — несущественными и ожидаемый давно разговор неловким и фальшивым… Может, напрасно просила она отца Владимира о встрече? Может, и не надо никому ни о чем рассказывать. И как рассказывать? Да, мир распадается на куски. Но ведь она и сама прекрасно понимает, что распадается не мир, а ее сознание, и отбиваются драгоценные осколки со знамями, воспоминаниями, навыками жизни… Она бы пошла к невропатологу, к психиатру, а не к священнику, если бы в трещины расколотого сознания не проникало нечто постороннее, точнее, потустороннее, голоса и лица, все нездешнее, тревожное, но иногда и невыразимо прекрасное… Прелесть? Обман? Как сказать это? («Казус Кукоцкого»)

这是乌利茨卡娅的小说《库科茨基医生的病案》中的片段。叶莲娜为了寻求内心的平静与安详来到了教堂，期待与神父进行一次深入的交谈。当听到教堂钟声的回声、看到阳光洒满教堂，一切都是那样和谐和安详。叶莲娜开始质疑自己来教堂的决定是否正确，内心开始七上八下、忐忑不安，怀疑人生。这段描述无理性逻辑可言，是打破客观时空的一个潜意识内心世界不由自主地呈现。所有外化的客观对象全部转化为人物的内心世界，教堂周围的一切成为她内心活动、思维意识的出发点。不同时间、不同地点所发生的一切对人物的潜意识产生催化，而这种潜意识则不分主次、没有逻辑地呈现出来。对于叶莲娜的这段叙述就是一个主观无意识状态中展现的一个潜在的世界。行文中接二连三的疑问，似是而非的判断和否定，使这个语义指称出来的世界处于一种不确定状态。作者采用叙述主观化手段充分地展现了叶莲娜的内心现状,使客观的外在现实与内在的虚拟世界构成了矛盾与冲突。通过叙述主观化手段不仅将人物所处的内外环境展现出来,而且将人物的精神面貌也完全呈现在读者眼前。她的困惑、无助、无奈等性格特征通过叙述主观化手段得以充分展现。

在当代俄罗斯女性文学作品中,作家运用叙述主观化的手段塑造了各种各样的人物形象。作者不仅是对这些人物命运的关注,更是对千千万万的普通女性生存现状的关注,对女性生态环境的关注。女性如何处理自我与他者的关系,如何处理社会性别在各种社会体系中的角色扮演,如何将个体的生命欲望与多元的社会、文化有机地接轨。在此,叙述主观化手段的运用将人物形象塑造得更加细腻、真切,让读者感同身受,让情节一波三折。作者将社会底层的边缘人物身上蕴含的人性、富有的内在精神世界以及经历的种种喜怒哀乐鲜明、个性地展现出来,让人物在最真实的现实生活中展现多姿多彩的人生本质。

第三节 构建作者、作品与读者之间的对话性

读者与作者之间的关系"在阐释学趋向的文艺学看来是对话、交谈、会晤"①。作品是由作者的创作意识所设定的,围绕这个"轴心",会有一组组"联想性的观念和情感"② 聚集,它们是读者在阅读时产生的,并非由作者的意志所决定。读者有其自身的审美能力,对作者和作品有较为浓厚的兴趣。作者与读者之间的交流不仅存在于作品的创作过程中,而且在读者的阅读过程中,是"读者的要求、意识或审美期待在作家头脑中的反映,即读者的存在与作用,内化生成于作家心域中的一种意识,这种意识往往很容易导致作家创作动机的生发和相应的一系列艺术构思"。③ 这就决定了作者在创作过程中,要关注现实的读者,要有读者意识。在文学消费中,作者的读者意识是至关重要的。因为它既决定了文学消费的群体和层次,又决定了文学接受的发展与高潮。在文学接受阶段即作品的具体

---

① [俄] 瓦·叶·哈利泽夫:《文学学导论》,周启超等译,北京大学出版社2008年版,第156页。
② [俄] 瓦·叶·哈利泽夫:《文学学导论》,周启超等译,北京大学出版社2008年版,第156页。
③ 宋生贵:《"读者意识"与审美发现——文艺活动审美发现过程论》,《山西师大学报》1993年第4期。

阅读阶段，读者以自己的期待视野为基础，对作品中的文本符号进行富有个性的解读和认知。

对话思想古已有之，最早可追溯至古希腊哲学，20世纪初，这种思想在德国哲学界逐步流行。20世纪20年代至70年代，苏联思想家巴赫金对对话理论进行了独特的阐释。巴赫金在《长篇小说的话语》中，阐述了自己对小说语言特征的看法。他指出，"长篇小说作为一个整体，是一个多语体、杂语类和多声部的现象"。[1] 巴赫金把小说中的杂语看作用他人语言讲出的他人话语，认为它能够表现作者意向，是一种特殊的双声语。它的特点是"为两个说话人服务，同时表现两种不同的意向，一是说话的主人公的直接意向，二是折射出作者的意向。在这类话语中有两个声音，两个意思，两个情态"。[2] 作家在刻画人物时，很大程度上就是通过对话和独白这两种形式来展现人物的言语能力的。巴赫金从对话和独白中引申出了对话性和独白性。他不仅关注自然话语中的读者与听者，而且关注文学作品中作者与读者之间的对话性关系。话语的对话性是言语主体之间立场、观点和意向的互应互答性。文学话语尤其是小说话语常在一个声音中融入他人的声音，在一个主体的话语中包含着他人话语以及意向，这就形成了巴赫金所谓的"双声语"。文学话语的双声或者多声，是话语对话性的具体表现。事实上"对话性存在内在对话性和外在对话性"[3]。话语间的自然对话属于外在对话性，作者与读者之间的对话性属于内在对话性。Y.K.布斯认为："在任何阅读经验中，都存在着作者、叙述者、其他角色与读者之间的一种隐含对话。在价值、道德、认知、审美，甚至是身体的轴线上，可以从同一到完全对立而变化不一。"[4] "作者与读者之间的对话性是文学语篇中真正的对话关系，作品是作者与读者进行对话的渠道，从而使对话得以真正实现。"[5] 对于读者而言，"文学作品既是盛

---

[1] ［俄］巴赫金：《巴赫金全集》（第三卷），钱中文主编，晓河等译，河北教育出版社1998年版，第39页。

[2] ［俄］巴赫金：《巴赫金全集》（第三卷），钱中文主编，晓河等译，河北教育出版社1998年版，第110页。

[3] ［俄］巴赫金：《巴赫金全集》（第四卷），钱中文主编，晓河等译，河北教育出版社2009年版，第4页。

[4] Wanyne C. Booth, "Discourse and Point-of View: An Essay in Classification", *The Theory of the Novel*, Ed. Philip Stevick, p.97.

[5] 王娟：《维·托卡列娃作品中的"对话"的语用分析》，博士学位论文，北京师范大学，2013年。

载着属于作者并由作者表达出来的、特定的一组情感和思想的'容器',同时又是激活读者本人精神上的主动性创造性和能量的'兴奋剂'"①。叙述主观化手段的运用,增强了作者与读者之间的对话性。叙述主观化是促成语篇对话性的重要手段。叙述主观化手段构成了作者与主人公的对话、作品中人物思想之间的对话、人物与外在环境之间的对话。

在当代俄罗斯女性文学作品中,作家频繁地运用叙述主观化手段,不仅使视角不断地自由切换和转变,而且让塑造的人物形象丰盈、饱满,让叙述的故事充满悬念,从而让故事更有可读性。此外,叙述主观化手段的使用能够建构作者、作品与读者之间的对话性,正如巴赫金所说的,"对话关系……几乎是无所不在的现象,浸透了整个人类的语言,浸透了人类生活的一切关系和一切表现形式,总之是浸透了一切蕴含着意义的事物"②。

例 71:

Но почему, почему у Татьяны такая участь? Она — верна, ее предают. Может быть, в ней что-то не хватает? Красоты, женственность? Может, она не умеет храхаться? ... Тогда почему бежит и плачет в ночи? Почему задыхается от обиды... («Перелом»)

这是维·托卡列娃《骨折》中的片段。作者采用了连续的修辞性问句。作者采用修辞性问句表现了人物强烈的愤慨之情。从这段问句中,读者看到的是人物的自我剖析。人物对生活不满,并在这种不满、懈怠中又流露出一种自我安慰的情愫。在这段修辞性问句中,我们既能感受到作者的话语,又能感受到人物的话语,好像作者在替塔吉雅娜鸣不平,她不应该遭受这种不公,丈夫竟然如此地对待她。在作者的话语中存在两种声音的交锋和对话。一种是塔吉雅娜长久深藏内心的困惑与疑虑,暴露出她心灵的巨大创痛;一种是作者话语中插进了人物的真实话语和语调。人物发出的反问让读者叹息人物的命运为何沦落到如此地步,为何要如此生活,好像她在倾诉和叩问自己的内心。这是典型的主人公与作者之间的对话关系。这种对话关系反映了作者的立场和态度。作者是同情主人公的,为她

---

① [俄] 瓦·叶·哈利泽夫:《文学学导论》,周启超等译,北京大学出版社2008年版,第156页。
② [俄] 巴赫金:《陀思妥耶夫斯基诗学问题》,王春元、钱中文主编,白春仁等译,生活·读书·新知三联书店1988年版,第76—77页。

的命运鸣不平。人物心声、叙述者声音以及读者声音相混合的音响效果大大增强了小说的感染力，引发了读者对主人公深深的同情，从而牢牢地抓住了读者的心。

例 72：

Это город, — сказала себе Елена. — Я в Москве. Я приехала сюда на метро… Или на троллейбусе… Надо спросить, какое здесь метро поблизость… Около моего дома есть метро. Как называется, не помню. Стеклянные цветные витраж… У меня есть дом. Дом есть телефон… Номер… не помню… Надо спросить у того, с кем я сейчас разговаривала… Но вспомнить, с кем она только что говорила и о чем, она не могла…（«Казус Кукоцкого»）

这是乌利茨卡娅的小说《库科茨基医生的病案》中的片段。妇产科医生库科茨基在医学专业领域取得巨大的成功，但在家庭生活中，他却面临着失败的婚姻，他和妻子叶莲娜之间仅仅因为一句话而让持续 10 年之久的幸福家庭土崩瓦解。这段话描述了叶莲娜走出教堂后的思绪变化。"不知道自己是如何来的，下车的站名是什么也不晓得了，家里的电话号码也记不清楚了……"作者在此运用了叙述主观化手段——内部言语，通过几个短句将人物处于朦胧恍惚状态的情景表达得淋漓尽致。这样的内部言语体现出叶莲娜的病态，使小说的情节得以延续和发展，为小说的第二部分叶莲娜的梦境埋好伏笔，创造必要的条件。作者运用内部言语形式，将叙述视角从作者转向了人物，将人物瞬间的情感和意识展现出来，作者的客观叙述中呈现出主观化的特征。这几个短句尽管不是以疑问的形式出现的，但具有疑问的特征。这不仅仅是对人物自己的疑问和困惑，也是对世界的一种疑问。这个世界对她来说是那么陌生，她都不熟悉了，以至于自己何去何从都不知道。叙述主观化手段让人物与人物、自己和自己所处的世界之间产生了一种对话。这种对话透视出了人物的一种无奈、无助。使读者感受到了人物的痛苦。

例 73：

Он давно уже не строил никаких планов: судьба завела его в такое мрачное место, в преддверие ада, его звериная воля к жизни почти исчерпалась, и сумерки посюстороннего существования не казались уже привлекательными, и вот теперь он видел женщину, освещенную изнутри подлинным светом, предчувствовал в ней жену, удерживающую в хрупких руках его изнемогающую, прильнувшую к земле жизнь, и видел одновременно, что она будет сладкой ношей для его не утружденных семьей плеч, для трусливого его мужества, избегавшего тягот отцовства, обязанностей семейного человека... Но как он подумал... как не пришло ему в голову раньше... может, она уже принадлежит другому, какому-нибудь молодому лейтенату или инженеру в штопаном свитере? («Сонечка»)

这是柳·乌利茨卡娅的小说《索尼奇卡》中的片段，片段中不断出现了省略号。作者在此处采用省略结构，使读者感觉到主人公罗伯特的思绪是混乱的，甚至是紧张，他所思考的事物是急速跳跃的。作者采用省略结构形象地刻画出了人物的内心状况和情绪变化，将叙述的视角转向了人物，在作者的客观叙述中夹杂着主观叙述，让叙述具有主观化的特征。主观化的手段更加委婉地表达人物的意识、情绪、情感、态度、认知等心理取向，便于给读者留下思考与想象的空间，更好地促进读者与作者、人物的对话与交流，达到文学阅读追求的效果。作者运用叙述主观化的图解形式——省略结构增强了作品的言语表现力，提升了文学作品的感染功能。同时，省略结构在小说《索尼奇卡》的情节结构上构成了一种对话关系。男主人公罗伯特在暗中欢喜，如果能娶索尼奇卡为妻将是他一生最幸运的事。但他又在纠结他是否能够胜任丈夫和父亲的角色，索尼奇卡是否已经嫁人。而在文本中索尼奇卡同样也发出过这样的感叹。"他怎么能看上我呢？我有什么优点值得他娶呢？"这样的叙述手段，给整个小说设置了很大的悬念，让读者更加关注故事的发展和人物命运的前景。让读者在悬念的发生、发展、加强乃至解除过程中产生猜疑、紧张、渴望、揣测、担忧、期待、欢快等种种复杂的心理感受，吸引和集中读者的注意力与阅读兴趣，并急切期待解决的后果。这样的叙述手段保证着小说的对话继续自由进行，对话不仅是作者与人物之间、人物与人物之间、作者与读者之间、人物与读者之间，而且在情节结构之间也存在着对话关系。

对话包含了复杂的关系，既可以是主人公与作者的对话，也可以是作品中人物思想之间的对话，又可以是作者（人物）与读者的对话，还可以是小说情节结构、人物关系结构的"对位"。叙述主观化手段的运用就是对话性思想的鲜明体现。在当代俄罗斯女性文学作品中，无论是《幸福鸟》中的娜佳、《雪崩》中的梅夏采夫、《亲爱的舒拉》中的舒拉、《索尼奇卡》中的索尼奇卡，还是《库科茨基医生的病案》中的叶莲娜，在这些人物的叙述话语中，无不穿插着作者的话语，这些话语中处处体现出作者与人物的对话、人物之间的对话、作者（人物）与读者的对话。"在文学创作中，话语的种种对话关系往往是与作品的言语布局和风格、作家的创作风格、文学流派的创作特点乃至整个时代的风格有着这样或那样的联系。"①

第四节　形成陌生化的阅读效果

叙述主观化手段在读者的阅读中会产生新奇，甚至是陌生化的效应。"'陌生化'是俄国形式主义的核心概念。"②"'陌生化'观念是形式主义学派提出来的方法论原则，是该学派最富有建设性的理论成果之一"，③并由布莱希特发展和完善。在俄国形式主义之前，"陌生化"理论在西方古典诗学中体现为"新奇"式论的零星著述，它源于亚里士多德，经由朗吉奴斯、黑格尔等人的发展，形成和成熟于什克洛夫斯基和布莱希特。"陌生化"的原文是 остранение，这是 B. B. 什克洛夫斯基自创的一个词，派生于俄文单词 странный（奇怪的、奇异的），译成"陌生化"，也有些学者译为"奇特化"或"前景化"。B. B. 什克洛夫斯基在《作为手法的艺术》一文中，论述了艺术的目的就是克服认知事物的自动化反应，并在此基础上形成了完整的"陌生化"理论。形式主义学派认为，文学艺术的目的在于使人强烈而鲜明地感受生活，但一切言谈话语、行为举止一旦成为习惯，都将沉入无意识的自动化领域，这样感受事物的力量将会极大削弱，甚至不会在意识中出现。在文艺审美中，小说的语言艺术也陷入这种自动化、机械化进程，从而产生审美效果的弱化。因为人不是以空白的心灵去感知艺术对象，而是带着先前积累的艺术经验。这种艺术经验既是进行艺术感知的前提，反过来又会造成感受的迟钝。感受太熟悉的艺术现象，会产生形式疲劳。正如："芝兰之室，久而不闻其香。"④ 为了摆脱

---

① 凌建侯：《巴赫金哲学思想与文本分析法》，北京大学出版社 2007 年版，第 128 页。
② 张冰：《陌生化诗学：俄国形式主义研究》，北京师范大学出版社 2000 年版，第 8 页。
③ 黎皓智：《俄罗斯小说文体论》，百花洲文艺出版社 2002 年版，第 208 页。
④ 黎皓智：《俄罗斯小说文体论》，百花洲文艺出版社 2002 年版，第 209 页。

习以为常的束缚和无意识的自动化，更新艺术审美中的陈旧感，B. B. 什克洛夫斯基提出了"陌生化"理论。"他认为：艺术的目的是为了把事物提供为一种可观可见之物，而不是可认可知之物。艺术的手法是将事物'陌生化'，是把形式艰深化，从而增加感受的难度，因为在艺术中感受过程本身就是目的，应该使之延长。"① 从实质上讲，陌生化手法是对陈旧语言进行"扭曲""变形"的处理，使其语义移位，以便"反抗固有的感觉方式，调动接受心理上的通感"②。"陌生化意味着对旧规范旧标准的超越、背反，它是对读者的审美心理定势、惯性和套板反应的公然挑战。从这个意义上说，陌生化意味着一种'语义的转移'，或一种与所表现客体拉开而保持的审美距离。"经陌生化处理的表现对象能给读者出乎意料、惊奇、"陌生"的感觉③，激发读者从新的角度去感知，充分把握描述对象的生动性和丰富性，让读者的注意力变得活跃，从而唤起读者对艺术世界的新鲜感受。事实上，从接受的维度来看，人的内在心理永远有一种求新趋异和趋奇猎怪的趋势。在接受过程中，作为读者的主体在接受之前存在着一种先在的阅读经验和审美定式，即存在着一种阅读期待视野。但主体如果以同样的一种审美定式去接受某种同一化的审美对象，久而久之就会形成主体心理接受定式的自动化和机械化定式，从而失去对审美对象的新鲜感和感受力。因此，文学创作就应当以一种"陌生化"的手法，打破思维定式和期待视野，使主体以一种新奇和特殊的感受方式重新感知和审视对象。在文学创作中，实现"陌生化"的手段各种各样，本章所论述的叙述主观化手段也是实现"陌生化"的方式之一。叙述主观化采用视角的移动和变更，让叙述视角在作者（讲述人）和人物之间穿梭，通过不同的眼睛、不同的声音、不同的感受、不同的认知来描述世界的变换。

例 74：

Это и будет смерть при жизни. («За рекой, за лесом»)

这是作者叙述与人物话语高度融合的一句话。这句话带有隐喻性修饰语的词组 "смерть при жизни"，在语义上相互矛盾。这是一种矛盾的修辞、矛盾化的形容。这种词义的逆反组合在"现实主义"看来是表达了

---

① [苏] 什克洛夫斯基：《散文理论》，刘宗次译，百花洲文艺出版社1997年版，第10页。
② 黎皓智：《俄罗斯小说文体论》，百花洲文艺出版社2002年版，第210页。
③ 张冰：《陌生化诗学：俄国形式主义研究》，北京师范大学出版社2000年版，第8页。

一种内在的真实。人物为何会发出"这将是生的死"这样绝望和悲苦的声音？作者采用这样的语言表达，变习见为新异，化腐朽为神奇，传递出鲜活的感受，制造出令人惊奇的效果。从人物的"无意识"中涌现出"意识"来，给读者增加了感受的"难度"和"时延"①。只有人物自己才可能有这样的感知和感受，读者用人物的眼睛和心灵去观察和感受所经历的一切，通过这个短语词，读者能明显地感觉到，作者的叙述确实是人物的感受、人物的想法。从作者的叙述转向了人物的叙述，通过人物的感受、人物的意识来感知外在的世界，这种叙述让人物和读者都有一种陌生的感觉。"这种表达体现的是一种语言方式本身的陌生化意味，是文学这一独特的语言方式中的语义方式的本体意味。"②

实现陌生化的手段是多元化的，叙述主观化也是陌生化的手段之一。B. B. 什克洛夫斯基认为："陌生化不再使用惯常的手段叙述事物，而是运用新的手段、新的言语讲述新现象、新的事物，甚至引入他人对新现象、新事物的态度。"③"作者在玩弄读者的耐心时，总是不断地向他提醒那个被我们暂时丢弃的人物。在作品中，一个新引进的人物，一段景物描写……，都可以起到制约行动道德作用。"④ 作品中，往往可以通过讲述人和人物的独特视角展现客观外在世界，以便于达成陌生化的效果。"一个新引入的人物"可以是持有特定视角的人或物，通过他们能够使普通的、一般的事物变得新奇、奇异。在托卡列娃的作品《一条老狗》中，通过"狗"的眼睛看外在的世界。

例 75：

Адам в угоду Инне орал на собаку, но собака не обижалась. Для нее было главное, чтобы хозяин находился рядом. Когда он уходил и оставлял собаку одну, в ней образовывалось чувство, похожее на голод, с той разницей, что голод она могла терпеть, а этот, душевный, голод — нет. Каждая секунда протягивалась в бесконечность, и в этой бескон-

---

① 劳承万：《诗性智慧》，河南人民出版社 1997 年版，第 43 页。
② 徐剑艺：《小说符号诗学》，浙江大学出版社 1991 年版，第 89 页。
③ Шкловский, В. Б. . За и против: Заметки о Достоевском. Том третий. Тетива. М. : худож. литер. 1974. с. 135.
④ 张冰：《陌生化诗学：俄国形式主义研究》，北京师范大学出版社 2000 年版，第 210—211 页。

ечности сердце набухало болью и работало как бы вхолостую, без крови, и клапана перетирались друг о друга. И собаке казалось: если это состояние не кончится, она взбесится. И тогда она начинала рыдать в конуре. Выходила старуха и что-то говорила, но Радда не слышала ее сквозь отчаяние. Потом возвращался хозяин, и сердце сразу наполнялось горячей кровью и все успокаивалось внутри. («Смарая собака»)

在这段叙述中，作者叙述和狗的叙述交叉进行。通过狗拉达的感受（"假如这种状态再继续下去，它就会发疯"）来反映亚当对英娜的感情。拉达已经陪伴亚当十五年了，当亚当不在身边时，拉达会感到饥饿、空虚，甚至心塞。这种感受恰似亚当对英娜的眷恋。通过叙述主观化，作者实现了陌生化的情形，即通过"狗眼"来审视外在世界，通过"狗眼"来反映人物的情感。

对同一现实存在的不同表现方式体现了作者的某种表现性语义，恰是这一方式展现了语篇信息本身所产生的文学性，也就是语言方式的"陌生化"产生的超一般语言表达的意义。作者运用比喻、拟人、夸张、隐喻、反语等手段让最普通的词语能在一定的有形象表现力的言语上下文中产生特殊的意义，获得超语言的艺术审美效果。"正如罗兰·巴特所言，文学语言是对语法规范的突破，它使词语摆脱了共性的约束，闪烁出自由的光辉。"[1] 正是"陌生化"文本的求新、求奇、求异，给读者提供了全新的体验和想象空间，召唤读者去求解、去感受、去探索。"陌生化"文本的求新、求奇、求异的追求卓越的本质使读者在阅读过程中，不断超越自己的期待视野，从一个未知到另一个未知。[2] 事实上，无论运用何种陌生化手段，都无法脱离形式与内容的关系问题。"陌生化"这一语言手段影响到后现代作品的叙事，甚至成为一种"陌生化"叙事模式。后现代作家不断尝试解构和建构，"打破或毁坏固有的语言符号模式，把语言置于重新'能指化'的背景中，借以重构新的内涵，形成新的意指"[3]。

---

[1] 杨向荣：《诗学话语中的陌生化》，湘潭大学出版社 2009 年版，第 344 页。
[2] 李胜利：《陌生化理论及其文艺学意义》，硕士学位论文，西北大学，2004 年。
[3] 杨向荣：《诗学话语中的陌生化》，湘潭大学出版社 2009 年版，第 344 页。

小 结

本章对叙述主观化在当代俄罗斯女性文学作品中的功能进行了阐述。叙述主观化是作者叙述产生变化的结构方式。通过视角在人物之间的转换,作品可以更加细致地贴近人物的现实,也可使读者更加深入地理解作者的表达意图。叙述主观化将人物塑造得有血有肉、栩栩如生,成为表达人物内心世界多样性的典型手段;叙述主观化在作品的表现形式上与众不同,让作品产生奇特化、陌生化的效果,进而激发读者的阅读兴趣,使其产生耳目一新的感觉。叙述主观化手段的运用,一方面产生了作品与读者之间的对话性,另一方面语篇呈现出叙述的复杂性与丰富性,同时,也提升了读者的阅读兴趣,构成了叙述的内在动力。

结　　语

　　本书以当代俄罗斯女性小说为语料，对小说中的叙述主观化现象进行了全面的考察和研究，通过研究可以得出以下几点结论。

　　第一，叙述主观化研究是篇章修辞学研究的重要问题之一。叙述主观化是篇章建构必不可少的原则，是作者表达个人意图的手段。一定程度上，文学作品的审美体现在作者言语与人物言语中，作者叙述中出现的主观化就是作者言语与人物言语的有机结合，作品中作者—叙述者—人物经常交织在一起，所以叙述视角在作者和人物之间转移，多种声音并存。叙述主观化的实现不仅体现在语言层面，而且体现在作品结构、作者意识、读者接受等层面。

　　第二，叙述主观化的言语手段包括准直接引语和内部言语。准直接引语是一种重要的人物话语方式，具有双声性和模糊性。它是混合了作者—叙述者—人物主观意识的话语叙述方式。它能够揭示作者和人物的关系，展示人物的内心世界，准确、灵活地传递他人话语，进而促进读者与作者之间的对话。内部言语是一种文学创作手法，是对人物进行心理描写和心理分析的重要手段，也是描写人的心智和情感世界的途径。这两种叙述主观化的言语手段不仅使作品形象鲜活、感人，而且使人物形象的建构更具有表现力，从而使作家对人物的内部和外部世界的描写更深入。

　　第三，叙述主观化的结构手段有呈现手段、形象手段、蒙太奇手段等类型。呈现手段通常描述从未知到已知的变化，从不同的视角对事物进行描述。这样的描述不仅具有概括性、模糊性，而且具有陌生化的特性。形象手段的使用使作者的叙述鲜活而富有生机，也使作品的语言更具有表现力，对于读者来说，形象手段的使用会产生亲切、形象、鲜活的阅读效果。蒙太奇手段不仅是建构语篇的手段，也是认识语篇的手段，通过叙述镜头的更迭，实现语篇多层次、多视角的转换。

第四，在当代俄罗斯女性文学作品中，作者除了运用传统的主观化手段，还运用一些变异的手段：隐性直接引语、线性对话、颠覆性对话以及符号标记形式等。这些主观化手段的变异是与文学叙事类型的变化、文学流派的嬗变与影响、俄语言语时尚的发展与变化密不可分的。

第五，叙述主观化是语篇建构的重要原则，在语篇的建构中具有重要的功能。通过视角在人物之间的转换，作者多面孔、多视角的表达可以更加细致地贴近人物的现实，读者也能更加深入地理解作者的表达意图。叙述主观化将人物塑造得栩栩如生，使人物变得有血有肉，因而是表达人物内心世界多样性的典型手段。叙述主观化在作品的表现形式上也与众不同，会让作品产生奇特化、陌生化的效果，从而使读者产生耳目一新的感觉，进而激发读者的阅读兴趣。叙述主观化手段的运用一方面可以产生作品与读者之间的对话性，呈现出叙述的复杂性与丰富性；另一方面提起了读者的阅读兴趣，构成叙述的内在动力。

本书对文学作品中小说的叙述主观化进行了研究，事实上，叙述主观化这一现象存在于不同体裁的文本中，在不同的体裁中表现的形式也有所差异。本书仅就俄罗斯当代女性小说（以柳·彼特鲁舍夫斯卡娅、柳·乌利茨卡娅、塔·托尔斯泰娅、维·托卡列娃等为例）中的叙述主观化进行了考察，对男性作家的作品并未涉猎，对叙述主观化并没有进行全面而完整的考察。对于叙述主观化与作者形象紧密相连的理论在发展完善的同时伴随着相关学科的渗透和影响，鉴于笔者现有的水平和能力，不能全面地掌握和理解这些理论，所以有待笔者今后进一步拓展和完善。

本书从文学叙述手段的视野入手，通过对文学"颠覆"现存规范的解构，读者能够体会文学所提供的感性愉悦和身心快乐。但如何实现布斯所倡导的文学更高的道德目标，继而对文学教育和文学阅读的功能产生怎样的效应，将是我们在今后的研究和探讨中必须面对的任务。

参考文献

中文文献

二 中文类著作

白春仁:《文学修辞学》,吉林教育出版社1993年版。

曹文轩:《小说门》,人民文学出版社2010年版。

陈方:《当代俄罗斯女性小说研究》,中国人民大学出版社2007年版。

陈晓兰:《外国女性文学教程》,复旦大学出版社2011年版。

陈勇:《篇章符号学:理论与方法》,黑龙江大学出版社2010年版。

邓颖玲主编:《叙事学研究:理论、阐释、跨媒介》,北京大学出版社2013年版。

段丽君:《反抗与屈从:彼得鲁舍夫斯卡娅小说的女性主义解读》,黑龙江人民出版社2008年版。

郭明:《俄罗斯语言篇章范畴与小说研究》,黑龙江大学出版社2012年版。

侯玮红:《当代俄罗斯小说研究》,中国社会科学出版社2013年版。

胡谷明:《篇章修辞与小说翻译》,上海译文出版社2004年版。

胡亚敏:《叙事学》,华中师范大学出版社2008年版。

黄玫:《韵律与意义:20世纪俄罗斯诗学理论研究》,人民出版社2005年版。

黎皓智:《俄罗斯小说文体论》,百花洲文艺出版社2002年版。

李建军:《小说修辞研究》,中国人民大学出版社2003年版。

凌建侯:《巴赫金哲学思想与文本分析法》,北京大学出版社2007年版。

刘文飞、陈方:《俄国文学大花园》,湖北教育出版社2007年版。

刘岩:《女性书写与书写女性》,上海外语教育出版社2012年版。

罗钢:《叙事学导论》,云南人民出版社1995年版。

森华:《20世纪世界文化语境下的俄罗斯文学》,外语教学与研究出版社

2007年版。

钱中文主编：《巴赫金全集》，河北教育出版社2009年版。

任一鸣：《女性文学与美学》，新疆人民出版社1995年版。

申丹：《叙述学与小说文体学研究》，北京大学出版社2004年版。

申丹、王丽亚：《西方叙事学：经典与后经典》，北京大学出版社2010年版。

沈华柱：《对话的妙语——巴赫金语言哲学思想研究》，上海三联书店2005年版。

史铁强：《语篇语言学概论》，外语教学与研究出版社2013年版。

孙超：《当代俄罗斯文学视野下的乌利茨卡娅小说创作：主题与诗学》，北京大学出版社2012年版。

孙超：《二十世纪八、九十年代俄罗斯中短篇小说研究》，人民文学出版社2014年版。

孙绍先：《女性主义文学》，辽宁大学出版社1987年版。

谭君强：《叙事学导论》，高等教育出版社2008年版。

童庆炳主编：《文学理论教程》，高等教育出版社2002年版。

王凤英：《篇章修辞学》，黑龙江人民出版社2007年版。

王福祥：《现代俄语辞格学概论》，外语教学与研究出版社2002年版。

王加兴：《俄罗斯文学修辞特色研究》，北京大学出版社2004年版。

王加兴、王生滋：《俄罗斯文学修辞理论研究》，黑龙江人民出版社2009年版。

王辛夷：《俄语词汇修辞》，北京大学出版社2013年版。

王仰正主编：《社会变迁与俄语语言的变化》，黑龙江人民出版社2008年版。

温玉霞：《解构与重构——俄罗斯后现代小说的文化对抗策略》，中国社会科学出版社2010年版。

乌斯宾斯基：《结构诗学》，彭甄译，北京青年出版社2004年版。

徐岱：《小说叙事学》，中国社会科学出版社1992年版。

徐剑艺：《小说符号诗学》，浙江大学出版社1991年版。

徐稚芳：《俄罗斯文学中的女性》，北京大学出版社1995年版。

杨向荣：《诗学话语中的陌生化》，湘潭大学出版社2009年版。

张冰：《陌生化诗学：俄国形式主义研究》，北京师范大学出版社2000年版。

张会森：《修辞学通论》，上海外语教育出版社 2002 年版。

张建华：《20 世纪俄罗斯文学：思潮与流派》，外语教学与研究出版社 2012 年版。

张京媛：《当代女性主义文学评论》，北京大学出版社 1992 年版。

赵毅衡：《当说者被说的时候——比较叙述学导论》，中国人民大学出版社 1998 年版。

赵毅衡：《苦恼的叙述者》，四川出版集团 2013 年版。

郑敏宇：《叙事类型视角下的小说翻译研究》，上海外语教育出版社 2007 年版。

［俄］佩列韦尔泽夫：《形象诗学原理》，宁琦、何和、王嘎译，北京青年出版社 2004 年版。

二 文学作品译著

孙美玲选编：《莫斯科女人（外国女性文学作品集/苏俄卷）》，河北教育出版社 1995 年版。

吴泽霖选编：《玛利亚，你不要哭——新俄罗斯短篇小说精选》，昆仑出版社 1999 年版。

周启超选编：《在你的城门里——新编罗斯中篇小说精选》，昆仑出版社 1999 年版。

［俄］奥利加·斯拉夫尼科娃：《脑残》，富澜、张晓东译，人民文学出版社 2011 年版。

［俄］哈利泽夫：《文学学导论》，周启超等译，北京大学出版社 2006 年版。

［俄］柳·彼特鲁舍夫斯卡娅：《夜深时分》，沈念驹译，浙江文艺出版社 2013 年版。

［俄］柳·乌利茨卡娅：《包心菜奇遇》，熊宗慧译，大块文化出版股份有限公司 2006 年版。

［俄］柳·乌利茨卡娅：《库科茨基医生的病案》，陈方译，漓江出版社 2003 年版。

［俄］柳·乌利茨卡娅：《美狄亚和她的孩子们》，李英男、尹城译，昆仑出版社 1999 年版。

［俄］柳·乌利茨卡娅：《您忠实的舒里克》，任河译，人民文学出版社 2004 年版。

［俄］塔·托尔斯泰娅：《野猫精》，陈训明译，上海译文出版社 2005 年版。

［俄］维·托卡列娃：《啼笑皆非》，郑海凌译，河南人民出版社 1990 年版。

［俄］叶莲娜·舒宾娜编选：《当代俄罗斯中短篇小说选》，人民文学出版社 2006 年版。

［法］热奈特：《叙事话语与新叙事话语》，王文融译，中国社会科学出版社 1990 年版。

［美］杰拉德·普林斯：《叙事学：叙事的形式与功能》，徐强译，中国人民大学出版社 2013 年版。

［美］苏·兰瑟：《虚构的权威：女性作家与叙述声音》，黄必康译，北京大学出版社 2002 年版。

［美］韦恩·布斯：《小说修辞学》，华明等译，北京大学出版社 1989 年版。

［美］西摩·查特曼：《故事与话语》，徐强译，中国人民大学出版社 2013 年版。

［美］詹姆斯·费伦：《作为修辞的叙事：技巧、读者、伦理、意识形态》，陈永国译，北京大学出版社 2002 年版。

［英］爱·福斯特：《小说面面观》，苏炳文译，花城出版社 1984 年版。

三 期刊报纸文章

曹彦：《论第一人称与第三人称叙述视角上的差异》，《鞍山师范学院学报》2004 年第 2 期。

柴天枢：《俄语并列复合句语义关系辨析》，《外语与外语教学》2000 年第 8 期。

陈方：《残酷的和感伤的——论当代俄罗斯女性小说创作中的新自然主义和新感伤主义风格》，《俄罗斯文艺》2007 年第 2 期。

陈建华：《别样的风景与别样的心态——略谈 20 世纪 90 年代的俄罗斯文学思潮》，《俄罗斯研究》2003 年第 2 期。

戴姗：《托卡列娃小说中修辞手段的运用——以〈巧合〉为例》，《俄罗斯文艺》2009 年第 2 期。

段丽君：《当代俄罗斯女性主义文学》，《俄罗斯研究》2006 年第 1 期。

范岳：《关于现代西方文学中的意识流》，《辽宁大学学报》1984 年第 1 期。

管月娥：《乌斯宾斯基的结构诗学理论及其意义》，《俄罗斯文艺》2009年第3期。

郝燕：《20世纪俄罗斯文学的多元化结构》，《江西社会科学》2006年第12期。

黄琳：《蒙太奇的嬗变》，《宁夏大学学报》2009年第1期。

黄玫：《文学作品中的作者与作者形象——试比较维诺格拉多夫与巴赫金的作者观》，《俄罗斯文艺》2008年第1期。

李常磊：《意识流小说的叙事美学》，《山东社会科学》2006年第10期。

李凌燕：《叙述者的主体表达与新闻的意义建构》，《江西社会科学》2012年第3期。

李美华：《俄罗斯辞格研究历史和现状》，《中国俄语教学》2006年第2期。

李小青：《二十世纪末俄语变化刍议》，《北京理工大学学报》2002年第2期。

李英男：《苏联解体后的俄语新变化》，《俄罗斯研究》2005年第3期。

刘娟：《当代俄罗斯女性文学研究之我见》，《外语学刊》2012年第2期。

刘娟：《当代俄罗斯女性文学作品的叙述主观化问题》，《俄罗斯文艺》2014年第4期。

刘娟：《试论 А. И. 戈尔什科夫的俄语修辞观》，《中国俄语教学》2011年第3期。

刘娟：《作者形象在当代俄罗斯女性文学中的功能与体现》，《中国俄语教学》2013年第2期。

马琳：《论巴赫金对话理论的双主体性》，《济南大学学报》2004年第1期。

马小朝：《论意识流小说的审美意蕴》，《烟台大学学报》2000年第1期。

马晓华：《论俄罗斯后现代女性作家写作风格特色》，《作家杂志》2012年第1期。

马晓华：《塔·托尔斯泰娅及其短篇小说特色》，《时代文学》2010年第8期。

钱中文：《复调小说：作者与主人公》，《外国文学评论》1987年第2期。

任光宣：《苏联解体后俄罗斯文学的发展特征》，《外国文学动态》2001年第6期。

桑艳霞：《简析意识流文学及其创作特点》，《时代文学》2009 年第 3 期。
申丹：《从叙述话语的功能看叙事作品的深层意义》，《江西社会科学》2011 年第 11 期。
宋庆生：《英语并列结构的修辞作用》，《山东外语教学》1989 年第 1 期。
苏畅：《对视点问题的重新认识——关于乌斯宾斯基的〈结构诗学〉》，《南京师范大学文学院学报》2006 年第 3 期。
田洪敏：《消散之后的辉煌——20 世纪 90 年代之后的俄罗斯文学》，《黑龙江社会科学》2007 年第 5 期。
王纯菲：《从男人世界中"剥"出来的女人世界——七篇当代俄罗斯女性小说读解》，《俄罗斯文艺》1997 年第 2 期。
王加兴：《论维诺格拉多夫的作者形象说》，《中国俄语教学》1995 年第 3 期。
王立刚：《浅议现代俄语并列复合句研究》，《外语学刊》2001 年第 4 期。
王诺：《内心独白：回归与辨析》，《外国文学评论》1993 年第 4 期。
王晓阳：《叙事视角的语言学分析》，《外语学刊》2010 年第 3 期。
王永祥：《对话性：巴赫金超语言学的理论核心》，《当代修辞学》2012 年第 3 期。
吴春生：《陀思妥耶夫斯基小说话语层面的视点分析》，《绥化学院学报》2012 年第 3 期。
晓河：《文本·作者·主人公——巴赫金叙述理论研究》，《文艺理论与批判》1995 年第 2 期。
肖锋：《巴赫金"微型对话"和"大型对话"》，《俄罗斯文艺》2002 年第 4 期。
谢春艳：《俄罗斯文学界对后苏联文学中女性形象的研究》，《外国文学》2008 年第 6 期。
谢金凤：《修辞视角下〈在河边，在林边〉的语言特点分析》，《语文学刊》2011 年第 4 期。
杨衍春、杨丽丽：《俄语插入结构的语用功能分析》，《西北农林科技大学学报》2009 年第 1 期。
殷桂香：《转型时期俄罗斯文学发展面面观》，《复旦学报》2003 年第 2 期。
张冰：《陌生化与蒙太奇：俄国形式主义电影美学评述》，《俄罗斯文艺》2013 年第 2 期。

张红霞：《论"隐含作者"与"隐含读者"》，《平顶山师专学报》1998年第3期。

张建华：《"异样的"女人生存形态与"异质的"女性叙事——论彼特鲁舍夫斯卡娅的"女性小说"》，《俄罗斯文艺》2014年第4期。

张建华：《当代俄罗斯的女性主义运动与文学的女性叙事》，《解放军外国语学院学报》2014年第3期。

张建华：《重新融入世界文学谱系的俄罗斯文学》，《外国文学》2014年第2期。

张杰：《复调小说的作者意识与对话关系》，《外国文学评论》1989年第4期。

赵爱国：《当代俄罗斯语言学研究中的人类中心论范式》，《中国俄语教学》2013年第4期。

赵爱国：《当代俄语语言时尚略评》，《外语学刊》2000年第3期。

钟观凤：《论现代性视域下读者意识的崛起》，《廊坊师范学院学报》2014年第3期。

周露：《论布克奖对俄罗斯20年新文学的影响》，《同济大学学报》2013年第2期。

祖国颂：《透视巴赫金小说理论中"他人话语"的叙述功能》，《俄罗斯文艺》2003年第4期。

［俄］邦达连科：《何谓俄罗斯当代文学中的主流文学？》，张兴宇译，《俄罗斯文艺》2008年第1期。

四 学位论文

罗志成：《俄语插入语的功能及使用特点》，硕士学位论文，首都师范大学，2004年。

丘鑫：《俄语科幻小说篇章的范畴研究》，博士学位论文，黑龙江大学，2014年。

徐丽：《二十世纪八、九十年代俄罗斯女性文学创作主题研究》，硕士学位论文，吉林大学，2008年。

苑东杉：《浅谈维克托莉娅·托卡列娃的语言特点》，硕士学位论文，四川大学，2004年。

赵海霞：《小说叙述主观化研究》，博士学位论文，北京外国语大学，2014年。

俄文文献
一　专著

Ахметова, Г. Д. . Интерпретация текста: лингвистический, литературоведческий и методический аспекты: III Международная научная конференция 10 – 11 декабря 2010 года. М. : Чита ЗабГГПУ. 2010.

Бахтин, М. М. . Вопросы литературы и эстетики. М. : Художественная литература. 1975.

Бахтин, М. М. . Проблема поэтики Достоевского. М. : Сов. Россия. 1979.

Бахтин, М. М. . Проблема речевых жанров. М. : Искусство. 1986.

Бахтин, М. М. . Формы времени и хронотопа в романе. М. : Художественная литература. 1975.

Бахтин, М. М. . Фрейдизм. Формальный метод в литературоведении. Марксизм и философия языка. М. : Лабиринт. 2000.

Бахтин, М. М. . Эстетика словесного творчества. М. : Искусство. 1979.

Бахтин, М. М. . Язык в художественной литературе. М. : Русские словари. 1997.

Васиьева, А. Н. . Художественная речь. М. : Русский язык. 1983.

Виноградов, В. В. . Проблемы русской стилистики. М. : Высшая школа. 1981.

Виноградов, В. В. . О языке художественной прозы. М. : Наука. 1980.

Виноградов, В. В. . О теории художественной речи. М. : Высшая школа. 1971.

Виноградов, В. В. . О языке художественной литературы. М. : Гослитиздат. 1959.

Виноградов, В. В. . Поэтика и стилистика русской литературы. М. : Наука. 1971.

Виноградов, В. В. . Стилистика. Теория поэтической речи. Поэтика. М. : АН СССР. 1963.

Гальперин, И. Р. . Текст как объект лингвистического исследования. М. : Наука. 1981.

Горшков, А. И. . Русская стилистика. М. : АСТ Астрель. 2006.

Караулов, Ю. Н. . Русский язык и языковая личность. М. : Наука. 1987.

Ковтунова, И. И. . Несобственно прямая речь в языке русской литературы конца XIII-первой половины XX. М. : Азбуковник. 2010.

Кожевникова, Н. А. . Типы повествования в русской литературе XX – XX вв. М. : Институт русского языка РАН. 1994.

Лю Цзюань. Несобственно-прямая речь в художественных произведениях. М. : Компания и спутник. 2005.

Николина, Н. А. . Филологический анализ текста: Учеб. Пособие. М. : Издательский центр "Академия". 2003.

Одинцов, В. В. . Стилистика текста. М. : Наука. 1980.

Падучева, Е. В. . Семантические исследования. М. : Школа Языки рчссчкой литературы. 1996.

Солганик, Г. Я. . Стилистика текста: Учеб. пособие. М. : Флинта, Наука. 2009.

Тимина, С. И. Современная русская литература конца XX-начала XXI века. М. : Издательский центр «Академия». 2011.

Успенский, Б. А. . Поэтика композиции. М. : Искусство. 1970.

Шанский, Н. М. . Лингвистический анализ художественного текста. М. : Флинта. 2019.

Шмид, В. . Нарратология. М. : Языки славянской культуры. 2003.

二 期刊报纸文章

Арзямова. О. В. . Особенности организации несобственно-прямой речи в русской новейшей художественной прозе. //Вестник БФ. 2011. No. 08.

Ахметова, Г. Д. . жизнь языка. //Гуманитарный вектор. 2012. No. 4.

Ахметова, Г. Д. . Живая графика. //Учёные записки ЗабГГПУ. 2011. No. 2.

Ахметова, Г. Д. . Композиционно-графическая маркировка текста: грамматико-графическте сдвиги. //Учёные записки ЗабГГПУ. 2010. No. 3.

Иванова, А. В. . Роль субъективачии повествованиа в создании языковой картины текста. //Гуманитарный вектор. 2008. No. 2.

Клименко, К. В. . Изобразительно-выразительные средства как прием суб-ъективации в автобиографической прозе Нагибина, Ю. М. . //Вестник Челябинского государственного университета. 2012. No. 20.

Клименко, К. В. . Монтажные приемы языковой композиции в композиции в автобиографических текстах Нагибина, Ю. М. . // Филологические науки. Вопросы теории и практики. 2013. No. 5.

Лаушкина, И. П. . Приёмы субъективации повествования в литературных портретах А. М. Горького. // Ученые записки Таврического национального университета. 2011. No. 1.

Нагибина, Ю. М. . Несобственно-прямая речь как выражение внутреннего мира рассказчика в « Дневнике » . // Вестник МГОУ «Русская фило-логия». 2011. No. 5.

Образ матери в женской прозе конца XX века. // Русское слово：восприятие и интерпретации：сб. материалов Междунар. науч. -практ. конф. 2009. http：//olga-gavrilina/livejournal.

Попова, Г. Б. . Субъективация повествования в словесно-художественной организации современного прозаического текста // Учёные записки ЗабГГПУ. 2010. No. 3.

Попова, Е. А. . Повествователь и персонаж в романах Л. Н. Толстого. // Русская речь. 2010. No. 2.

Попова, И. М. , Е. В. Любезная. Феномен современной «женской прозы». // Вестник ТГТУ. 2008. No. 4.

Рабданова, Л. Р. . Роль графической маркированности в текстах современной прозы. http：//www. rusnauka. com/28 _ NPM _ 2013/Philologia/7_ 145747. doc. htm, 2018. 1. 1.

Рабданова, Л. Р. . Композиционная роль графических средств в художественном тексте. // Гуманитарный вектор. 2012. No. 4.

Рабданова, Л. Р. . Субъективированное повествование как компонент языковой композиции текста. // Учёные записки ЗабГГПУ. 2012. No. 2.

Рабданова, Л. Р. . Употребление явлений графической маркированности в художественном тексте. // Учёные записки ЗабГГПУ. 2014. No. 2.

Фатеева, Н. А. . Современная русская женская проза：способы самоидентифика. https：//docplayer. ru/40200891-Sovremennaya-russkaya-zhenskaya-proza-sposoby-samoidentifikacii-zhenshchiny-kak-avtora. html. 2016. 6. 6.

Федотова, О. С. . Формы взаимодействия в треугольнике « авторперсонажшмамец.

-ции женщины как автора. //Филологические науки. Вопросы теории и практики. 2014. No. 5.

三 学位论文

Александров, А. В. . Субъективация повествования и её передача в переводе: Дис. ... д-ра филол. наук. М. : 2012.

Артюшков, И. В. . Внутренняя речь и ее изображение в художественной литературе (на материале романов Ф. М. Достоевского и Л. Н. Толстого): Дис. ... д-ра филол. наук. М. : 2004.

Ахметова, Г. Д. . Языковая композиция художественного текста (На материале русской прозы 80-90-х годов XX в.): Дис. ... д-ра филол. наук. М. : 2003.

Поляков, Э. Н. . Субъективация авторского повествования в прозе Валентина Распутина: Дис. ... д-ра филол. наук: М. . 2005.

Попова, Г. Б. . Приемы субъективации в современной русской прозе: явления модификации: Дис. ... д-ра филол. наук. М. : 2012.

Пушкарь, Г. А. . Типология и поэтика женской прозы: Гендерный аспект (на материале рассказов Т. Толстой, Л. Петрушевской, Л. Улицкой): Дис. ... д-ра филол. наук: 10. 01. 01. 2007.

Сергеева, Ю. М. . Внутренняя речь как особая форма языкового общения (на материале англоязычной художественной литературы): Дис. ... д-ра филол. наук. М. : 2009.

Сопочкина, Г. А. . Система способов передачц чужой речи и ее реализация в идиостиле А. П. Чехова: Дис. ... д-ра филол. наук. М. : 2002.

Степанов, С. П. . Субъективация повествования и способы организации текста: На материале повествовательной прозы Чехова. диссертация... доктора филологических наук. М. : 2002.

Сысоева, В. В. . Нарративный потенциал несобственно-прямой речи в художественном тексте: Дис. ... д-ра филол. наук. М. : 2004.

ЧжоуЧжунчэн. Языковое пространство современной русской прозы: интертекстуальность и графическая маркированность: Дис. ... д-ра филол. наук. М.：2014.

ЧойЧжиЕн. Способы передачи чужой речи в русском языке：Дис.... д-ра филол. наук. М.：2001.

Щукина, К. А. . Речевые особенностц проявления повествователя, персонажа и автора в современном рассказе：на материале произведений Т. Толстой, Л. Петрушевский, Л. Улицкой：Дис.... д-ра филол. наук. М.：2004.

四 文学作品

Петрушевская, Л. . Бессмертная любовь：Рассказы. М. Моск. 1988.

Петрушевская, Л. . Жизнь это театр. М. Амфора. 2008.

Петрушевская, Л. . Путешествия в разные стороны. М. Амфора. 2009.

Токарева, В. С. . Перелом. М. АСТ. 2007.

Токарева, В. С. . Сказать-не сказать.... М. СЛОВО. 1991.

Токарева, В. С. . Гладкое личико. М. АСТ. 2004.

Токарева, В. С. . Этот лучший из миров. М. АСТ. 1999.

Толстая, Т. . Белые стены. М. ЭКСМО. 2004.

Толстая, Т. . Кысь. Зверотур. Рассказы. М. ЭКСМО. 2009.

Толстая, Т. . Одна. Рассказы. М. ЭКСМО. 2004.

Улицкая, Л. . Казус Кукоцкого. М. Эксмо. 2008.

Улицкая, Л. . Сонечка. М. Эксмо. 2007.

索　引

C

呈现手段　23,24,74—76,79,80,106,123

D

大写字母　125—127,135

当代俄罗斯女性文学　1—3,5,10,13,15,16,29,34,43,51,52,65,66,71,74,75,79,83,84,87,90,92,95,100,106—109,116,120,123,125,132,135,140,142—144,147—149,151,156,158,160,164

颠覆性对话　108,116—119,143

对话性　25,39,43,46,47,52,144,148,156—158,160,165

E

俄罗斯女性文学　2,7—10,14—17,74,81

F

符号手段　124

J

交叉蒙太奇　99,100,102,105

结构手段　3,23,24,26,29,50,51,69,74,75,77,99,106—108,120,122—124,144

句法辞格　83,94,95

K

括号　121,124,127—129,133

L

连续蒙太奇　99—101

M

蒙太奇手段　23,24,26,74,99—102,104—106,121

陌生化　106,144,148,161—165

N

内部言语　22,23,51,63—68,106,108,131,154,155,159

内心独白　19,55,64,65,68—71,73,106,152

女性文学批评　2,5,10

P

篇章符号　44—46,48,50,79,82

W

人物形象　2,17,24,26,28,34,38,42—44,50,64,71,91,98,108,116,120,144,148—152,155,156,158

文学符号　47—49

文学流派　8,16,23,47,75,107,135,137,138,143,161

X

线性对话　108,113—115,143

斜体　　25,124,130,131
新型言语手段　　108
形象手段　　23,26,74,82,83,106,123
叙述策略　　44,50,136,138,140
叙述话语　　1,3,4,13,16—19,23,28—30,34,35,44,51,52,54,55,95,108,113,123,124,127,132,161
叙述视角　　1,3,16,17,19,20,23,26—31,34,44,63,75,77,79,87,90,95,97,107,108,112,115,120,124,125,140,144,148,155,159,162
叙述主观化　　1—4,18—30,34,43,44,50—52,56,58,59,62,65,73—75,78,82,83,99,100,106—109,113,120,121,123—125,130,132,139,140,142—145,148—152,154—156,158—165

Y

言语时尚　　139,140,143
言语手段　　3,18,21,23,24,26,29,47,50—52,56,65,73,74,106—108,120,122—124,129
意识流　　36,65—68,73,106,134
隐性直接引语　　109,110,112
语义辞格　　83,84,95

Z

准直接引语　　21—25,51—59,62,63,68,78,106,108,121—123,132,152
作者形象　　1,18,20—23,27—30,33,35—44,50,74,82,145,146
作者意识　　23,26,36—39,91,132,144—146,148,149

后　　记

　　博士毕业已三年，每每拿起论文，浮现在眼前的仍然是读博时期的点点滴滴。回首过去，除了满盈盈的感激，仍然是盈满满的感激。

　　首先，最应该感激我的导师刘娟教授。六年来，导师以严谨的治学态度，渊博的专业知识，精益求精的工作风格，正直善良的高尚品格，朴实无华、平易近人、善解人意的人格魅力，积极乐观的生活态度，充满智慧的人生理念无时无刻不在影响着我、鼓励着我，正是这份无比珍贵的能量支撑我走过六年的求学生涯。看着一页页、一本本用红笔批注的论文，内心感慨万千，论文已不知几易其稿，没有导师的字斟句酌、没有导师的精雕细刻，论文难以顺利完成。导师倾注了太多的心血和精力，千言万语只能化作一句：感谢！感谢在最美的岁月遇到了最美的您！请容许我再次表达我最深切的谢意与最美好的祝福！

　　其次，感谢一直以来关心、帮助我学业成长的各位专家，他们的宝贵建议让我如沐春风，他们的睿智点拨使我茅塞顿开。感谢北京外国语大学的武瑷华教授、首都师范大学的杜桂枝教授、中国人民大学的钱晓蕙教授、北京航空航天大学的武晓霞教授、北京大学的王辛夷教授。还要感谢北京外国语大学的张建华教授和中国人民大学的陈方副教授，在素未谋面的情况下，他们为我提供需要的资料，不胜感激！感谢我的硕士导师华东师范大学的王亚民教授和兰州大学的李发元教授，老师对我的鼓励和关怀总是如影随形，在此深表感谢！

　　感谢我的师姐王娟、王燕、何旭红，师妹李丽、颜国琴、王悦，师弟马亮，正是他们的相伴、鼓励、支持，让我的生活不再黯淡无光，他们给予了我最温暖的话语和最无私的关爱。感谢我的学生蔺金凤、武婷为我寻找和提供俄文资料，任何时候都是有求必应，再次表示感谢！

感谢我的丈夫郎得明，一直以来对我学业和事业的支持，正是有了他的体贴、包容和帮助，让我在前进的道路上信心百倍。感谢我的儿子郎楷淇，听话、懂事，每每在我烦心郁闷的时候，他总能为我送上宽慰的话语，感谢我的宝贝！感谢我的爸爸妈妈、公公婆婆的理解与支持，他们在背后的默默支持是我前进的动力。

感谢西北师范大学提供给我外出求学的机会，感谢领导和同事们的关怀！感谢北京师范大学为我提供了深造的平台，让我面向更广阔的未来。

感谢自己能够努力，还愿意努力！感谢自己内心始终充满着希望和阳光！感谢徘徊中的成长，痛苦中的幸福！感谢辛苦之后意想不到的收获！

最后，感谢中国社会科学出版社的编辑马明老师，正是因为他的争取与努力，这本书才得以问世。

2021 年 7 月 20 日